THE QUEEN OF CRIME

繁體中文版
20週年
紀念珍藏

顫刺的預兆

阿嘉莎·克莉絲蒂——著
張錦——譯

By the Pricking of My Thumbs

Agatha Christie®

通俗是一種功力

吳念真（導演、作家）

通俗是一種功力。絕對自覺的通俗更是一種絕對的功力。

這樣的話從我這種俗氣的人的嘴巴說出來，大概很多人要笑破褲底了。不過，笑完之後請容我稍稍申訴。這申訴說得或許會比較長一點，以及，通俗一點。

小時候身材很爛，各種遊戲競爭完全任人宰割，唯一隱遁逃避的方法是躲起來看書或聽大人瞎掰。那年頭窮鄉僻壤的小孩能看的書不多，小學二年級時最喜歡的是超大本的《文壇》，老師借的。看著看著，某天老師發現我的造句竟出現：「捧著：朝陽捧著一臉笑顏為群山剪綵」這樣亂七八糟的文字，就拒絕再讓我看那些超齡的東西了。

老師的書不給看，我開始抓大人的書看。一種是厚得跟磚塊一樣的日文書，對我來說那完全是天書，但插圖好看，經常有限制級的素描。另一種書是比較薄的，通常藏得很嚴密，只是裡面有太多專有名詞、重複的單字和毫無限制的標點，比如「啊啊啊」、「……！！！」

老讓我百思不解。有一天，充滿求知欲地詢問大人竟然換來一巴掌後，那種閱讀的機會和樂趣也隨著消失了。

所幸這些閱讀的失落感，很快從大人的龍門陣中重新得到養分。講到這裡，我似乎先得跟一個村中長輩游條春先生致敬，並願他在天之靈安息。

我所成長的礦區，幾乎全是為著黃金而從四面八方擁至的冒險型人物，每人幾乎都有一段異於常人的傳奇故事。這些故事當事人說來未必精采，但一透過游條春先生的嘴巴重現，有時連當事人都聽得忘我，甚至涕泗縱橫，彷彿聽的是別人的故事。

條春伯沒當過日本兵，可是他可以綜合一堆台籍日本兵的遭遇，一如連續劇般從入伍、受訓、逃亡荒島，面對同鄉同袍的死亡，並取下他們的骨骸寄望帶回故鄉，乃至骨骸過多搞不清哪是誰的等等，讓聽的人完全隨他的敘述或悲或笑，彷彿跟他一起打了一場太平洋戰爭。此外他也可以把新聞事件說得讓一個三、四年級的小孩，到現在仍記得當時腦中被觸動的畫面。例如當年瑠公圳分屍案的凶手做案之後帶著小孩到安東街吃麵（這讓我一直以為台北的安東街是條專門賣麵的街道），還有甘迺迪總統被暗殺、賈桂琳抱住她先生、安全人員跳上飛快的車子保護賈桂琳……當然，這記憶全來自條春伯的嘴巴而不是報紙。我的記憶全是畫面，有畫面，是因為條春伯說得精采，說得有如親臨他至死都還搞不清地理位置的達拉斯命案現場。

於是這小孩長大後無條件地相信：通俗是一種功力，絕對自覺的通俗更是一種絕對的功力。透過那樣自覺的通俗傳播，即使連大字都不識一個的人，都能得到和高階閱讀者一樣的感動、快樂、共鳴，和所謂的知識、文化自然順暢的接軌。也許就是因為這些活生生的例子，俗氣的自己始終相信：講理念容易講故事難，講人人皆懂、皆能入迷的故事更難，而能隨時把這樣的故事講個不停的人，絕對值得立碑立傳。

條春伯嚴格地說是有自覺的轉述者，至於創作者，我的心目中有兩個。一個是日本導演山田洋次，一個是推理小說家阿嘉莎．克莉絲蒂。

山田洋次創造了寅次郎這個集合所有男人優點跟缺點的角色，在以《男人真命苦》為名的系列下，總共完成百部左右的電影。它們的敘述風格、開頭、結尾的方法不變，唯一改變的是故事，是時代，是遍歷日本小鄉小鎮的場景。數十年來，看《男人真命苦》幾已成為日本人每年的一種儀式，一如新春的神社參拜。

數十年前訪問過山田導演，他說，當他發現電影已然有它被期待的性格時，電影已經不是導演自己的。他說：當所有人都感動於美人魚的歌聲時，你願意為了讓她擁有跟你一樣的腳，而讓她失去人間少有的嗓音嗎？

人間少有的嗓音與動人的歌聲，都來自山田導演絕對自覺的通俗創造。

再如阿嘉莎．克莉絲蒂，如果我們光拿出她說過的故事和聽過她故事的人口數字，就足以嚇死你。五十多年的寫作生涯，她總共寫出六十六本長篇推理小說，外加一百多篇短篇小說和劇本。其中有二十六本推理小說被改編，拍了四十多部電影和電視劇集。作品被翻譯成一百零三種文字的版本，銷量超過二十億本。

夠了。你還想知道什麼？知道二十億本的意義是什麼嗎？二十億本的意義是全世界平均三個人就有一個人讀過她的書，聽過她說的故事。

說來巧合，她和山田洋次一樣，創造出個性鮮明的固定主角（當然，前前後後她弄出來好幾個），然後由他（或是她）帶引我們走進一個犯罪現場，追尋真正的罪犯。

故事就這樣？沒錯，應該說這是通常的架構。那你要我看什麼？不急，真的不急，克莉絲蒂會慢慢冒出一堆足夠讓你疑惑、驚嚇、意外，甚至滿足你的想像力、考驗你的耐心和智商的事件來。

推理小說不都是這樣嗎？你說得沒錯，大部分是這樣，不一樣的是……對了，她像條春伯，像山田洋次，她真會說，而且她用文字說。

文字的敘述可以讓全世界幾代的人「聽」得過癮、「聽」個不停，除了聖經，也許就是克莉絲蒂。她不是神，但她真的夠神。

數十年前，台灣剛剛出現她的推理系列中譯本，那時是我結婚前，常有同齡的文藝青年來我租住的地方借宿，瞄到我在看克莉絲蒂，表情詭異地說：「啊？你在看三毛促銷的這個喔？」

我只記得他抓了一本進廁所，清晨四點多，他敲開我的房門說：「幹，我實在很討厭那個白羅……再拿一本來看看，我跟你說真的，要不是你的書，我真的很想把那個矮儸壓到馬桶吃屎！」

我知道他毀了，愛吃又假客氣，撐著尊嚴騙自己。克莉絲蒂再度優雅地撕破一個高貴的知識份子的假面具，她的手法簡單，那手法叫通俗，絕對自覺的通俗，無與倫比、無法招架的功力。

昔日的文藝青年如今跟我一樣，已然老去，但不時還會看到他寫一些充滿理念和使命感極重的文章，在報紙和雜誌上出現。我知道他要說什麼，只是常常疑惑他想跟誰說；同樣，我記得他說過什麼，但轉眼間忘記他說了什麼。但請原諒我，幾十年前那個晚上，他在我家看完的那兩本克莉絲蒂的小說內容，我可還記得清清楚楚。

也許有一天再遇到他的時候，我會問他之後是否還看過克莉絲蒂其他的書，如果沒有，我會跟他說，想讀要趁早，因為你會老、會來不及。至於白羅那個矮儸，大概永遠不會消失。哦，對了，還有一個叫瑪波，你說不定會來不及認識……

歡快氣氛下的解謎樂

龍貓大王通信

一九八〇年代，美國電視觀眾最喜歡的作品類型之一，是看俊男美女在電視上「床頭吵床尾和」。一九八二年，浪漫推理劇《龍鳳妙探》（*Remington Steele*）大受歡迎，男主角皮爾斯．布洛斯南（Pierce Brendan Brosnan）高大帥氣，女主角史蒂芬妮．齊姆帕勒（Stephanie Zimbalist）嬌小可愛，他們之間不但有最萌身高差，還有最凶的吵架音量，你一嘴我一嘴地互嘴黏臭，其實偷渡的是勢均力敵的甜蜜情意。一九八六年的《雙面嬌娃》（*Moonlighting*）吵得更凶，布魯斯．威利（Bruce Willis）與西碧兒．雪柏（Cybill Shepherd）這對歡喜冤家從鏡頭前吵到鏡頭外，但觀眾只認識鏡頭前流氓與淑女的美味關係，而這已經足夠讓布魯斯．威利的星運一飛沖天。

情侶神探的公式不只讓八〇年代的觀眾買單，其實早在二〇年代就被證明很有賣點。謀殺天后阿嘉莎．克莉絲蒂的經典中，恰巧就包括一對龍鳳妙探的系列作品，他們是克莉絲蒂創作的蛋頭神探與阿嬤神探之外的唯一一組情侶神探：湯米與陶品絲。

這對情侶在一九二二年出版的《隱身魔鬼》首度登場；一九二九年出版的短篇集《鴛鴦神探》裡已經結為夫妻；一九四一年的《密碼》裡勇破二戰諜網；一九六八年已步入老年的貝里福夫妻，繼續在《顫刺的預兆》裡偵查老人療養院的死亡祕辛；最終在一九七三年的《死亡暗道》裡，老先生、老太太已經決定退休，還買了一棟退休房……聽起來他們似乎沒有繼續關心凶手與謎案的必要了，對吧？怎麼可能，陶品絲搬進新家整理環境時，在前屋主留下的書中，竟然找到一段塵封已久的祕密訊息：「瑪麗喬丹並非自然死亡，凶手是我們其中的一個。」

有誰只是整理書櫃也會突然變身偵探？湯米與陶品絲就會，這多少能證明，克莉絲蒂在這對鴛鴦神探身上放進不少玩心。也許是她為湯米與陶品絲設計的浪漫關係，令克莉絲蒂為他們而寫的故事也格外輕巧俏皮。別誤會，湯米與陶品絲出場的處女秀《隱身魔鬼》有國際陰謀、有失竊的機密文件、有神祕又奸詐的犯罪首腦「布朗先生」（這下你就懂書名《隱身魔鬼》是在說誰了）。這看來是一部暗潮洶湧的諜報小說，而確實湯米與陶品絲也穩穩地踩中大部分的可怕陷阱，但克莉絲蒂將這對男女寫得實在太過可愛……你潛意識裡早就知道，他們絕對要邊吵架邊談情地（順便推理）百年好合，不會在這個險境裡就GG（完結）。

湯米與陶品絲的情誼首先是建立在「好哥兒們」的友情之上，從《隱身魔鬼》的開場就看得出來：

「湯米，你這個老東西！」

「陶品絲，老朋友！」

兩個年輕人熱情地相互問候……那兩個「老」字頗易讓人誤解，其實兩人年齡加起來絕不超過四十五歲。

二〇年代已經不是封建時代，但男女之間還是有別。而湯米與陶品絲之間的情誼，能夠打破這種隔閡，他們首先是鐵打的好友，彼此在軍醫院認識，因此他們之間有太多戰場回憶可以閒聊，也深知對方的個性與偏好，更重要的是，他們都是一窮二白。這對日後的鴛鴦神探久別重逢，既不談情也不破案，而是討論如何賺錢。克莉絲蒂可不會那麼輕易就灑糖，但從湯米與陶品絲彼此互補的性格設定，你很快就會了解這段友情遲早要昇華成戀情。

你可以懷疑，金庸筆下的郭靖、黃蓉這對射鵰俠侶設定，是不是抄襲自湯米與陶品絲。因為郭靖和湯米一樣，是個有點遲鈍的傻大個——湯米的傻可不是我說的，是克莉絲蒂這樣寫：「湯米不太聰明……但他的慧眼絕對能一眼看穿真偽。」不只如此，克莉絲蒂還形容他「有張（看得過去）的醜臉」。到底什麼樣的長相是「醜但看得過去」？克莉絲蒂只說這種長相是「很難歸類」，而且是「綜合紳士與運動員的臉孔」。這種先踹後捧的寫法我是不會買單的，湯米擺明就是個不會被稱為男神的樸拙男性。

而陶品絲與湯米完全相反，下面這段克莉絲蒂的形容，會不會讓你腦中浮現一個二〇年代的黃蓉模樣？

陶品絲稱不上漂亮，可是那張小臉蛋上有著精靈般的線條、堅毅的下巴，還有一雙隔得很開、從平直的黑眉毛下望去迷迷濛濛的灰色大眼，在在表現出個性和魅力……她的外表散發著一股敢作敢為、精明能幹的味道。

「精靈般」、「個性魅力」、「敢作敢為精明能幹」，這是一位充滿行動力又特立獨行的女性，剛好補足了湯米謹慎緩行的保守個性。當久違重逢的湯米與陶品絲一起討論該如何賺錢，他們在排除繼承遺產（沒有任何親戚有遺產）與為錢結婚（兩人的異性緣都少得可憐）兩個途徑後，決定還是親力親為白手起家。但是誰先提出一起合夥開公司的點子呢？當然是即知即行的陶品絲！他們決定開一家「青年冒險家企業」，名稱響噹噹，事實上，他們開的是《銀魂》裡的「萬事屋」生意：有錢，什麼活我們都幹。

這種歡快的氣氛，引領湯米與陶品絲穿梭一個又一個謎團，大到《密碼》裡追捕兩名納粹間諜，小到《顫刺的預兆》裡的養老院祕密。即便他們沒有在解謎，光是看湯米與陶品絲鬥嘴聊天就很有趣，而這是有別於白羅系列或瑪波小姐系列的獨特樂趣。

這種創作上的玩心有時不是那麼容易發現，例如在《鴛鴦神探》這本短篇小說集裡，每個小短篇不但都是貝里福夫妻的探險歷程，同時也是克莉絲蒂的諧仿之作——每一篇內容都隱射推理黃金年代的名作家或名角色。例如〈女士失蹤了〉致敬了福爾摩斯的〈法蘭西斯．卡法克小姐的失蹤〉（*The Disappearance of Lady Frances Carfax*）；〈霧中人〉則諧仿了史上最厲害的「神父偵探」布朗神父……克莉絲蒂甚至諧仿自己，在《鴛鴦神探》的最後一個故事〈代號十六的人〉裡，湯米自稱是「沒長鬍鬚但智力過人」的白羅！

湯米與陶品絲系列的五本小說，自《隱身魔鬼》到最後的《死亡暗道》，克莉絲蒂創作的時間橫跨五十年，我們可以看著貝里福夫妻逐漸變老。福爾摩斯也會老，白羅也會老到糊塗，但是湯米與陶品絲卻老得很愉快。他們始終愉快，不管是年輕或蒼老，這讓閱讀五本湯米與陶品絲系列的體驗，宛如身處春風之中一樣愉快，值得推薦給長期與雨劍風刀相伴的推理粉絲。

當然，除了湯米與陶品絲系列之外，克莉絲蒂還有不少經典：《一個都不留》自然不用多提；《無辜者的試煉》是我個人特別喜愛的一本小說，我在遠流的 App「謀殺天后密室」裡的「密室之聲」Podcast 第十六集裡，談過這本講述家庭內情勒暴力的小說；此外還有曾與白羅合作過的雷斯上校探案《褐衣男子》與《魂縈舊恨》，以及性格沒那麼出彩的穩重蘇格蘭警場刑事主任巴鬥，他的幾本小說包括《煙囪的祕密》、《七鐘面》、《殺人不難》與《本末倒置》也包含在內，特別值得一提的是，《本末倒置》是克莉絲蒂本人最喜歡的十部作品之一。而《謎樣的鬼豔先生》中的哈利．鬼豔，是唯一獲得克莉絲蒂獻詞的偵探。

獻詞

阿嘉莎．克莉絲蒂是世界讀者最眾，也最廣受喜愛的女作家。
身為克莉絲蒂的孫兒，我相信奶奶會非常樂見這次出版，
因為她極以自己作品中的趣味與娛樂為豪。
歡迎所有喜歡本系列的台灣新讀者參與這場饗宴！

——馬修．培察（Mathew Prichard）

01 艾達姨媽

貝里福夫婦正坐在餐桌邊吃早飯。他們是一對尋常的夫婦。就在那一刻，全英國成百上千對和他們一樣的老夫老妻都在吃早餐。那一天也很普通，一週中有五天總是那樣……外面看來也許會下雨，但誰也拿不準。

貝里福先生以前的滿頭紅髮如今只剩幾縷，其他的大都已變成夾雜著灰色的沙黃色。紅頭髮的人到了中年往往如此。貝里福夫人的頭髮以前是黑色的，濃硬彎曲而蓬鬆。現在那黑色中也像是隨性為之地攙雜了些許灰色，效果倒還不錯。她一度想染髮，但最終還是覺得更喜歡自己自然天成的樣子。不過，她決定換一種唇膏的顏色，以使自己顯得更有精神。

旁觀者一定會這樣說，一對在一起吃早餐的老夫老妻，感情融洽，但平淡乏味。若這位旁觀者是年輕人，他還會加上一句：「啊，是的，看上去很愜意，可是死氣沉沉，老年人都是這樣。」

然而貝里福夫婦還沒有到自認是老人的年紀，他們不知道正因為如此，他們和很多人已被自然而然地宣告為「死氣沉沉」的人了。當然，只有年輕人才會這樣宣告，但貝里福夫婦只是寬容地認為年輕人根本不懂得生活。可憐的年輕人，他們總是在擔心考試、性生活，及怎樣買與眾不同的衣服、做個與眾不同的髮型，讓自己更加引人注目。貝里福夫婦認為他們才不過是剛剛度過自己人生的精華期而已。他們很欣賞自己，也愛對方。日子雖一天一天平靜地過去，但趣味無窮。

當然也會有不平靜的時刻；任何人都不免有不平靜的時刻。貝里福先生打開一封信，匆匆掃了一眼就順勢把它放在手邊的一堆信上。他拿起另一封信，卻沒有打開，而是捏在手裡。他沒有看信，而是盯著吐司架。他的妻子觀察了他一會兒，問道：「出了什麼事情啦，湯米？」

「事情？」湯米心不在焉地重複著，「什麼事情？」

「我就是在問你啊！」貝里福夫人說。

「沒什麼事，」貝里福先生回答道，「會有什麼事？」

「你剛才在想事情。」貝里福夫人不滿地堅持著。

「我不覺得我有在想什麼。」

「有，你想了。有什麼事嗎？」

「不，當然沒有。會有什麼事？」他接著說，「只是剛才收到了水電工的帳單。」

「噢，」陶品絲恍然大悟了。「比你想像的多一些，是嗎？」
「是啊，」湯米回答道，「向來如此。」
「我真不明白我們怎麼沒去學著做水電，」陶品絲說，「倘若你學了這行，我可以做你的副手，那我們就能每天等著撈錢了。」
「我們真是目光短淺，沒看到這麼好的機會。」
「你剛才看的是水電工的帳單嗎？」
「啊，不，是一封呼籲信。」
「關於青少年犯罪，還是種族融合？」
「都不是。是為了新近開辦的一家養老院。」
「哦，感覺溫馨多了。」陶品絲說，「但我不明白你為什麼一臉憂心？」
「其實我想的不是這個。」
「那你到底在想什麼？」
「是個突然閃現的想法。」貝里福先生說。
「是什麼？」陶品絲問道，「你知道，遲早你一定要告訴我的。」
「不是什麼重要的事。我只是在想，也許……好吧，是艾達姨媽。」
「我明白了，」陶品絲立即了然於胸。「對，」她沉思著，輕聲說：「艾達姨媽。」
他們兩人的目光相遇了。如今幾乎每個家庭都遺憾地存在著或可稱之為「艾達姨媽」的問題。只是她們的名字不同，阿米莉亞姑媽、蘇珊舅母、卡西阿姨、瓊嬸嬸等等。她們有的是老祖母，有的是上了年紀的堂姐妹或表姐妹，或是姨婆。可是她們依然活在這世界上，成了人們必須處理的問題，需要妥善安排。大家得去探訪適合照料老年人的養老機構，廣泛諮詢，向醫生請教，或向曾經也有個艾達姨媽「十分幸福地生活著，最後安然在貝克希爾的勞雷爾養老院（或是斯卡伯勒的快樂牧場養老院）與世辭別」的朋友們詢問，請他們推薦好的養老院。

現在和以前不同了，伊麗莎白姑媽、艾達姨媽和別的那些姑媽再也不能快樂地待在她們住了大半輩子的家裡，由忠心耿耿但稍嫌專制的老僕傭服侍，而且仍然維持主僕盡歡；或許還會收留那些數不完的窮親戚、窮侄女、終生未嫁的傻表親，她們都巴望能有一個每日飽食三餐、臥室舒適的家。那時賓主供需平衡，相安無事。如今情況不同了。

對如今的艾達姨媽們所做的安排必須合適恰當，不能僅僅把它當作是安置一位因關節炎或風溼病從樓上摔下的獨居老嫗，或將它視為打發那些患慢性支氣管炎、常與鄰居吵嘴或愛挖苦生意人的老婦。

不幸的是，這些艾達姨媽比年齡刻度屬於另一端的小孩子麻煩得多。小孩子可以領養、可以塞給親戚、可以在假期中送到合適的學校，或替他們安排一些馬車旅行或露營活動。總括來說，孩子們對這樣的安排很少有反對意見。艾達姨媽們則截然不同。陶品絲．貝里福自己的姨婆潘若絲，生前就是個有名的麻煩人物，根本無人能使她滿意。她每進了一家保證提供良好居家氛圍和舒適條件的養老院，便會給她的孫甥女寫來幾封表揚信，對這個「特別的地方」大加讚揚。但接下來不久，就會傳來她已不辭而別、憤然出走的消息。

「不行，那地方我一分鐘也待不下去了！」

在一年之內，潘若絲姨婆先後進出了十一家養老機構。最後她寫信來說自己遇到一位極有魅力的年輕小夥子。「真是個熱忱的孩子。他從小就沒了媽媽，極需關懷和照料。我已租好一間房子，他日將前來與我同住。這樣的安排對我們都是最好的。我們自然地互相吸引。你不用再為我焦慮不安了，親愛的璞丹絲。我將來的生活已經安排妥當了。明天我要見我的律師，因為我覺得若我先默文而去（這是想當然耳的），我有必要為他立下遺囑。不過，我現在可以向你保證我十分健康。」

陶品絲為此匆忙北上（上述事情發生在阿伯丁）。不過事實上警察先到一步，帶走了魅力無窮的默文。他們已經通緝他很長一段時間了，罪名是使用欺詐手段騙取錢財。潘若絲姨婆對此義憤填膺，指責這是迫害人權，但在旁聽法庭起訴後（共計二十五起案件），卻不得不改變自己對這位「被保護人」的看法。

「我想我應該去探望艾達姨媽了，陶品絲。」湯米說道，「我已經很久沒去探望她了。」

「我想也是，」陶品絲說，卻未表露出熱情。「有多久了？」

湯米想了想，說：「將近一年了。」

「還要長一些，我想有一年多了。」陶品絲說。

「親愛的，」湯米說，「時間的確過得飛快，不是嗎？真不敢相信已經有那麼久了。不過，我相信你是對的，陶品絲。」他計算了一下，又說：「多可怕，人居然可以如此健忘，這不是很可怕嗎？真讓我覺得難過。」

「我認為你沒有必要內疚，」陶品絲說道，「畢竟我們給她郵寄過禮物，還給她寫過信。」

「是啊，我明白，這種事情你總是安排得很周到。不過儘管如此，我們還是會讀到令人非常沮喪的事情。」

「你是指我們從圖書館借來的那本可怕的書？」陶品絲說，「想到對那些可憐的老人來說，那個地方多麼糟糕，她們受了多大的罪呀！」

「我覺得那些敘述都是真的，是從生活中揭露出來的。」

「是的，」陶品絲說，「一定有像那樣的地方。的確有些人十分不幸，她們總是命運不濟。可是我們又能做什麼呢，湯米？」

「除了盡量細心，我們還能怎麼辦？仔細挑選一家好的養老院，了解各方面的情況，確保有一位好醫生照料她，只能這樣罷了。」

「再也沒有比默利更好的醫生了，你得承認這一點。」

「是啊，」湯米說著，臉上的愁容開始散去。「默利是位一流的醫生，善良、有耐心。如果出了什麼問題，他一定會通知我們。」

「所以我想你不必擔心，」陶品絲說，「她現在多大年紀了？」

「八十二，」湯米答道，「噢，不，不，我想是八十三。」他又加了一句：「如果你比別人活得都長，那感覺一定很不好受。」

「那只是我們的感覺，」陶品絲反駁道，「她們可不這樣想。」

「你怎麼知道？」

「至少你的艾達姨媽不這樣想。難道你不記得她告訴我們她比很多老朋友活得長時那股快活的樣子嗎？她最後說了一句：『至於艾米．摩根嘛，我聽說她活不了六個月。過去她總說我的體質太弱，現在毫無疑問我會比她活得長，而且，多活好幾年。』她談到這樣的前景時可是十分得意。」

「可是……」湯米說道。

「我知道，」陶品絲打斷了他。「我知道。儘管如此，你還是覺得那是你的責任，所以一定得去探望她。」

「難道你覺得我錯了嗎？」

「不幸的是，」陶品絲答道，「我認為你是對的，完全正確。而且我也要去。」

她的聲音中流露出一絲英雄主義的調調。

「不，」湯米說，「你為什麼要去？她不是你的姨媽。不，還是我自己去。」

「沒這回事，」貝里福夫人說，「我也可以承受痛苦。我們要一起承受。你不喜歡去看她，我也不喜歡，而且我也不認為艾達姨媽喜歡我們去看她。不過，我很清楚，這件事無法推託。」

「不，我不想讓你去。上次她對你那麼粗魯，你忘了嗎？」

「我不在意，」陶品絲說，「那也許是在整個探望過程中，最讓老姨媽高興的一刻。我並不因此記恨她，從來都不。」

「你總是對她很好，」湯米說，「雖然你並不十分喜歡她。」

「沒有人會喜歡艾達姨媽，」陶品絲說道，「若是問我，我會說，不可能有人喜歡她。」

「人總是會忍不住同情老年人。」湯米說道。

「我可不同，」陶品絲說，「我沒有你那樣的善良心腸。」

「你比別的女人無情。」湯米說。

「也許是吧。畢竟，女人除了現實地看待事物之外，根本沒時間考慮別的事情。我是說，我會替那些年邁多病的人感到傷心……如果她們是好人的話。但如果她們心腸不好，那就另當別論了，這一點你必須承認。假如你二十歲時很惹人討厭，四十歲時還是惹人討厭，六十歲時更加惹人討厭，八十歲時全然成了魔鬼，那麼，我真不明白，為什麼僅僅因為他們老了，我們就該憐憫他們？本性難移啊。我認識幾位七、八十歲的老婦人，她們可愛極了。比徹姆太太、瑪麗·卡爾，還有麵包師傅的祖母，親愛的老波普萊特太太，她以前幫我們清掃房間。她們都十分可親可愛，我會為她們甘心付出。」

「好了，好了，」湯米說，「現實一點吧。不過如果你真想表現你的高尚情操和我一道去……」

「我想和你一起去，」陶品絲又插話說，「畢竟我和你結了婚，就要和你同甘共苦。不過艾達姨媽絕對是苦的那部分，因此我應該和你攜手同去。我們要帶給她一束花，一盒夾心巧克力，或許再帶一兩本雜誌。你可以給那位某某小姐寫信，告訴她我們要去探望她。」

「下星期嗎？星期二我可以去，」湯米說，「如果你沒意見的話。」

「就定在下星期二吧。」陶品絲說，「那個女人叫什麼名字？我想不起來了，那個被稱為護士長或總監的女人。她的名字是『帕』開頭的。」

「帕卡德小姐。」

「對。」

「也許這次和上次的不一樣。」湯米說。

「不一樣？怎麼不一樣？」

「我不知道。也許發生了一些有趣的事。」

「也許我們會在去那裡的火車上出車禍。」陶品絲說著，臉上露出些許喜色。

「為什麼你希望發生車禍？」

「我當然並不真的希望。只不過……」

「不過什麼？」

「嗯，也許會是一趟歷險吧，不是嗎？也許我們可以挽救別人的性命，或是做些有益的事。有益，同時激發人心。」

「這是什麼怪念頭！」貝里福先生說道。

「我知道。」陶品絲贊同他的說法。「不過有時這樣的想法就是會自己蹦出來。」

02 是你那可憐的孩子嗎？

煦陽嶺養老院是如何得名的，似乎頗難解釋。因為附近並沒有可以稱得上山嶺的地形，正好相反，它的地勢平緩，相當適合老年人居住。養老院的花園很大，但是沒什麼特色。老人們居住的維多利亞時代建築修繕完好。樓旁的樹木濃蔭遮蔽，令人賞心悅目，樓側的一株五葉地錦攀緣而上，兩株南美杉又給這個地方增添了一些異國情調。幾條長椅橫列在曬得到太陽的地方。一兩張花園座椅散置在有篷的遊廊裡，老人們可以安坐其上，不必擔心凜冽的東風吹襲。

湯米按響了門鈴。出來接待他和陶品絲的是一位面帶愁容、身著寬大尼龍罩衫的年輕婦女。她把他們領到一間很小的接待室，有些透不過氣似地說：「我去請帕卡德小姐。她剛才一直在等你們，馬上就會下樓來。你們不介意稍等片刻吧？全是因為卡拉韋夫人出事了，她幾度吞食頂針後獲救，現在她又故技重施，就是這麼回事。」

「她這樣做究竟有什麼目的？」陶品絲驚異地問。

「好玩吧。她總是這樣。」女幫傭簡單地解釋了一句，便走開了。

陶品絲坐了下來，邊想邊說：「我想我不會吞頂針。嚥下去的時候一定很噎人，不是嗎？」

他們等了片刻之後，接待室的門開了。帕卡德小姐走了進來，而且連聲道歉。她身材高大，長著沙黃色的頭髮，年紀約莫五十，一派鎮定自如的儀態，對於這一點，湯米一直欽慕不已。

「對不起，讓您久等了，貝里福先生，」她說，「您好，貝里福夫人，見到您也來真讓我高興。」

「聽說有人吞了頂針。」湯米說。

「是馬琳告訴你們的嗎？沒錯，是卡拉韋夫人。她總愛吞東西。這種事情很難預防。您也知道，我們總不能一刻不停地守著她們。當然有時候小孩子也會這樣，但若是一位老婦人這樣做就有些滑稽了吧？她這種念頭已經根深柢固，而且愈演愈烈。好在看來對她不會造成任何傷害，這是最令人寬慰的。」

也許她父親是表演吞劍的，陶品絲想道。

「這想法倒是很有意思，貝里福夫人。也許真能做些解釋。」她繼續說道，「我已經通知范蕭小姐您要來，貝里福先生。但不知道她是否聽懂了我的話，因為並不是所有的話她都能理解。」

「她最近狀況如何？」

「恐怕她的腦力在急遽衰退，」帕卡德小姐語帶悲傷。「沒有人知道她能理解多少話或是不能理解多少。我是昨晚告訴她的，但她說我一定搞錯了，因為現在正是學期中。她似乎認為您還在上學。可憐的老人，她們有時糊塗得很，尤其在牽涉到時間的時候。可是今天早晨我再次提醒她您要來看她時，她卻說根本不可能，因為您早就死了。不過，」帕卡德小姐欣然說道，「我想一旦見面，她就會認出您來。」

「她的身體怎樣？和以前差不多嗎？」

「算是可以吧。不過坦白說，我覺得她活不了多久了。雖然她沒有什麼病痛，但她的心臟機能已經不如從前，事實上，是遠遠不如從前了。因此我覺得有必要告訴您，或許您可以做些準備了，以免她突然過世時，您一下措手不及。」

「我們給她帶了些花。」陶品絲說。

「還有一盒巧克力。」湯米說。

「你們考慮得太周到了。她一定會很高興。你們現在就上樓去看她好嗎？」

湯米和陶品絲起身隨著帕卡德小姐走出接待室。她領著他們走上樓梯。正當他們沿著樓上的走廊穿行，走到其中一個房間前面時，房門猛地打開了。一位高約五呎的小個子老婦邁著碎步跑了出來，一邊高聲尖叫著：「我要喝可可，我要喝可可，珍護士在哪兒？我要喝可可。」

一位身著護士制服的婦女立即從隔壁房間裡衝出來，連聲對她說：「好，好，親愛的，別激動。您已經喝過可可了，二十分鐘之前您剛剛喝過。」

「不，我沒喝，護士。不對，我沒喝可可。我渴了。」

「好吧，您要是想喝，可以再喝一杯。」

「我不是『再』喝一杯，因為我一杯都沒喝過。」

她們繼續爭執著。帕卡德小姐在走廊盡頭的一間房門上輕輕叩了一下，便推門而入。

「他來了，范蕭小姐。」她輕快地說道，「您的外甥來看望您了。您高不高興？」

臨窗的床上，倚豎在枕頭上的老婦人猛地端坐起來。她髮色鐵灰，瘦削而布滿皺紋的臉上長著又大又高的鼻子，露出一副對任何事情都不滿的神態。湯米走上前去。

「您好，艾達姨媽，」他說道，「您好嗎？」

艾達姨媽沒理他，反而生氣地對帕卡德小姐說：「我不明白你把男士帶進女士的臥室是何居心。我年輕的時候這樣做會被視為有失體統！居然說他是我的外甥！他究竟是誰？水管工人還是電工？」

「好了，好了，您這樣做可不大好。」帕卡德小姐溫和地勸慰道。

「我是您的外甥湯瑪士·貝里福。」湯米邊說邊把手中那盒巧克力遞了過去。「我給您帶了一盒巧克力。」

「你騙不了我，」艾達姨媽說，「我知道你們這種人，你們什麼謊話都編得出來。這女人是誰？」

她厭惡地打量著貝里福夫人。

「我是璞丹絲[1]，您的甥媳，璞丹絲。」貝里福夫人說道。

「多可笑的名字，」艾達姨媽說，「聽上去像個客廳女僕。我的舅公馬修有個客廳女僕叫康芙特[2]，還有一個女僕叫雷喬斯茵瑟洛[3]，是個衛理公會教徒。不過范妮舅婆立即給她換了名字，說只要是在她的家裡，她就叫作麗貝卡。」

「我給您帶了一些玫瑰花。」陶品絲說。

「我不喜歡在病房裡放花。它們會把氧氣吸光。」

「我替您插在花瓶裡。」帕卡德小姐說。

「你千萬別那樣做，你應該知道我是個意志堅強的人。」

「您看起來狀況很好，艾達姨媽，」貝里福夫人說，「不如這樣說，好得驚人。」

「我很清楚你們是什麼樣的人。你說你是我外甥，居心何在？你說你叫什麼來著，湯瑪

1 璞丹絲的英文是Prudence，意為「謹慎」。
2 康芙特的英文是Comfort，意為「舒適」。
3 雷喬斯茵瑟洛的英文是Rejoice-in-the-Lord，意為「上帝歡娛」。

士嗎？」

「是，湯瑪士或湯米。」

「我從沒聽過這個人，」艾達姨媽說，「我只有一個外甥，他叫威廉，一次大戰期間戰死了。不過對他來說，這也算是好事。他要是活著，也只是變成壞人而已。我累了。」艾達姨媽一邊說著，一邊重新靠回枕頭上，轉過頭對帕卡德小姐說：「帶他們出去吧。你不該把陌生人帶來見我。」

「我本以為一次愉快而短暫的探視會讓您高興起來。」帕卡德小姐泰然自若地說。

艾達姨媽低聲吃吃笑了兩聲，彷彿在心中竊笑。

「好吧，」陶品絲笑著說，「我們該走了。我把玫瑰花留下來。您或許會改變心意。走吧，湯米。」

陶品絲說完便轉身向房門走去。

「好吧，再見，艾達姨媽。很遺憾您不記得我了。」

艾達姨媽一直沉默不語，目送著陶品絲和跟在後面的帕卡德小姐及湯米走到門外。

「回來，你回來。」這時，艾達姨媽突然說道，她提高了聲音。「我完全認得出你。你是湯瑪士。你以前頭髮是紅色的，紅紅的胡蘿蔔色。回來，我要和你說話。我不想見那個女人，她裝成是你的妻子也沒用。我清楚得很。你不該讓那種女人到這兒來。來，坐到這張椅子上，和我談談你母親。你走開。」

艾達姨媽像寫信附記似地加了一句，一邊向站在門口猶豫不決的陶品絲揮了揮手。

陶品絲立即走開了。

「今天她的情緒不大穩定。」帕卡德小姐一邊和陶品絲走下樓梯，一邊冷靜地說，「有時候，」她又加了一句：「她待人相當和善……這你可能相當難以置信吧。」

湯米在艾達姨媽指定的椅子上坐下，和緩地聊及他母親的事。他沒有多少可以告訴她，因為她已經過世將近四十年了。艾達姨媽沒有為此感到震驚。

「太不可思議了，有那麼久嗎？唉，時間的確過得太快了。」她上下端詳著他，問道：「你為什麼不結婚呢？找個能幹的好女人照顧你。要明白，你的年紀一天比一天大了，別再和這種放蕩的女人交往，帶著她們四處招搖，還說她們是你的妻子。」

「看來，」湯米說，「下次我和陶品絲來探望您的時候，一定要讓她把結婚證書帶來。」

「你已經把她調教成本分的女人啦？」艾達姨媽問道。

「我們結婚已經三十多年了，」湯米說，「我們有一兒一女，他們也都成家了。」

「我的問題在於，」艾達姨媽立即改變了立場。「從來沒有人和我提過這些事。要是你對我說過……」

湯米沒有爭辯。陶品絲三令五申地給他注射過預防針。

「若是六十五歲以上的人挑你毛病，」她說，「千萬不要爭辯。千萬不要嘗試說你是對的。你應該馬上道歉，說全都是你的錯，你很抱歉，再也不會那樣做了。」

湯米決定採取這種態度對待艾達姨媽。其實一直以來他也都是這樣。

「很抱歉，艾達姨媽，」他說，「看來人上了年紀就會變得健忘。」他絲毫沒有臉紅。

「不是每個人都能像您這樣清楚記著過去的事情。」

艾達姨媽咧嘴笑了，沒再說什麼。

「你這個人很好，」她說，「如果剛才我對你有些無禮，我很抱歉，因為我不喜歡別人強迫我。你不知道這地方，她們會把任何人放進來看你，真的，任何人。要是他們聲稱自己是誰誰誰，我就不疑有他讓他們進來看我，那後果就不堪設想。也許他們會搶劫，然後把我殺死在床上。」

「噢，這不大可能吧。」湯米問道。

「你不知道，」艾達姨媽說，「報紙上有這種事情。來這裡的人也說有這種事情。並不是別人說什麼我都相信，不過我的警覺性很高。你相信嗎，前幾天她們帶了一位陌生人來，我從未見過他。他說自己是威廉醫生。她們說默利醫生去度假了，這是他的新同事。什麼新同事！我哪知道他是不是他的新同事？他只是自稱自己是而已。」

「那他是默利醫生的新同事嗎？」

「事實證明，」艾達姨媽對自己的誤判稍感觸怒。「他是。不過事先誰也不敢確信。他就那麼開車來到這裡，提著那種醫生用來裝量血壓用具的黑箱子，那種人們常常說的魔法箱……那是誰呀，喬安娜．索斯科特[4]嗎？」

「不，」湯米說，「我想不是她。她好像只會預測。」

「哦。不過我的意思是，任何人都可以這樣到某個地方，自稱是醫生，然後所有護士都會咧嘴咯咯咯笑著說『是的，醫生』、『當然可以，醫生』，而且對他畢恭畢敬，傻女孩！若是病人發誓說她不認識這個人，她們會說是她太健忘，記不得以前認識的人了。我從來沒忘記過什麼人，」艾達姨媽堅決地說，「從來沒有。你的卡羅琳姨媽現在怎麼樣？我很久沒她的消息了。你知道嗎？」

湯米歉然地說他的卡羅琳姨媽已經過世十五年了。艾達姨媽聽了之後，並未流露出悲傷的神情。卡羅琳姨媽畢竟不是她的親姐妹，而只是堂姐妹。

「好像所有的人都凋零殆盡了。」她有些興味盎然地說著，「身體不行了，他們就壞在這一點上。心臟機能衰退、冠狀動脈血栓形成、高血壓、慢性支氣管炎、風溼性關節炎等等。他們都太虛弱了。醫生若想延長他們的生命，只能讓他們一盒一盒、一瓶一瓶地吃藥。黃色的、粉色的、綠色的……就算用黑色的藥片我也不會吃驚。我的祖母年輕的時候，人們常用硫磺和糖漿治病。那才是好東西。在讓身體好起來與喝硫磺和糖漿之間，人們一定會選擇讓身體好起來。」她滿意地點著頭說，「不能真的相信醫生，不能。不能相信職業醫生，

4　喬安娜・索斯科特（Joanna Southcott, 1750-1814），英國人，被確認具有超自然能力，著有六十部著作。

尤其是新潮的那種。據說這裡有很多人被毒死了。說是要拿他們的心臟去做移植。我自己並不相信這種說法。帕卡德小姐不會容許這種事。」

在樓下，帕卡德小姐略帶歉意地領著陶品絲走進緊挨大廳的一個房間裡。

「十分抱歉，貝里福夫人。不過我想您也知道老年人是什麼樣子。他們喜歡什麼或不喜歡什麼常是毫無道理可言，但他們又十分固執己見。」

「開辦這樣一所養老院一定很難。」陶品絲說。

「其實還好，」帕卡德小姐說，「我倒是很喜歡這個地方，而且我也很喜歡這些老人。對一個人照料久了，你就會喜歡上他。我的意思是，雖然他們性格各異，而且各自有各自的煩心事，但還是很容易管理……如果你知道如何管理的話。」

陶品絲心想，帕卡德小姐就屬於那種知道如何管理的人。

「他們就像小孩子一樣，真的。」帕卡德小姐寬容地說，「只是小孩子比他們有頭腦，有時很難對付。他們這些老人糊塗得很，只希望你寬慰他們，告訴他們他們想的沒錯。這樣，他們就會高興起來。我的護士都很好，她們很有耐心，脾氣溫和，而且不很聰明，因為如果雇用太聰明的人，很容易缺乏耐心。多諾萬小姐，有事嗎？」

她轉頭問一位戴著眼鏡從樓梯上跑下來的年輕婦女。

「又是洛基特夫人，帕卡德小姐。她說自己快死了，要立即叫醫生來。」

「噢，」帕卡德小姐無動於衷地應了一聲。「這次她的死因是什麼？」

「她說昨天的湯裡有蘑菇，所以裡面一定混雜了毒菌，因此她中毒了。」

「這倒是個新理由。」帕卡德小姐說，「我最好上樓和她談一談。很抱歉，我得上樓了，貝里福夫人。您可以在那間房間裡看看雜誌和報紙。」

「哦，好的。」陶品絲說。

她走進了帕卡德小姐指給她的房間。房間布置得很舒適，透過落地窗可以望見花園。裡面擺著幾張安樂椅，每張桌子上都擱著幾盆花。有一面牆被書架占滿了，書架上擺著現代小說、旅遊書籍，還有一些可以稱之為懷舊經典的書，老人見到它們應該都會感到欣喜。雜誌擺在其中一張桌子上。

當時房間裡只有一個人。一位老婦人坐在一張椅子上，她的滿頭銀絲都梳到了腦後，她正凝視著握在手中的一杯牛奶。她面色白中透粉，和善地朝陶品絲笑了笑。

「早安！」她說，「你是來這兒長住，還是探望親友？」

「我來探望親友，」陶品絲說，「我的一位姨媽住在這兒。現在我丈夫和她在一起。我們覺得兩個人同時陪著她會使她感到應接不暇。」

「你們考慮得很周到，」老婦人說，她很香地喝了一小口牛奶。「我猜……不，我想應該沒問題。你不想喝點什麼嗎？喝點茶或是咖啡？我來按鈴。這裡的人都很好。」

「不，謝謝！」陶品絲說，「真的。」

「或者喝杯牛奶？今天的牛奶沒有下毒。」

「不，不，什麼都不要。我們馬上就要走了。」

「好吧，如果你堅持不要。但其實不會麻煩。這裡沒人覺得什麼事麻煩，除非你的要求根本無法達到。」

「我敢說我們來探望的那位姨媽，有時會提出那種無法達到的要求。」陶品絲說道。

「她是范蕭小姐。」她又補了一句。

「噢，范蕭小姐，」老婦人說，「噢，是她呀。」

她的聲音中有些抑制，倒是陶品絲爽快地說：「我知道她很難應付。她一直是這樣。」

「是的，她的確如此。我以前也有一位姑媽和她很相像，尤其是上了年紀之後。不過，我們都很喜歡范蕭小姐。她高興的時候說話很有趣，當然，是談論起別人的時候。」

「我敢說她是這樣沒錯。」陶品絲說。

她想了一想，用一種新目光衡量著艾達姨媽。

「她評判起人來很尖刻。」老婦人說，「我姓蘭開斯特，我是蘭開斯特夫人。」

「我姓貝里福。」陶品絲說。

「說起來，人有時挺愛聽些尖酸的批評。某些住在這裡的老人讓她形容、評論起來都相當刻薄。當然我們不該覺得有趣，但我們就是挺愛聽的。」

「您在這裡住了很久嗎？」

「已經很長時間了。讓我算算……七年，八年。是啊，足足有八年多了。」她嘆道，

「在這裡等於與世隔絕，見不到其他人。剩下的幾個親戚也都住在國外。」

「您一定感覺很悲哀吧。」

「不，並不悲哀。反正我也不喜歡他們。其實我甚至不了解他們。我的病很重，非常嚴重，而且我獨自一人生活，所以他們認為我住在這種地方更好。我覺得到這裡來很幸運。這裡的人既善良又貼心。花園也很美。我自己也明白不該獨自一人生活，因為我有時的確很糊塗，十分糊塗。」她邊說邊拍了拍額頭。「我這兒糊塗。我會把事情混在一起。發生過的事情，我無法全部記得一清二楚。」

「真替您感到難過，」陶品絲說，「不過，我想人總會有些小病痛。」

「有些疾病很折磨人。我們這裡有兩個可憐的人，風溼性關節炎很嚴重，她們痛苦極了。因此我想，如果只是對事件、地點和當事人之類的記憶有些迷糊，也沒什麼大不了，至少肉體不覺得痛苦。」

「是的，我想您說得很有道理。」陶品絲說。

這時，門開了，一位身著白色罩衫的女孩走了進來。她端著一個茶盤，上面放著一把咖啡壺和一個盛著兩塊餅乾的淺碟。她把茶盤放在陶品絲身旁。

「帕卡德小姐說，您也許想喝杯咖啡。」她說道。

「謝謝你。」陶品絲說。

女孩出去之後，蘭開斯特夫人說：「瞧，她們很周到，不是嗎？」

「的確很周到。」

陶品絲倒了一杯咖啡，喝了起來。兩人默然坐了片刻。陶品絲把盛著餅乾的碟子遞給老人，她卻搖頭拒絕了。

「不，謝謝你，親愛的。我喜歡單喝牛奶。」

她放下空玻璃杯，向後靠在椅背上，雙目半闔。陶品絲想，也許這是她上午小憩片刻的時間，於是沒再說話。可是猛地一下，蘭開斯特夫人似乎又突然醒了過來。她睜開雙眼，看著陶品絲說：「我看到你在看壁爐。」

「哦，是嗎？」陶品絲略帶驚異地問。

「是的。不知道……」她探身向陶品絲壓低嗓音問道，「我冒昧地問一句，是你那可憐的孩子嗎？」

陶品絲吃了一驚，猶疑地說：「我……不，我想不是的。」

「我猜，我想，也許你是為此而來。總有一天會有人來的。也許他們就要來了，然後他們會盯著壁爐看，像你剛才那樣。它就在那裡，就在壁爐後面。」

「噢，」陶品絲問道，「噢，是嗎？」

「總是在同一個時間，」蘭開斯特夫人低聲說，「總是在一天中的同一個時間。」她仰頭望著壁爐上方的掛鐘。陶品絲也抬頭望去。「十一點十分，」老婦人又說，「十一點十分。是的，總是在每天早晨的同一個時刻。」她嘆道：「人們都聽不懂我的話。我把我知道的告訴他們，但他們不相信我說的話。」
這時門開了，湯米走了進來，陶品絲鬆了一口氣，她站起身來。
「我在這兒，我準備好了。」她一邊朝門外走去，一邊轉回頭說，「再見，蘭開斯特夫人。」
她和湯米走進大廳的時候，她問道：「你們進展如何？」
「你走了之後，」湯米說，「就突飛猛進，勢不可擋。」
「我留給她的印象實在很差，不是嗎？」陶品絲說，「從某種角度講，這很有意思。」
「為什麼有意思？」
「呃，像我這樣年紀的女人，」陶品絲說，「外表整潔、體面，稍顯乏味，但居然會被她視為充滿女性魅力的浪蕩女人，真是有意思。」
「傻瓜，」湯米說著，親暱地捏了捏她的手臂。「剛才和你說話的是什麼人？她看起來很和藹。」
「是的，」陶品絲說，「她是個很和善的人。不幸的是腦子有點問題。」
「腦子有問題？」
「是的。她似乎認為壁爐後面有個死去的小孩子什麼的，還問我那個可憐的孩子是不是我的。」
「真令人沮喪，」湯米說，「我想這裡一定有些老人腦子不太正常，還有的由於年邁也變得糊塗不堪。不過，她看起來還是很和善。」

「是啊，」陶品絲說，「我覺得她很和善，而且非常親切。不知道她到底有什麼幻覺，又為什麼會有這種念頭。」

帕卡德小姐又突然出現在他們面前。

「再見，貝里福夫人。她們給您送咖啡了吧？」

「哦，是的，謝謝您。」

「你們能來真是太好了，真的。」帕卡德小姐說道。隨後她轉向湯米說：「據我所知，范蕭小姐對您的來訪感到十分高興。很遺憾她對您的妻子太粗魯了。」

「我想那樣會給她帶來很多樂趣。」陶品絲說。

「您說得很對。她的確喜歡對人粗魯，而且不幸的是，她長於此道。」

「所以她就盡可能地施展自己的才華。」湯米接腔道。

「你們兩位都很能體諒別人。」帕卡德小姐說。

「剛才我和一位老婆婆聊天，」陶品絲說道，「我記得她自我介紹叫蘭開斯特夫人？」

「噢，蘭開斯特夫人。我們都很喜歡她。」

「她……她好像有些特別？」

「嗯，她有些幻覺，」帕卡德小姐慈愛地解釋道，「在這裡有好幾位老人都有幻覺，但都是無傷大雅的那種。不過無論如何，她們就是那樣。她們以為自己身上發生了一些事，或是別人發生了什麼事。我們試著置之不理，不讓幻想氾濫，盡量減弱它們的影響。其實我認為這只是他們在發揮想像力，他們希望能生活在幻想之中。有的幻想令人興奮，有的卻感傷而富於悲劇色彩，但本質上沒什麼差別。好在還沒有迫害妄想，真是感謝上帝，那可不行喔。」

「好了，任務完成。」湯米鑽進汽車的時候嘆息著說，「至少六個月內，我們不需要再來這裡了。」

但是，六個月之後他們已不需要來探望艾達姨媽了，因為過了三個星期，她便在睡眠中與世長辭了。

03 葬禮

「葬禮真令人感傷，對吧？」陶品絲說。

他們剛剛參加完艾達姨媽的葬禮回到家中。這趟往返林肯郡的火車旅行既漫長又折騰；因為艾達姨媽大多數的親人和祖輩都葬在那裡的一個村莊，所以艾達姨媽的葬禮也選在那裡舉行。

「你想像中的葬禮是什麼樣子？」湯米理智地問道，「一派狂歡作樂的場面嗎？」

「也許在某些地方會是這樣，」陶品絲說，「好像愛爾蘭人都要守靈一夜吧？他們先哀號痛哭一番，隨後便縱酒狂歡。你想喝點酒嗎？」

她瞧了一眼食具櫃。

湯米走過去，倒了一杯他認為合適的「白衣淑女」。

「啊，這樣感覺好多了。」陶品絲說道。

她摘下黑色的帽子，扔到房間的另一頭，又脫下了黑色的長外套。

「我痛恨穿喪服。」她說，「因為存放太久了，總是會聞到一股樟腦丸的味道。」

「你沒必要一直穿著喪服，只有參加葬禮時才需要穿。」湯米說。

「我知道。我馬上就上樓去換一件鮮紅色的上衣，讓自己高興一下。你可以再給我倒一杯『白衣淑女』。」

「真是的，陶品絲，我不知道葬禮還會帶來這種派對的感覺。」

「我剛才說葬禮讓人傷感，」陶品絲片刻之後重新出現在湯米面前，穿著一件搶眼的櫻桃紅上衣，衣服的肩頭別著一隻鑲嵌著紅寶石和鑽石的蜥蜴。「是指艾達姨媽這樣的葬禮，老人的葬禮。沒有太多鮮花，沒有很多人在一旁嗚咽、抽泣。只是送別一位年邁、孤獨、不會被太多人想念的人。」

「如果是我的葬禮，你就會比較輕鬆愉快一點，對吧？」

「這你可錯了，」陶品絲說，「我不願意想像你的葬禮，因為我寧願死在你之前。不過如果我去參加你的葬禮，無論如何我都會悲痛欲絕。我一定要帶許多條手帕。」

「鑲黑邊的那種嗎？」

「我沒想過要帶那種，但這倒是一個好主意。此外，葬禮儀式也很好，能讓你重新振奮起來。真心的悲痛是假不了的，雖然它會讓你覺得很難受，可是也會對你產生一些影響。我的意思是，悲痛會像出汗一樣汩汩發散出來。」

「說實話，陶品絲，關於我的死去和它會為你帶來的影響，你的觀點極為無聊。我不喜歡。我們不要再提什麼葬禮了。」

「好，不提。」

「可憐的老姨媽走了，」湯米說，「她平靜、沒有痛苦地走了。因此，我們就到此為止吧。我最好把這些事情處理完畢。」

他走到書桌前翻動幾封信件。

「咦，我把羅克伯里先生的來信放在什麼地方了？」

「誰是羅克伯里先生？哦，你說的是寫信給你的那位律師嗎？」

「是的。寫信來說明後事的處理。我好像是艾達姨媽留下的唯一親人。」

「真遺憾她沒有一大筆遺產留給你。」陶品絲說。

「她若是有遺產，也會留給那個『貓之家』。」湯米說，「她剩下的現金都會留給那些貓，留給我的不會很多。當然，我既不需要，也不想要。」

「她喜歡貓嗎？」

「不知道，也許吧，我從來沒聽她談過貓。我覺得，」湯米沉思著說，「她常對去探望她的老朋友說：『親愛的，我在遺囑裡留了一點東西給你。』或是：『你十分喜歡的那枚胸針，我已經在遺囑裡留給你了。』而且樂此不疲。她實際上除了給『貓之家』留了一些遺產外，誰都沒有得到任何東西。」

「我想她八成會讓別人滿腹牢騷。」陶品絲說，「我可以了解到為什麼她對老朋友——或者所謂的老朋友——說那些話，我認為她並不真正喜歡她們。她只是喜歡吊人胃口，我不得不說她是個老滑頭，你說呢，湯米？不過有趣的是，人們就是喜歡她這種老滑頭的樣子。人老了，棲身於養老院，還能從中找到樂趣，的確也是件不容易的事。我們還有必要去煦陽嶺嗎？」

「那封信哪兒去了？帕卡德小姐的那封？啊，在這兒。我把它和羅克伯里的信放在一起了。對，她說姨媽在那裡還有些遺物，我想，現在應該是屬於我的財產了。她搬去那裡時帶了幾件家具，當然還有一些她的個人財物、衣服什麼的。我想總得有人去看看。還有一些信件。我是她指定的遺囑執行人，因此我想這任務非我莫屬。我想我們並不真的需要她的任何東西吧？我只要一張我很喜歡的小書桌。記得以前威廉舅舅用過。」

「你可以把它當作紀念留下來。」陶品絲說，「其他東西我們可以送去拍賣。」

「這樣看來，你根本不必去。」湯米說。

「不，我想我還是要去。」陶品絲說。

「你想去？為什麼？你不覺得此行很乏味嗎？」

「你指的是清理她的遺物嗎？不，我不這樣想。我倒是很好奇。整理舊信件和古董珠寶是很有意思的，我想先親自去看看，而不是讓東西直接送去拍賣或是給外人清理。我們一起去清理遺物，看看有沒有可以留下的東西，然後把別的東西處理掉。」

「為什麼你想去？你一定還有別的原因，對吧？」

「哦，親愛的，」陶品絲說，「嫁給知你甚深的人真是太糟了。」

「看來你真的有什麼原因……」

「真的沒什麼。」

「說吧，陶品絲，你並不喜歡翻看別人的東西。」

「我覺得那是我的責任。」陶品絲堅定地說道，「唯一的原因是……」

「快，一吐為快。」

「我很想再見到那位老人。」

「什麼？那位認為在壁爐後面有個死孩子的老人嗎？」

「是的，」陶品絲說，「我想再和她談談。我想了解她說那些話的時候，究竟在想什麼。那是她回憶起來的往事，還是她憑空想像的東西呢？我想得愈多，便愈覺得這件事十分蹊蹺。那會是她自己在腦中構思的故事，還是……真發生過有關壁爐和死孩子的事呢？是什麼使她認為那個死去的孩子是我的孩子呢？我這人看起來像是有個夭折的孩子嗎？」

「我真不明白你怎麼會認為有人看起來像是有孩子夭折過。」湯米說，「我根本不會產生這種想法。不管怎樣，陶品絲，我們責無旁貸，你可以順便過過你的偵探癮。就這樣決定了。我們給帕卡德小姐寫信定下日子。」

04 畫著一棟宅院的油畫

陶品絲深吸了一口氣。

「簡直一模一樣。」她說。

她和湯米正站在煦陽嶺樓前的台階上。

「難道不該是一樣的嗎？」湯米問道。

「我說不清楚，這只不過是我的一種感覺罷了，和時間有關。在不同的地方，時間的速度也不同。有些地方你再去的時候會覺得時間在喧鬧中匆匆過去了，各種各樣的事情發生、又改變了。可是這裡……湯米，你記得奧斯坦德嗎？」

「奧斯坦德？我們去度蜜月的地方，我當然記得。」

「你還記得路標上的字嗎？川斯蒂史坦德，那讓我們大笑不止。看上去多滑稽。」

「我記得那是在諾克，不是奧斯坦德。」

「沒關係，你記得就好。『川斯蒂史坦德』（Tramstillstand）這個詞唸起來就像是複合詞『時間靜止』（Timestillstand），意思是任何事情都沒發生，時間停止了，狀況一成不變。就像是幽靈作祟，只不過我們是在陽世。」

「真不明白你在說什麼。你準備一直站在這兒談論時間，不去按門鈴嗎？艾達姨媽不在了……至少這件事不同了。」

說著，他按響了門鈴。

「這是唯一不同的事情。那位老婆婆還會喝著牛奶講述壁爐的故事，某位夫人還會吞下頂針或湯匙，一位有趣的小老太婆還會從房間裡尖嚷著要可可喝，帕卡德小姐還是會下樓來，而且……」

這時門開了，一位身著尼龍罩衫的年輕女孩問道：「兩位是貝里福先生夫人嗎？帕卡德小姐正在等你們。」

她正要把他們領進上次那間接待室時，帕卡德小姐從樓上走了下來，向他們致以問候。她的動作恰如其分，不像平時那樣急促；她的舉止十分莊重，而且面露哀矜，但並不過分，否則就會顯得矯情。就表現出適切得體的哀悼而言，她不啻是位專家。

聖經上說，人的壽命有七十年。在她的養老院裡，極少有人不到七十歲便死去；人們等待著死亡的來臨；死亡也會如期而至。

「你們能來真是太好了。我已經把所有東西整理好，只等你們過目。我很高興你們這麼快就來了，因為有三、四個人在等著搬到這裡。我相信你們可以體諒我，不會認為我在催促你們。」

「當然不會。我們非常理解你的心情和處境。」湯米說道。

帕卡德小姐打開了他們上次會見艾達姨媽的那間房門。床上罩著一襲防塵床罩，隱約現出下面疊好的被子和擺放整齊的枕頭形狀，這給整個房間平添一種遺棄的感覺。衣櫥門大開，原先放在裡面的衣服已被整齊地疊放在床上。

「你們平常是如何處置？我是想問，大多數人會怎麼處置衣服之類的東西？」陶品絲問道。

「我可以向你們推薦兩三家機構，他們一向十分願意接收這種物品。她有一襲相當名貴的裘皮披肩和質量上乘的外套，我想你們不會有什麼用處吧？不過，或許你們自己也知道一些可以贈送物品的慈善機構？」

陶品絲搖了搖頭。

「她有一些珠寶首飾，」帕卡德小姐說，「為了安全起見，我把它們收起來了。你們可以在梳妝檯右手邊的抽屜裡看到它們。因為你們要來，我剛才把它們放在那裡了。」

「非常感謝，」湯米說，「給你添了這麼多麻煩。」

陶品絲卻在盯著壁爐上方掛著的一幅畫。這幅小型油畫上有一棟淡粉色的宅院，旁邊是一條運河，一座小拱橋橫跨其上，橋下靠近河岸的地方泊著一隻空船，遠處有兩株楊樹。景色很宜人，但令湯米詫異的是，陶品絲盯著油畫看的神情竟十分專注。

「真奇怪。」陶品絲嘟囔了一句。

湯米探詢地看著她。根據他長久以來的經驗，陶品絲認為「奇怪」的事情絕非這兩個字便可以形容。

「你是什麼意思，陶品絲？」

「奇怪，以前來這兒的時候，我從來沒注意到這裡有一幅畫。可是怪就怪在我好像在什麼地方見過這棟宅院。它很像我見過的某棟宅院。我記得很清楚，只是我記不得時間和地點了。」

「我想，你是在沒有留意到自己在留意的時候，對它注意過了。」

湯米說完之後，自己也覺得句法拙劣，幾乎可以和陶品絲不停重複的「奇怪」相媲美。

「上次我們來的時候，你注意到了嗎，湯米？」

「哦，這幅畫嗎？」帕卡德小姐說，「不，我想你們上次來的時候不曾見到它，因為我可以肯定當時它還沒掛在壁爐上。其實這幅畫是我們這裡另一位老人的，她把它送給了你們的姨媽。范蕭小姐多次表達她對這幅畫的欣賞。這位老夫人就把它送給了她，而且堅持要她留下。」

「我明白了。」陶品絲說，「這樣看來，我上次根本不可能見到它。但我還是覺得見過這棟宅院。你呢，湯米？」

「我沒見過。」湯米說。

「好，我先出去了，」帕卡德小姐輕快地說道，「如果需要的話，請隨時叫我。」她笑著點了點頭，便離開了房間，並隨手關上門。

「我覺得我實在不喜歡她的牙齒。」陶品絲說。

「她的牙齒怎麼了？」

「太多了。或者說太大了，就像小紅帽的外婆說的那樣：『正好用來吃掉你，孩子。』」

「你今天的情緒好像不大對勁，陶品絲。」

「的確是這樣。我一直覺得帕卡德小姐人很好，可是今天，不知道為什麼，她看起來有點邪惡。你感覺出來了嗎？」

「沒有。來，我們該做正事了，對艾達姨媽的——用律師的話說——『財產』過過目。這就是我和你說過的書桌，威廉舅舅的書桌。你喜歡嗎？」

「它很好，我覺得有種皇家氣派。來這兒的老人可以帶幾件自己慣用的東西還是很不錯。我不喜歡這幾張馬鬃椅，不過這張用來做女紅工作台倒還不錯，正好可以替代我們角落靠窗的那個古董架。」

「好，」湯米說，「我把它們記下來。」

「我們還要帶走壁爐上的油畫，它真是太迷人了，我確信我一定見過畫中的宅院。好，我們來看首飾吧。」

他們拉開梳妝台的抽屜，裡面放著一套浮雕寶石首飾、一套佛羅倫斯手鐲及耳環，以及一枚鑲著五彩寶石的戒指。

「我以前見過這枚戒指，」陶品絲說道，「這種東西往往會讓你想起某個人，有時是最心愛的人。鑽石，祖母綠，紫水晶；不，不會是最心愛的人，我想不會。我難以想像你姨媽會有什麼心愛的人送她戒指。紅寶石，祖母綠，難就難在不知道該從哪一顆寶石數起。我再試一次。紅寶石，祖母綠，又一顆紅寶石，不，我想是石榴石，還有紫水晶，又一顆偏粉的寶石，這一定又是紅寶石，中間還鑲著一顆小鑽石。噢，當然是為了互相參照對比。這枚戒指的確不錯，樣式古老，很令人傷懷。」

她把它套在手指上。

「我想黛博拉可能會喜歡它，」她說，「還有這套佛羅倫斯式的首飾。她特別喜歡維多利亞時代的東西。現在不少人都喜歡。好了，我看我們該清理這些衣服了。衣服總會讓人想到死亡。噢，這就是那襲裘皮披肩，看起來價值不菲啊。我自己可不想要。不知道這裡是否有誰對艾達姨媽十分照顧，或是有交情特別的院友……我是指『客人』。我發現這裡都稱他們為『客人』或『貴賓』。如果有的話，把披肩送給那個人就很合適。這可是正宗的黑貂皮。我們可以問問帕卡德小姐。其他東西送給慈善機構就可以了。看來問題都解決了，不是嗎？我們去找帕卡德小姐吧。再見啦，艾達姨媽。」她大聲說著，目光重又轉向床榻。「我很高興我們上次來探望了您。很遺憾您不喜歡我，不過如果您因為不喜歡我，所以對我說話粗魯而感到其樂無窮的話，我是不會記恨您的。您總得找些樂趣吧。我們不會忘記您，看見威廉舅舅的書桌我們就會想起您。」

他們出去找帕卡德小姐。湯米向她解釋說，他們將請人把書桌和小工作台送到他們的住所。其餘家具他會安排當地的拍賣商處置。如果帕卡德小姐方便的話，就請她負責接洽願意接受艾達姨媽遺物的社會機構。

「不知這裡是否有人願意收下她的裘皮披肩？」陶品絲問道，「披肩的質地很好。也許她有位特別的朋友？或是某位對她特別照顧的護士？」

「你們這個想法太好了，貝里福夫人。恐怕范蕭小姐在這裡並沒有特別的朋友；不過，我們的護士奧基夫小姐的確對她護理得十分周到，而且十分善良、機敏，我想她取之無愧，而且會很樂於接受它。」

「還有壁爐上的油畫，」陶品絲說，「我想把它帶走，不過也許畫的原主，也就是把它送給艾達姨媽的那位老人，還想拿回去。我想我們應該徵詢一下她……」

帕卡德小姐打斷了她的話。

「對不起，貝里福夫人，恐怕這已經不可能了。是一位蘭開斯特夫人把畫送給了范蕭小姐，但她已經離開這裡了。」

「離開這裡了？」陶品絲驚問，「蘭開斯特夫人？是不是我上次在這裡碰到的，白髮全部梳到腦後的那位？當時她在樓下的閱覽室裡喝牛奶。您是說她已經走了？」

「是的，一切都很突然。她的一位親戚詹森夫人在大約一週前把她帶走了。詹森夫人新近從非洲回到英國，她在那裡生活了四、五年。一切都很出人意料。如今她可以在自己家中照料蘭開斯特夫人，因為她和她丈夫將在英國購置一所房子。我覺得，」帕卡德小姐說道，「蘭開斯特夫人不願意離開這裡。她和這裡的每個人都相處得很融洽，也很開心。對此她頗覺意外，還流過淚，可是誰都無能為力。她對此也實在沒有太多發言權，因為她在這裡的開銷全部是由詹森夫人支付的。我也曾建議過，既然她已在這裡住了這麼久，而且相當安定，或許讓她繼續留在這裡也未嘗不可。」

「蘭開斯特夫人在這裡住了多久了？」陶品絲問道。

「呃，我想將近八年了。是的，差不多八年了。所以她已把這裡當成自己的家了。」

「是啊，」陶品絲說，「是，我能理解這一點。」她皺著眉頭，緊張兮兮地瞥了湯米一眼，隨後毅然決然地揚頭說道：「很遺憾她已經走了。上次我和她談話時，有一種與她似曾相識的感覺，她的面孔我很熟悉。後來我回憶起我曾經見過她和我一位叫班金索夫人的老朋友在一起。我原想以後再來這裡探望艾達姨媽時，順道問她是不是這樣。當然現在她已經回去和自己的親戚一起居住，也就沒辦法當面問她了。」

「我很理解您的心情，貝里福夫人。如果知道有什麼人是自己的親朋好友，這位老人會高興好一陣子。我不記得她曾經提過一位班金索夫人，不過我想她也沒有必要告訴別人這種事。」

「您能多講一些她的事情嗎？她的親戚是什麼樣的人？她又是如何住到這裡來的？」

「其實沒什麼可說的。我說過，大約八年前，我們收到了詹森夫人的來信，詢問這裡的條件，然後詹森夫人親自來這裡看了看。她說她是從一位朋友那裡聽說煦陽嶺的，還諮詢了各項費用的事，然後她就走了。大約一兩週後，我們又收到倫敦一家律師事務所的來信，做了進一步詢問。最後他們寫來一封信，表示希望我們可以收下蘭開斯特夫人，還說如果我們有空床位，詹森夫人將在一週後把她送來。湊巧當時我們有空床位，詹森夫人就把蘭開斯特夫人送到這裡來。蘭開斯特夫人似乎對我們的養老院和我們安排給她的房間都很滿意。詹森夫人說蘭開斯特夫人想把自己的一些東西帶來，對此我很贊成，因為大家都是如此，而且這會使他們更高興住在這裡。於是一切都令人滿意地安排好了。詹森夫人還解釋說，蘭開斯特夫人是她丈夫的親戚，雖然關係不是很近，可是他們很為她擔心，因為他們馬上就要去非洲了，我記得是尼日。她的丈夫要去那裡任職，可能幾年之內他們不能回英國，所以也無法讓蘭開斯特夫人和他們住在一起照料她。他們希望能找到一家令她感到滿意的養老院。從別人的風評中，他們確信這個地方很好，現在也眼見為實。所以一切都安排得盡如人意，而且蘭開斯特夫人在這裡住得十分安心。」

「我明白了。」

「這裡所有的人都很喜歡蘭開斯特夫人。她有一點……您也明白我的意思，頭腦不清，愛忘事，還常把事情亂攪在一起，有時候記不清名字和地址。」

「她的來信多嗎？」陶品絲問道，「我是指國外寄來的信，或是包裹之類的。」

「我記得詹森夫人或詹森先生第一年寫過一兩封信，但之後就沒有了。我想人的確會忘記舊事，尤其是去了一個新的國家，過著截然不同的生活時。不過我想他們與她的聯繫不是很勤。對他們而言，她僅僅意味著一房遠親和某種家族責任。所有的費用問題，都是經由一家聲譽卓越的律師艾克爾先生開辦的律師事務所處理的。其實，我們以前和這家事務所有過幾次業務往來，所以挺了解他們，他們也知道我們。不過，我想蘭開斯特夫人的朋友和親戚大都已經過世，所以不會收到太多來信，而且好像沒有什麼人來探視她。她來這裡大約一年之後，有一位很英俊的年輕人來看過她。我想他並不認識蘭開斯特夫人，他只是詹森先生的朋友，也在殖民部[5]的海外機構任職。我想他此行的目的是看看她是否健康愉快。」

「從此以後，」陶品絲說，「所有的人都把她忘記了。」

「的確如此，」帕卡德小姐說，「很讓人傷心，不是嗎？不過事情便是如此，沒什麼好奇怪的。所幸，大多數老人都在這裡交到了朋友。他們和品味相投或有共同回憶的院友相處得很融洽，於是一切問題都圓滿地解決了。我想大多數人已經忘掉了以前的生活。」

「是不是有些人，」湯米說，「可能有一點，」他斟酌著詞句。「有一點……」他的手慢慢地舉到了額角，但又放了下去。「我不是指……」

「噢，我十分清楚您的意思，」帕卡德小姐說道，「我們不收精神病患，但我們的確收了一些或可稱之為『處於邊緣狀態』的老人。我指的是太過年邁、無法完善地照顧自己，或是有些奇異幻想的老人。有時，她們想像自己是歷史名人。但她們不會傷害別人。我們這裡有過兩位瑪麗．安東尼[6]，其中一位總是在講小特里亞農宮[7]的事情，還很愛喝牛奶。她似乎認為牛奶和那個地方密不可分。以前還有位老人堅持說自己是居里夫人，說她發現了鐳。她總是饒有興致地讀報紙，而且特別關注原子彈和科學新知的消息。她向人解釋說，是她和她丈夫最早開始在這些領域做實驗的。年老之後種種無傷大雅的幻想可以令人相當快樂。要知道，這種幻想持續的時間並不長，她們並非每天都是瑪麗．安東尼或居禮夫人。這種情形大約半個月才發生一次。然後，我猜想她們自己就對這一套厭煩了。不過，更多的是出於健忘。她們記不清自己是誰，要不然就一直說忘記了一件非常重要的事、要是能記得該有多好。情況就是這樣。」

「我明白了。」陶品絲說道。遲疑片刻之後，她繼續問道：「蘭開斯特夫人常會提到閱覽室那個壁爐，或是其他某個壁爐的事情嗎？」

帕卡德小姐愕然道：「壁爐？我不明白您在說什麼。」

5　英國的殖民部於一九六六年八月與聯邦關係部合併成聯邦部；一九六八年十月，聯邦部又與外交部合併。

6　瑪麗．安東尼（Marie Antoinette, 1755-1793），法國皇后，是路易十六的妻子。涉嫌勾結奧地利干涉法國革命，被捕後交付革命法庭審判，處死於斷頭台。

7　小特里亞農宮（Petit Trianon）是瑪麗．安東尼的住所。

「她曾經提到一些事情，我也不明白。也許是壁爐使她產生了一些不悅的聯想，或是她曾經讀過什麼恐怖故事與壁爐有關。」

「也許是吧。」

陶品絲又說：「我還是對她送給艾達姨媽的畫感到相當不安。」

「我真的認為您不用擔心，貝里福夫人。我想現在她早把一切都忘了。我不覺得她很珍視這幅畫，她只是很高興范蕭小姐對它情有獨鍾，才會將此畫送給她而已。我相信您把畫拿走她也會很高興，因為您也鍾愛這幅畫。它的確畫得很好，我自己也這樣認為。可是我並不想要它。」

「讓我告訴您我的想法。如果您能把詹森夫人的地址給我，我就給她寫信，詢問一下我留下這幅畫是否合適。」

「我手頭唯一的地址是他們前往倫敦的旅館地址，克利夫蘭飯店，我記得是這家。是的，克利夫蘭飯店，位於W1區的喬治街。她要帶著蘭開斯特夫人在那裡停留四、五天，然後，我想她們要去蘇格蘭，住在那裡的親戚家。我想克利夫蘭飯店應該有他們信件轉送的地址。」

「好的，謝謝您，現在，我們來處理這件裘皮披肩吧。」

「我去叫奧基夫小姐來見你們。」

說著，帕卡德小姐走出了接待室。

「什麼班金索夫人！」湯米說道。

陶品絲自鳴得意。

「那是我最偉大的創造之一，」她說，「真高興我能用上她，我正要編個名字，突然班金索夫人就冒了出來。多有意思，不是嗎？」

「那是很久以前的事了，對我們來說，早已不再有戰時的間諜和反間諜活動了。」

「這就更令人遺憾了。當時的生活多有趣，住在那家旅館裡，把自己假扮成另外一個人，我真的相信自己就是班金索夫人。」

「你很幸運，沒在這件事上露出馬腳。」湯米說，「我以前就對你說過，你戲演得有些過頭。」

「我沒有，我只是完全投入角色。一位善良的婦女，有點傻兮兮的，為她的三個兒子操盡了心。」

「我指的就是這個，」湯米說，「一個兒子就夠了。三個兒子負擔未免太重了。」

「對我來說，他們已經變得很真實了，」陶品絲說，「道格拉斯、雷蒙和……天哪，我已經忘記第三個兒子的名字了。我對他們的長相、性格和住所都一清二楚，還不加保留地炫耀他們的來信。」

「要知道，那都是過去的事情了。」湯米說道，「這裡沒什麼值得追查的東西，所以忘掉班金索夫人吧。在我死後，安葬完畢，你哀悼一番，也在老人院安頓下來之後，我猜你會有一半時間認為自己是班金索夫人。」

「只演一個角色實在乏味得很。」陶品絲說。

「你說為什麼老年人會想成為瑪麗・安東尼或居里夫人之類的人物呢？」湯米問道。

「我想她們覺得厭倦了吧。人總是會厭倦的。我相信如果你不能四處走動，或是手指僵硬得不能織毛線，你也會覺得厭煩。你會一心一意想做些事情讓自己高興起來，於是你就試著做某個公眾人物，嘗嘗做別人是什麼滋味。我完全能理解這一點。」

「我相信你能，」湯米說道，「願上帝祝福你日後棲居的養老院。我想你大部分時間會是埃及豔后。」

「我不想做名人，」陶品絲說道，「我要做克利夫斯的安妮[8]的城堡廚傭，專門散布聽來的八卦閒話。」

這時，門開了。帕卡德小姐和一位滿頭紅髮的小姐走了進來，她身材高大，臉上長著雀斑，身著護士服。

「這就是奧基夫小姐。這是貝里福先生和夫人。他們有事要和你談。我先出去一會兒，好嗎？有位病人要我去。」

陶品絲把艾達姨媽的裘皮披肩贈送給護士奧基夫小姐，她欣喜若狂。

「哦，太好了。可是這對我來說太貴重了。您自己一定也想要……」

「不，我不需要。它對我來說太大了。我的個子比較小。這披肩正適合你這樣高個子的女孩子。艾達姨媽就很高。」

「噢，是那位高雅的老人，她年輕時一定非常漂亮。」

「我想是的，」湯米遲疑地附和道，「不過，要照顧她一定很難。」

「是的，她的脾氣是有點暴躁。不過她精神一向很好，什麼事都不會令她沮喪，什麼事也都瞞不過她。你們可能會很驚訝她對事物的感知力，她銳利得像針一樣。」

「但她的脾氣不好。」

「的確如此。但真正讓人受不了的是那種牢騷不斷的人，成天抱怨、呻吟。范蕭小姐從來不會令人無聊。她會給你講一些精采刺激的往事，她年輕時曾騎馬躍上鄉間別墅的樓梯，她是這樣說的，這是真的嗎？」

「哦，我認為這是有可能。」湯米說。

「在這裡你根本不知道要相信什麼。那些可愛的老人會給你講各種各樣的故事，告訴你她們認出了某個罪犯，我們必須立即通知警方，否則大家都有危險。」

「上次我們來這裡的時候，我記得發生過什麼下毒的事。」陶品絲說。

「噢，那是洛基特夫人。她每天都來這套，但她需要的並不是警察，而是醫生，她只相

8 克利夫斯的安妮（Anne of Cleves, 1515-1557），英國亨利八世的第四任妻子。

信醫生的話。」

「還有一位，一位小個子老人，嚷著要喝可可。」

「那是穆迪夫人。可憐的她已經走了。」

「你是說她離開這兒，走了？」

「不，是血栓症病發去世了，很突然。她十分欣賞您的姨媽，不過范蕭小姐沒多少時間搭理她，她總是喋喋不休地說個不停。」

「我聽說，蘭開斯特夫人走了。」

「是，她的家人把她帶走了。她不想離開這裡，可憐的蘭開斯特夫人。」

「她給我講過一個故事，是關於閱覽室的壁爐。那究竟是怎麼回事？」

「她的故事多極了，包括您說的這個及發生在她身上的事、她知道的其他祕密……」

「這個故事和某個孩子有關，被綁架或是被謀殺……」

「她們想像出來的故事要說有多奇怪就有多奇怪。看電視會讓她們產生種種怪念頭。」

「在這裡工作，護理這些老人，你覺得緊張嗎？一定很累吧？」

「不，我喜歡老人，因此我選擇了護理老年人的工作。」

「你在這裡工作很久了嗎？」

「一年半了，」她停了片刻，接著說：「不過，下個月我就要走了。」

「是嗎？為什麼？」

奧基夫護士的神態第一次露出某種緊張感。

「您也明白，貝里福夫人，人是需要改變的。」

「可是你還會從事同類的工作嗎？」

「是的。」她拿起裘皮披肩。「非常感謝你們，我很高興擁有一件可以紀念范蕭小姐的東西，她人好極了，如今像她這樣的老人已經不多見了。」

05 老婦人失蹤

艾達姨媽的遺物如期而至。書桌擺進房間裡後，大獲讚揚。被小工作台所取代的古董架就安置在大廳暗處的角落裡。畫著運河畔淺粉色房子的畫作被陶品絲掛在臥室的壁爐上方，每天清晨她常常一邊喝早茶，一邊端詳著它。

她仍舊感到良心稍有不安，便寫了一封信向蘭開斯特夫人解釋這幅畫如何到了他們手中，如果她想索回，只需告知他們即可。信寄到了倫敦W1區喬治街的克利夫蘭飯店，由詹森夫人轉交蘭開斯特夫人。在一個星期的音信全無之後，信被退了回來，信封上多了幾個潦草的字：「查無此人」。

「真是煩人。」陶品絲說。

「或許她們只住了一兩個晚上。」湯米試著寬慰她。

「可是按照常理，她們應該會留下轉送信件的新地址。」

「你有寫上『請轉送至新地址』了嗎？」

「寫了。我明白了，我要打電話向他們直接詢問一下，他們一定會在旅館登記處留下地址。」

「如果我是你，我會就此打住，」湯米說道，「為什麼要自找麻煩呢？我想那位老人早就把這幅畫忘到九霄雲外去了。」

「我還是試試吧。」

陶品絲坐在電話機旁，很快地接通了克利夫蘭飯店。

幾分鐘後，她在湯米的書房裡找到了他。

「真是奇怪，湯米，她們根本沒去過那裡。沒有詹森夫人，沒有蘭開斯特夫人，沒有她們預訂房間的紀錄或是任何曾在那裡停留過的線索。」

「我猜帕卡德小姐把旅館的名字弄錯了。她匆忙之間寫下，然後也許弄丟了，或是記錯了。這是常有的事，你也知道。」

「可是我覺得這種事不該在煦陽嶺發生。帕卡德小姐一向辦事很有效率。」

「或許她們並未事先預訂房間，碰巧旅館又客滿，於是她們改去別的旅館了。你也知道倫敦的住宿情況。難道你一定要窮追不捨、小題大做嗎？」

陶品絲退出了書房，可是她又立即折返回來。

「我知道我該怎麼辦了。我要給帕卡德小姐打電話，向她要那位律師的地址。」

「什麼律師？」

「你不記得她提過一家律師事務所？由於詹森夫人身在國外，是他們安排了一切。」

湯米正在忙著趕寫一篇他不久要參加的會議發言稿，還低聲嘟囔著：「……如果發生這樣的意外，正確的方針……」他問道：「『意外』怎麼拼，陶品絲？」

「你聽到我說的話了嗎？」

「聽到了，這主意太好了，太妙了，太無與倫比了，你去執行吧！」

陶品絲出去了。不一會兒，她探頭進來，說：「C-o-n-s-i-s-t-e-n-c-y[9]。」

「不對，這不是『意外』。」

「你在寫什麼？」

「我要在國安聯（IUSA）宣讀的論文，我很希望你能讓我安安靜靜地寫論文。」

「對不起。」

陶品絲從門口消失了。湯米繼續寫寫塗塗。他的臉上逐漸露出喜色，因為他寫作的速度加快了，就在這時，門又一次打開了。

「都在這兒了，」陶品絲說，「『包丁代、哈里斯及洛克里奇律師事務所』，位於WC2區的林肯街三十二號，電話是霍爾本〇五一三八六。事務所的負責人是艾克爾先生。」她把一張紙放在湯米肘邊。「現在輪到你了。」

「不！」湯米決然說道。

「輪到你了！她是你的艾達姨媽。」

「這關艾達姨媽什麼事？蘭開斯特夫人可不是我姨媽。」

「可是他們是律師，」陶品絲堅持道，「和律師打交道向來是男人的事。他們總覺得女人都是傻瓜，根本不會在意。」

「這種觀點真是明智。」湯米說道。

「哦，湯米，幫幫忙吧。你去打電話，我去找字典，查一下『意外』怎麼拼。」

湯米看了她一眼，起身離開了書房。

他終於回來了，一字一頓地說：「這件事就到此為止，陶品絲。」

「你和艾克爾先生談過了？」

「確切地說，和我交談的是一位威爾斯先生。他是那個『帕亭德、洛克喬及哈里森律師事務所』[10]的打雜人員。不過他顯然消息靈通，措辭也很圓滑。所有的信件和往來消息都是由南方銀行的哈默史密斯分行轉來的，他們將向我們提供所有資訊。陶品絲，我告訴你，線索就在這裡斷了。銀行會提供資訊，可是絕對不會為你或任何詢問者提供地址。他們有自己

9 意為濃度、堅韌、一致等。

10 此處的訛誤表明湯米根本沒有好好聽陶品絲說話。

的經營規範，會嚴格執行，他們的嘴唇閉得和我們那些一個比一個自負的首相們一樣緊。」

「好的，我要去寫一封由銀行轉交的信。」

「快去寫吧，看在上帝的分上，讓我安靜一會兒，否則我的論文永遠都寫不完了。」

「謝謝你，親愛的，」陶品絲說，「真不知道沒有你我該怎麼辦。」

她吻了吻湯米的前額。

「好窩心啊。」湯米說。

§

下一個週四晚上，湯米突然問道：「對了，你寄交銀行轉給詹森夫人的信有回音嗎？」

「你太仁慈了，竟然會想到問我這件事。」陶品絲挖苦道，「沒有，沒收到。」她沉思著，又加了一句：「我想以後也不會收到了。」

「為什麼不會？」

「你不是不感興趣嗎？」陶品絲冷冷地說。

「別這樣，陶品絲，我知道前一段時間我忙著別的事，都是這個國安聯，好在一年只有一次。」

「下星期一召開，是嗎？一共五天。」

「四天。」

「你們全要下鄉到某個極端隱祕、人煙絕跡的別墅，宣讀論文，審查那些擔任歐洲超級密使的年輕人。我早把國安聯的全稱忘記了。如今流行使用簡稱……」

「國際聯合安全聯盟。」

「多拗口的名稱！真是可笑。我猜整所宅院到處都裝著竊聽器，所有最機密的談話別人都一清二楚。」

「很有可能。」湯米說著，咧嘴笑了。

「你覺得這種會議有趣嗎？」

「呃，我的確認為在某些方面很有趣。你可以見到很多老朋友。」

「我想，大家都是老朽不堪了。這種會議於世人有益嗎？」

「天哪，這是什麼問題！誰相信這個問題能用簡單的『有』或『沒有』來回答呢？」

「參加會議的人裡面，真有人具有才幹嗎？」

「對這個問題，我的回答是『是的，有』。有些人的確精明強幹。」

「老喬希也去嗎？」

「是的，他也參加了。」

「他如今是什麼樣子？」

「聾得厲害，眼睛快瞎了，因為得風溼，走路一瘸一拐的，見到他現在的樣子，你一定會吃驚萬分。」

「我知道了，」陶品絲說。她默想了片刻。「真希望我也能參加。」

湯米歉然道：「我想我不在的時候，你會找到事情忙的。」

「也許會吧。」陶品絲思索著說道。

她的丈夫端詳著她，心中隱隱泛起了熟悉的不安與憂懼。

「陶品絲，你最近在忙什麼？」

「到目前為止，什麼也沒忙。我只是在想……」

「想什麼？」

「煦陽嶺。一位和善的老婦人一邊喝著牛奶，一邊有一搭沒一搭地講著死去的孩子和壁爐的故事。這些讓我很感興趣。我原本打算下次去探望艾達姨媽時，試著從她口中套出一些東西，可是沒有下次了，因為艾達姨媽死了，而且等我們再去煦陽嶺的時候，蘭開斯特夫人已經……失蹤了！」

「你指的是她的家人把她帶走嗎？那不是失蹤，是自然而然的事。」

「那是失蹤！沒有能追蹤的地址，沒有回信……那是有計畫的失蹤。我愈來愈確定了。」

「可是……」

陶品絲不容他說完「可是」後的話。

「聽我說，湯米，假設某個時間有人犯了罪，表面上一切都很自然，遮掩得很好，但有人看見了或知道了什麼事，這個人年邁、饒舌，愛和別人喋喋不休，你突然意識到這個人對你是一個潛在危險，你會怎麼處理？」

「在湯裡撒砒霜？」湯米笑著說，「用棍棒猛擊他們的腦袋，或是把他們推下樓梯？」

「這些都太極端，暴斃會引起別人的注意。你會尋找更簡單的辦法，而且最終會找到一個辦法。一家體面的養老院。你會去視察一下，自稱是詹森夫人或羅賓遜夫人，或者，你會請對你沒有疑心的第三方安排事宜，你會透過一家可靠的律師事務所處理費用問題。或許你已經巧妙地暗示過你這位年邁的親戚喜歡幻想，而且她的幻想根本不著邊際。很多老年人都如此，沒人會懷疑，如果她嘀嘀咕咕說什麼牛奶被下了毒，壁爐後有死掉的孩子，或是一次可怕的綁架，也不會有人當真。她們只會認為某某老婆婆又開始幻想了，根本沒人理會她。」

「除了湯瑪士．貝里福夫人。」湯米說道。

「好吧，算你說對了，我已經注意到。」

「可是你為什麼會注意到呢？」

「我也說不清，」陶品絲慢聲說，「感覺像是身處夢境之中。『煦陽嶺的疑雲，必有惡人來。』[11]，我突然感到很恐怖。我一向認為煦陽嶺是一個尋常、快樂的地方，但一瞬間

11 此句引自莎士比亞戲劇《馬克白》，朱生豪譯。

我開始懷疑了……這是我唯一的感覺。我想多知道一些。然而現在可憐的蘭開斯特夫人失蹤了，有人把她迅速而神祕地帶走了。」

「可是他們為什麼要這樣做呢？」

「我想唯一的理由是因為她一日不如一日了，在他們看來，她愈來愈麻煩，她回憶起更多東西，或許話說得更頻繁了，甚至是她認出了什麼人，還是什麼人認出了她、對她講了某些事，讓她對以前發生過的事情有了新的想法。不管怎樣，由於這個或那個原因，對某些人而言，她變得危險了。」

「陶品絲，你滿口講的都是『某些事情』和『某些人』。這只是你臆想出來的故事。你不要把自己捲入與你無關的事件中。」

「我不會把你給捲進來，」陶品絲說道，「所以你不用操心。」

「你別再管什麼煦陽嶺了。」

「我不會再去煦陽嶺。她們已經把知道的事情都告訴我了。我認為蘭開斯特夫人在那裡住的時候相當安全。我想弄清楚她如今身在何處。不論她人在何處，我都要及時找到她，在她出事之前找到。」

「你究竟覺得她會出什麼事？」

「我不願意想。不過我要追蹤，我要當當私家偵探璞丹絲．貝里福。你還記得我們以前曾化身『布倫特的超級偵探大師』嗎？」

「是呀。」湯米說，「你是魯賓遜小姐，我的私人祕書。」

「並不總是。無論如何，正當你在那個祕密莊園大玩國際偵探遊戲時，我會開始做我想做的事，那就是：營救蘭開斯特夫人。」

「最終你可能會發現她安然無恙。」

「但願如此。倘若真是這樣，我會比任何人都感到欣喜。」

「你打算從哪裡著手？」

「正如我剛才所說，我得先想一想。或許登一則啟事？不，不能這樣做。」

「好吧，一切小心。」湯米相當不以為然地說道。

陶品絲不屑做任何回應。

§

星期一清早，艾柏……在他還是個滿頭紅髮的電梯小弟時，便被貝里福夫婦拖進了各種打擊犯罪的活動，隨後也成了他們家重要的一份子，這都是多年前的事情了……把早茶放在兩張床中間的桌子上，拉開窗簾，說天氣很好；然後，如今他已經變得魁梧的身子便邁出了房間。

陶品絲打了一個哈欠，坐起來揉了揉眼睛，倒了一杯茶水，又把一片檸檬丟了進去。然後說天氣看上去不錯，可是誰都拿不準。

湯米翻了翻身，在床上哼了幾聲。

「醒醒，」陶品絲說道，「別忘了你今天要出門。」

「哦，天哪，」湯米說，「我是得出門。」

他也坐了起來，給自己倒了一杯茶。他頗為欣賞地看著壁爐上面的畫。

「我不得不說，陶品絲，這幅畫看起來很美。」

「是因為陽光透過玻璃斜射進來，把它照亮了。」

「靜謐。」湯米說。

「我要是能記得在哪兒見過它該有多好。」

「我認為這沒有什麼大不了的。總之，你一定會想起來。」

「那有什麼用？我要的是現在想起來。」

「為什麼呢？」

「難道你不明白嗎，這是我唯一的線索。這幅畫是蘭開斯特夫人的。」

「可是這兩件事未必有聯繫啊，」湯米說，「我的意思是，蘭開斯特夫人的確是這幅畫的主人。不過也許只是她在畫展中買來的，或是她的某位親人畫的，又或者是別人送給她的禮物。她之所以把它帶到煦陽嶺是因為她覺得好看。沒有任何理由認為這幅畫與她本人有牽連，否則她也不會把它送給艾達姨媽。」

「這是我唯一的線索。」陶品絲堅持道。

「這棟宅院安詳靜謐。」湯米說。

「可是我覺得它是一棟空宅。」

「你說什麼?空宅?」

「我覺得,」陶品絲說,「那棟宅院無人居住。感覺沒有什麼人會從裡面走出來,沒有人會跨過那條小橋,也沒有人會解開小船的纜繩駕舟而去。」

「天哪,陶品絲。」湯米盯著她問,「你到底怎麼了?」

「我第一次見到它就有這樣的感覺,」陶品絲說道,「我當時想,如果能住到這棟新宅院該有多好。然後我又想,可是這棟宅院無人居住。我確信無疑。這表示我以前見過這棟宅院。等一下,等一下……我想起來了,我想起來了!」

湯米目不轉睛地看著她。

「透過窗戶,」陶品絲屏息說道,「透過汽車車窗嗎?不,不,角度不對。沿著運河行駛……一座小拱橋,房子有粉色的牆,兩株楊樹,不只兩株,很多楊樹。噢,天哪,天哪,我要是能……」

「好了,別胡謅了,陶品絲。」

「我會想起來的。」

「老天,」湯米看了看錶說道,「我必須趕緊走了。都是因為你和你對這幅畫的『記憶錯覺』。」

他躍身下床，匆匆進了浴室。陶品絲重新靠在枕頭上，閉上雙眼，試圖喚醒腦中閃爍不定、遙不可及的記憶。

湯米在飯廳倒了第二杯咖啡的時候，陶品絲出現在他面前，她的雙頰由於得意的喜悅微微泛紅。

「我想出來了，我知道我在哪兒見到那所院落了。我是從火車車窗裡看到的。」

「地點、時間呢？」

「不知道。我還得想想。我記得我對自己說：『什麼時候我要去看看那所房子。』而且我試圖記住下一個車站的名字。但你也知道如今的鐵路情況。他們把半數的車站都拆掉了，所以那下一站也已被全部弄倒，月台上雜草叢生，沒有站名，什麼都沒有。」

「我的文件包跑到哪兒去啦？艾柏！」

一陣瘋狂似的翻尋。

湯米回到飯廳，氣喘吁吁地向陶品絲道了聲再見。她正坐在餐桌旁盯著面前的煎蛋沉思不語。

「再見，」湯米說，「看在上帝的份上，陶品絲，別再打探與你無關的事了。」

「我想，」陶品絲邊想邊說，「我真正需要做的，是去坐火車四處找一找。」

湯米看上去寬慰了一些。

「好啊，」他鼓勵道，「去試試吧。去買張月季票，你可以用十分合理的價格，在不列顛群島上坐火車遊歷共計一千英里的旅程。這對你應該完全適合。你可以乘火車到任何可能的地方看看。在我回家之前，這件事會讓你一直很開心。」

「替我向喬希問好。」

「好的。」他憂慮地看著妻子，又說道：「真希望你能和我一起去開會。千萬、千萬別做傻事，好嗎？」

「我當然不會。」

06 陶品絲追蹤尋跡

「天哪，」陶品絲嘆道，「天哪。」

她無望地環顧四周。從來沒有，她對自己說道，從來沒有比現在更令她難過的時刻了。她早就想過她會想念湯米，只是她不知道自己竟會那麼強烈地想念他。

在他們漫長的婚姻生活中，幾乎未曾分離過。還沒結婚時，他們就自稱是一對「患難共同體」，共同熬過了無數的難關與危險，結了婚，生了兩個孩子，正當步入中年、頗覺生活乏味的時候，第二次世界大戰爆發了。像是奇蹟般的，他們又一次被捲入了英國情報部門的外圍機構。做一對非正式編制的情報人員，他們的上司是一位平凡無奇、自稱「卡特先生」的人，不過似乎所有人都對他言聽計從。他們以前就冒險犯難不斷，不過從那以後，他們又一次踏上了征途。但這些不是由卡特先生安排的。應召參加情報工作的原本只有湯米一人，只是陶品絲充分發揮她與生俱來的智謀，還是設法竊聽到了一切。於是當湯米以梅多斯先生的身分到達海濱的一家旅館後，他見到的第一個人是一位正在忙著織毛衣的中年婦女。她仰頭用無邪的雙眼看了看湯米。他被告知這是班金索夫人。於是，他們再次共同合作。

「可是這次，」陶品絲想道，「我無能為力了。」

再多的竊聽、再多的智謀都無法使她進入那座祕密莊園，或是介入國安聯的種種複雜事務。不就是個老頑童俱樂部？她憤恨地想著。湯米不在，整棟房子空空蕩蕩、孤孤單單。陶品絲想道：「我究竟該做些什麼？」

這個問題其實不需回答，因為陶品絲早已著手實施她計畫中的第一步了。這次不再是情報、反間諜工作，不是官方事務。「璞丹絲．貝里福，私家偵探，這就是我的身分。」她自語道。

草草清理過胡亂湊合的午餐之後，餐桌上鋪滿了鐵路火車時刻表、旅行指南、地圖，以及陶品絲設法「挖掘」出來的幾本日記。

在過去三年——她確信不會早於三年前——她在某次乘火車旅行時，坐在車廂裡向窗外望去，留意到一棟房子。但這是在哪一次旅行中發生的？

像如今大多數人一樣，貝里福夫婦通常開汽車旅行。他們乘火車的次數很少，而且間隔很長。

蘇格蘭，那是他們去和已經出嫁的女兒黛博拉小住時去的，但那是一趟夜車。

朋占斯，夏天去那裡度假，可是陶品絲對那條路線再熟稔不過了。

不，那次旅行比這些旅行隨意得多。

陶品絲認真、專注著地寫了一個單子，上面詳細列出她認為可能與她要尋找的線索相符的旅行。她和湯米去看過一兩次賽馬，去過一次諾森伯蘭，威爾斯有兩個地方具有可能性；還參加過一次洗禮、兩次婚禮、一次拍賣會；此外，一次她的一位朋友養了幾隻小狗，自己卻因為感冒病倒了，她幫忙把小狗送到買主手中。碰面的地方是土地貧瘠的鄉間鐵路交叉點，名字她已記不清了。

陶品絲嘆了一口氣。她似乎不得不接受湯米對她的建議：買一張全程車票，親自乘車把所有可能的路線都一一試過。

她把所有零星閃現的回憶，模糊的鏡頭，都草草記在一個小筆記本上，心想也許會有所幫助。

例如，一頂帽子，沒錯，她曾把一頂帽子扔到行李架上。她戴著帽子，那麼，應該是參加婚禮或洗禮，必定不是送小狗。

還有一道記憶在她腦中一閃：她踢掉了鞋子，因為腳疼。是的，確定無疑，她當時正在看那所房子，而且因為腳疼把鞋子踢掉了。

這樣看來，一定是她去出席一次社交活動或是在歸程中……當然，是在歸程中，因為她的腳疼是由於穿著她最好的鞋子站得太久了。那麼帽子是哪一頂？這關係甚大，是帽沿上有花的帽子——表示夏天的婚禮——還是冬天戴的天鵝絨帽？

正當陶品絲匆匆抄著不同路線的時刻表細節時，艾柏進來詢問她晚餐想吃什麼，以及她想從肉鋪和雜貨店買什麼東西。

「我想這幾天我不會待在家裡，」陶品絲說道，「因此你什麼都不需要買。我要坐火車出門。」

「您需要三明治嗎？」

「也許會需要。買些火腿什麼的吧。」

「雞蛋和乳酪要嗎？儲藏室裡還有一罐果醬，已經放了很久，早該吃掉了。」

這種推薦頗有些不甘，不過陶品絲說道：「好吧，可以。」

「您要寄信嗎？」

「我還不知道我要去哪兒，」陶品絲說道。

「明白了，」艾柏說。

艾柏的長處在於他總是接受一切，任何事情都不需對他解釋。

他出去之後，陶品絲開始安心做自己的計畫，她要回憶的是：一次與帽子和高跟鞋相關的社交活動。不幸的是，她列出的是幾條不同的乘車路線，一次是搭乘南方鐵路公司的火車去參加婚禮，另一次是在東英吉利舉行的。洗禮是在貝德福北部。

如果她能再多回憶起一些情景……她當時坐在火車右手邊的座位上。在見到運河之前，她還見到了什麼，樹林？樹？田地？遠處的村莊？

她絞盡腦汁，皺著眉抬起頭來，艾柏重新回到她的面前。陶品絲不知道他在一旁站了多久想要引起她的注意，這就像人們無從得知祈禱之後何時才會應驗一樣。

「又有什麼事，艾柏？」

「如果您明天整天在外的話……」

「可能後天也一樣。」

「我明天可以請一天假嗎？」

「當然可以。」

「因為伊麗莎白身上出了疹子。米莉覺得是麻疹。」

「天哪。」米莉是艾柏的妻子，伊麗莎白是他最小的女兒。「所以米莉要你回家，這合乎情理。」

艾柏的家距離這裡只有一兩條街，是一棟小巧而整潔的房子。

「不全是這樣，她自己忙前忙後的時刻寧願我不在她眼前，她不希望我把事情攪成一團。主要是為了其他小孩，得把他們帶到別的地方，省得礙手礙腳。」

「的確是這樣。我想你們都應該和她隔離。」

「噢！最好是他們都傳染上，然後都治好。查利已經得過了，瓊也得過了。無論如何，得過就沒事了吧？」

陶品絲讓他放心，說得過就沒事了。

她潛意識深處的某些東西開始湧動起來。這是好現象，某種記憶的認同。痲疹，是的，痲疹。是與痲疹相關的什麼事。

可是運河邊的宅院與痲疹有什麼相關呢？

想起來了！是安西雅。她是陶品絲的教女，她的女兒珍上學了，那是她在學校的第一個學期，要開運動會，安西雅打電話過來，說她的兩個小女兒正在出痲疹，家裡沒有幫手，可是如果沒人出席運動會，珍會十分失望，不知道陶品絲能否過來一趟？

陶品絲回答說當然可以。因為她的任務很簡單，她只需去學校接珍出去吃頓午飯，然後把她送回學校參加運動會等等。她乘坐的是學校的專車。

一切都異常清晰地重現在她的腦海中，甚至包括她當時穿的套裙——夏季面料上印著矢車菊圖案。

她是在返家途中見到那棟住宅。

去的時候，她專心致志於閱讀新買的雜誌，但是在歸途中她已沒什麼可讀，於是全心欣賞窗外的景色，後來由於奔走一天下來精疲力竭，加上高跟鞋帶來的疲累，她睡了過去。待她醒來時，火車正沿著一條河道行駛。那裡一派田園風光，種了不少樹林，偶爾可以見到一座小橋，不時還可以看到蜿蜒的小路或公路，遠處還有農舍，見不到村莊。

火車開始減速了，不知出於什麼原因，也許是信號系統的命令。列車顛了幾下，在一座小橋旁邊停了下來。這座拱橋橫跨在運河之上，運河看似已廢而不用。在運河另一邊的不遠處便是那所房子，陶品絲覺得這是她所見過最吸引她的建築，那是被籠罩在夕陽金色光芒中的一棟恬靜而安謐的房子。

附近見不到半個人影，沒有狗，也看不到家畜。不過，綠色的百葉窗敞開著。這棟房子一定有人居住，只是現在，就在這一刻，裡面空無一人。

「我一定要了解這棟房子的情況，」陶品絲當時這樣想道，「有一天我一定要回來看一看。這正是我想住下來的那種房子。」

火車一顛，又搖搖晃晃，慢慢地向前駛去。

「我要注意看看下一站的站名，這樣才能知道這是什麼地方。」

可是附近根本沒有車站。當時鐵路系統剛剛開始改建，小站被關閉，甚至全部拆掉了，野草從月台碎石的縫隙中發芽、生長。重新開動後的列車在二十分鐘或半個小時內一直向前行駛，見不到任何可供識別的標識物。越過田野，一座教堂的尖頂一度遙遙可見。然後見到的是一家工廠及其附屬建築，高聳的煙囪，一排活動房屋，然後便又是一片曠野。

陶品絲自忖道，那棟房子就像是在夢境中的幻影！也許真是一場夢，恐怕我永遠無法再尋到它，太困難了。不過，這樣一來真的很遺憾。也許……

也許，有一天，我會不經意地再次從它旁邊經過！

於是，她把它全然拋在腦後了，直到掛在牆上的一幅畫喚醒了她朦朧的記憶。

現在，多虧艾柏無意中吐露的一句話，這場追蹤結束了。

或者，更準確地說，一場新的追蹤開始了。

陶品絲挑出了三份地圖、一本導遊手冊，以及其他各種相關資料。

現在她大約知道應該查找的地區範圍了。珍的學校在地圖上被她畫了一個大叉，在她睡著的那段時間，那條鐵路支線與去倫敦的鐵路幹線相交。

最後確定下來的地區覆蓋了不小的範圍，北到梅切斯特，東南到貝辛市場，那是一個小鎮，相當重要的鐵路樞紐，西到沙巴勒。

她明天一早就驅車前往。

她站了起來，走進臥室，仔細審視著壁爐上方的畫。

是的，絕對不會錯。它的確是三年前她在火車上見到的那棟房子，那棟她向自己許諾總有一天要再回來看看的房子……

那一天到來了，那一天，就是明天。

07 友善的女巫

第二天早晨出發之前，陶品絲又再一次仔細看了掛在她房中的畫，與其說是為了把所有細節牢牢記在腦中，不如說是要記住那棟房子在四周風景中的相對位置。這一次她不是從火車上，而是會在汽車中看到它。觀察的角度大不相同，也許會發現有許多拱橋，許多相似的廢運河，甚或與這所房子外觀相近的房子（不過，陶品絲絕不相信有這種可能性）。

畫上有署名，可是無法辨認，唯一清楚的是，署名者的名字是以字母B開頭的。

看過畫之後，陶品絲檢查了她隨身攜帶的物品：一本按字母順序排列的火車時刻表及其附帶的地圖；她選出的幾張備用地圖；可能的地名清單，梅切斯特、衛斯特利、貝辛市場、米德爾謝姆、英奇韋，這幾個點圍起來的三角形就是她決定要搜索的地方。她的小包包裡還裝著過夜的洗漱用具，因為在到達目的地採取行動之前，她需駕車三個小時；之後，據她判斷，需要花時間在鄉間小路上駕車慢駛，以尋找可能性高的運河。

在梅切斯特喝了杯咖啡、吃了份速食之後，陶品絲駕車駛上一條二級公路。這條公路和一條鐵路線並行，在樹木繁盛、小河縱橫的鄉間穿行而過。

和在英國其他鄉村地區一樣，這裡路標林立，上面的名字都是陶品絲聞所未聞的，所指的方向似乎也都不是她要尋找的地方。英國這些地區的公路系統彷彿有欺騙之嫌。公路會偏離河道，你會滿懷希望一程接一程向前開去，以為還會再度見到運河的影子，但你一無所獲。如果你朝著格米奇頓方向前進，你見到的下一個路標上會有兩條路供你選擇，一條往彭寧頓斯帕羅，另一條去法林福德。你選擇了法林福德，並到達了這個地方，可是在這之後的下一個路標卻指出回梅切斯特的方向，也就是說，你得老老實實地循著原路回去。其實陶品絲一直沒有找到格米奇頓，而且很長一段時間她根本見不到運河的影子。如果她知道所要尋找的村落名稱，或許一切便容易得多了。按照地圖尋找運河徒增迷惑。她不時見到鐵路，欣喜異常之下，便興匆匆地向比斯希爾或南溫特頓或法雷聖艾德蒙駛去。法雷聖艾德蒙一度有火車站，可是不久前關閉了！「如果有一條路，」陶品絲想道，「好好地沿著運河或是火車軌道向前，那麼一切都會簡單得多。」

時間慢慢過去了，陶品絲愈來愈迷惑。有一次她發現路旁一座農莊的不遠處便是運河，只是再走下去，她發現公路又從運河偏離開去，帶著她翻過一座小山，到達一個叫作衛斯彭福的地方，那裡有一座教堂，高聳的方形塔樓毫無用處。

陶品絲悶悶不樂地把汽車開上了一條泥巴路。它似乎是離開那裡唯一的路；而且就她的方向感而言（她愈來愈不敢相信自己的方向感了），這條路帶她遠離了她的目的地，而非接近。很快地，她見到了一個交叉路口，兩條路一左一右伸展開去。立在路口的路標已殘破不堪，指出方向的木臂都已折斷。

「該走哪一條？」陶品絲自語道，「誰能知道？反正我不知道。」

她向左開去。路蜿蜒前行，一會兒向左，一會兒向右，最終轉了一個大彎，路面變得開闊了；爬過一座小山，穿過一片樹林之後，又是一塊空曠的低凹地。汽車開出凹地後，又急轉直下。不遠處傳來幾聲哀鳴。

「像是火車的聲音。」

陶品絲說道，心中又產生了希望。

「是火車。」

她發現在比她現在方位低的地方有鐵軌，一列貨車噗噗噗向前駛去，彷彿不勝重負。鐵軌的另一邊是運河，運河的另一邊便是陶品絲一眼認出的那所房子，運河上橫架著一座淺粉色的磚砌小拱橋。那條不知名的公路帶著陶品絲向下一頭衝向鐵軌，又驟然上行，向小橋開去。她慢慢地駕車過了窄橋，便見到公路右手邊側立的那棟宅院。陶品絲繼續開著車，想找到入口處，但似乎沒有門。一堵相當高的圍牆遮住了路人的視線。

現在宅院就在她的右面。她停車又走回小橋上，試圖從那裡探探是否能望見什麼東西。

長長的窗戶大都被綠色的百葉窗遮住了。整棟房子看起來安靜、寂寥，似乎無人居住，在夕陽中顯得平和、安詳。沒有任何事物顯現有人住在那裡。她回到車裡，又向前開了一點路。陶品絲沿著右手邊稍嫌高聳的圍牆開著車，她的左手邊是矮樹籬，放眼望去是綠色的田野。

她很快就發現了圍牆的鍛鐵大門。她把汽車停在路邊，下了車，走向鐵門，從外向內張望，踮著腳尖剛好可以看見裡面的東西。她看到的是一座花園。這棟宅院應該不是農莊……即便以前可能是。也許宅院後面是田地。花園有人整理，雖然不是特別整潔，但看起來有人在努力使它變整潔，然而效果不是很顯著。

一條弧形的小路從鐵門穿過花園，彎到了房子近前。這應該是前門，不過看起來不像。這道門其貌不揚，卻很結實，是後門。從這面看去，房子給人截然不同的感覺。首先，房子不是空的，這裡有人住。窗戶敞著，窗簾在裡面隨風翻飛，門口立著一個垃圾桶。陶品絲可以看見在花園盡頭處，一個高大的男人在鋤地，這個高大、已過中年的人慢吞吞但大氣不喘地鋤著地。無疑地，從這裡看，這棟房子沒有任何迷人之處，哪個畫家都不會特別想畫它。它只是一棟房子，有人住著而已。陶品絲迷惑不解。她猶豫著是否應該就這樣離開，不再想它的事？不，她不能那樣做，在經過這麼多努力以後，無論如何也不能。幾點了？她低頭看錶，可是錶停了。院裡傳來開門的響動，她又從鐵門上望去。

那棟房子的門打開了，一個婦女走了出來。她放下一個牛奶瓶，然後直起身來向門口掃了一眼。她看到了陶品絲，猶豫了一會兒，似乎下定了決心，沿著小路向門口走來。

「天哪，」陶品絲自語道，「天哪，這是個友善的女巫！」

她年紀在五十上下，頭髮散披著，風一吹，便向後四散飄開，讓陶品絲隱約想起一幅畫（尼文森畫的嗎？），上面畫著一個手持掃帚柄的年輕女巫。也許正是因此，她才想到「女巫」這個印象。但這個婦女既不年輕也不漂亮。她已人到中年，面龐瘦削，衣著有些邋遢。一頂尖尖高高的帽子套在她的頭上，她的鼻子下勾，下巴上翹，似乎互相呼應。這樣的形容使她倍顯邪惡，可是看起來並不邪惡。她似乎有一副熱情洋溢、無窮無盡的好心腸。「是的，」陶品絲想道，「你不折不扣地像個女巫，不過你是個友善的女巫。希望你是人們常說的那種『善良的女巫』。」

那名婦女猶疑地走到鐵門旁，開口問陶品絲。她的聲音很好聽，略帶一絲鄉間土語的口音。

「你在找什麼嗎？」她問。

「對不起，」陶品絲說道，「你可能覺得我這樣窺探你的花園很不禮貌，可是……可是我對這棟房子很感興趣。」

「你想進來四處走走，看看花園嗎？」友善的女巫問道。

「啊，啊，謝謝你，但我不想麻煩你。」

「噢，沒什麼麻煩的。我也沒什麼事。多好的下午，不是嗎？」

到的。」

「是啊。」陶品絲說。

「我以為你迷路了，」友善的女巫說道，「有時候人們會在這兒迷路。」

「我只是覺得，」陶品絲說道，「這棟房子的外觀很吸引人，我從橋的那一邊下山時看到的。」

「從那邊看是最漂亮的，」那名婦女說道，「有時畫家會到這裡來作畫……或者說，他們過去常來，一度如此。」

「是的，」陶品絲說，「我想這是必然的。我確信，我在一次畫展中見過這棟宅院的畫。」她急急地加了一句：「那幅畫上的房子和這棟房子像極了，也許就是這棟。」

「噢，可能是的。有意思，有個畫家來畫一張畫，別的畫家便也來這裡。每年地區畫展展出的作品都一模一樣，每個畫家選的都是同一個地方。真不明白為什麼。你想想看，不是草地和小河，就是某棵橡樹，再不就是一片柳樹，或是同一個角度畫出來的諾曼第式教堂。五、六張畫，畫的全是一樣的東西，我認為大部分還很糟糕。不過我不懂藝術。進來吧，請進。」

「你太好了，」陶品絲說道，「你的花園很漂亮。」她加了一句。

「噢，還不算太差。我們種了些花、蔬菜之類的。可是我丈夫如今體力不行了，我也忙這忙那，沒有工夫整理。」

「我有一次從火車上見過這棟房子。」陶品絲說道，「火車減速時看到的。我當時想，不知以後還會不會見到它。那是很久以前的事了。」

「現在你開著車下山，它就突然出現在你眼前，」那婦女說，「有意思，奇妙的機緣，不是嗎？」

謝天謝地，陶品絲想，和她交談簡直太容易了。你根本不用想理由為自己解釋，只管把想到的說出來就可以。

「想到屋子裡看看嗎？」友善的女巫問道，「我看得出來你很感興趣。你知道，這是棟相當老的房子。我想是喬治王朝後期的建築……他們都這麼說，只是後來又擴建過。不過，我們只住了這棟房子的一半。」

「噢，我明白了，」陶品絲說，「這棟房子被一分為二了，是嗎？」

「這其實是房子的後半部，」那婦女說道，「那面是前面的一半，就是你從橋上望到的那面。我想，這麼分開房子很有意思。我認為那樣分開房子更便利……你明白，就是左右分開，而不是前後分開。這一面其實全都是後面。」

「你在這裡住很久了嗎？」陶品絲問道。

「三年了。我丈夫退休之後，我們希望在鄉下找一棟便宜的小房子，可以安安靜靜地生活。這棟房子很便宜。當然是因為它孤零零的，四周沒有村落什麼的。」

「我在遠處見到過教堂尖頂。」

「噢，那是蘇登千士勒教堂，離這兒有兩英里半。當然，這裡在它的教區範圍內，不過得走到圍著教堂的村子才能見到別的房子。那村子也很小。你要喝杯茶嗎？」友善的女巫問道，「我剛把水壺放在火爐上，就看到你，現在還不到兩分鐘。」她把雙手攏到嘴邊喊道：「阿莫斯，」她又喊了一聲：「阿莫斯。」

遠處有個高大的男人轉過頭來。

「再過十分鐘回來喝茶。」她大聲說。

他舉起手表示他知道了。她轉回身開了門，示意陶品絲進去。

「佩利，是我的姓，」她的聲音很和善。「艾麗斯·佩利。」

「我姓貝里福，」陶品絲說，「貝里福夫人。」

「請進，貝里福夫人，進來看看。」

陶品絲停了一下。她想，這一刻的感覺就像童話故事中的女巫請你走進她的房子。也許這是棟薑餅做的房子……應該是的。

然後她又看了看佩利，覺得這不可能是童話故事中女巫的薑餅屋，因為她是一個再普通不過的婦女。不，她不很普通。她有一種十分詭異而沒有節制的友善。陶品絲想，也許她會施咒，不過我確信她的咒語是善意的。她稍微低了低頭，邁過門檻，走進了女巫的房子。

裡面光線很暗。走廊很狹小。佩利夫人領著她穿過廚房，進了客廳，客廳再過去顯然是他們的臥室。這棟房子沒什麼特別引人之處。陶品絲想，這部分也許是維多利亞後期擴建時加蓋的，整體是狹長的形狀。暗處是一條窄長的走廊，通向一連串的房間。她想，把房子這樣分開的確很怪。

「請坐，我去倒茶。」佩利夫人說道。

「我來幫你吧。」

「噢，不必了，一分鐘就好。茶杯、茶葉早已備好放在茶盤上了。」

廚房裡傳來水壺的鳴響。顯然那壺水的平靜期已經到頭了。佩利夫人走出客廳，一兩分鐘後端著茶盤回到客廳。茶盤上擺著一碟烤餅、一罐果醬、三套茶杯、托碟。

「我想你進來之後，一定覺得失望了。」佩利夫人說道。

她的話有些狡黠，但是和陶品絲的真實感受的確相差無幾。

「噢，不。」陶品絲說。

「如果我是你，我會失望的。因為它們並不相稱，不是嗎？我是指這棟房子的前面和後面。不過，住在這裡挺舒服的。房間不是很多，光線不是很足，但價錢相當便宜。」

「是誰把房子分成兩邊的，又是為了什麼？」

「噢，我想那是很久以前的事了。我覺得以前的屋主認為房子太大、太不方便。他們想要的只是一個度週末的地方，於是把好房間留下了，像飯廳、客廳；又在原來是書房的地方蓋了廚房，也在樓上蓋了幾間臥室以及浴室，然後砌了堵牆，把它們和原來的廚房、老式的儲藏室一分為二，又重新裝修了一番。」

「現在誰住在那邊？他們也只來度週末嗎？」

「現在那邊沒人住，」佩利夫人說道，「再吃一個烤餅，親愛的。」
「不了，謝謝。」陶品絲說。
「至少這兩年沒人來這兒住過。我都不知道屋主究竟是誰。」
「那你們剛來這兒的時候呢？」
「過去有位年輕女人常到這裡來，據說她是演員，至少我們聽說是這樣。不過我們從未見過她。有時隱約看見她的影子。她經常星期六深夜到這兒來，我想是演完戲之後吧。等到星期日傍晚她就走了。」
「好神祕的女人。」陶品絲說道，語氣中透出鼓勵，期望她繼續說下去。
「你知道，我過去對她也是這種看法，還經常在腦子裡編撰她的故事。有時我想像她就像葛麗泰·嘉寶，因為她總是戴著墨鏡和遮住臉龐的帽子進進出出。老天，我居然還戴著尖頂帽。」
她把頭上的女巫帽摘了下來，大笑著。
「這是我們即將在蘇登千士勒教堂演出的舞台道具。」她說，「是那種給小孩子看的神話故事。我演女巫。」她又說道。
「噢，」陶品絲心裡一驚，馬上接著說道，「多有意思。」
「是啊，很有意思，不是嗎？」佩利夫人說道，「我生來就是要演女巫的，不是嗎？」她笑道，一邊敲著她的下巴。「你看，我這張臉正合適。希望不會讓人們產生別的想法。他們大概會以為我的眼睛很邪惡。」

「我想他們不會這樣想，」陶品絲說，「我相信你會是個行善的女巫。」

「你這樣想太好了，」佩利夫人說道，「我剛才說的那位女演員，我現在已經記不得她的名字了，我想是叫馬奇夢小姐，不過也許是別的，你不會相信我從前怎麼編造她的故事。我幾乎沒見過她，也沒和她說過話。有時我想，她大概是相當怕生、相當神經過敏。記者會尾隨而至，不過她從不見他們。有時候我常想——嗯，可能你會說我真無聊——我常想像一些關於她的邪惡故事。你知道，她害怕被人認出。或許她根本不是什麼演員，也許警察一直在找她，也許她犯了什麼罪。有時胡思亂想瞎編故事很讓人興奮。尤其是當你離群索居的時候。」

「難道沒有人陪她一道來嗎？」

「呃，我也不太肯定。當然這些隔牆……他們把房子一分為二時砌的這些牆，該怎麼說呢，都很薄，有時能聽到隔壁的人聲和響動。我想她偶爾會帶別人一起來。」她點著頭說，「一個男人。也許這正是他們需要一個安靜處所的原因。」

「一個已婚男人。」陶品絲說道，她開始瞎編了。

「是啊，也許是個已婚男人，對吧？」佩利夫人說。

「也許和她一起來的是她丈夫。他買下了地處鄉郊的這棟房子，因為他想謀殺她，也許他準備把她埋在花園裡。」

「天哪！」佩利夫人說道，「你想像力可真是豐富，不是嗎？我從未那麼想過。」

「我看應該有人對她的來歷一清二楚。我指的是仲介商這樣的人。」

「噢，我想也是，」佩利夫人說，「不過我寧願什麼都不知道，不知道你是否能明白我的意思。」

「是的，」陶品絲說，「我明白。」

「要知道，這所房子有一種氛圍。我是說這房子有種感覺，一種似乎發生過什麼事情的感覺。」

「她沒有找人來幫她打掃衛生什麼的嗎？」

「在這兒找人很難，附近沒有人手。」

這時，外面的屋門開了。剛才在花園裡鋤地的大個子男人走了進來。他走到洗碗槽邊，擰開水龍頭，顯然要洗手。然後，他一路走到了客廳。

「這是我丈夫，」佩利夫人說，「他叫作阿莫斯。我們有客人，阿莫斯。這位是貝里福夫人。」

「你好。」陶品絲說。

阿莫斯．佩利個子很高，看上去有些呆滯。他比陶品絲原先想像的還要高、還要強壯。雖說他走路略帶蹣跚，步速緩慢，可是他身體健壯、結實。他說：「很高興見到你，貝里福夫人。」

他的嗓音聽起來很舒服，還一邊微笑著，但陶品絲愣了一會兒，不知道能否形容他「神志清晰」。他的目光簡單中透著好奇。陶品絲也感到好奇，佩利夫人之所以想找一處安靜的地方居住，或許是因為她的丈夫不太聰明。

「他很喜歡這座花園，他這個人。」佩利說道。

他進屋之後，大家的談興漸淡。佩利夫人不停說著，可是她的性格似乎變了。她說話時多多少少添了些緊張不安，對她的丈夫特別注意。陶品絲想道，她鼓勵他的樣子，就像是一位母親激勵她認生的兒子說話，讓他在客人面前展示出自己最好的一面，又有些擔心他會出醜。喝完杯中的茶後，陶品絲站起身來，說道：「我得走了。謝謝你，佩利夫人，非常感謝你的款待。」

「走之前你來看看花園。」佩利先生站起來說，「來，我帶你去看看。」

她隨他走到戶外；他把她領到了剛才他在鋤地的角落。

「很好看，這些花，是吧？」他說，「這裡有幾株老品種的玫瑰花，你看這株紅白相間的。」

「它叫『勇士司令官』。」

「我們這裡叫它『約克與蘭開斯特』。」佩利先生說道，「薔薇戰爭[12]。聞起來很香，對吧？」

「很好聞。」

「比那些新種的『混合茶香玫瑰』好。」

整個花園頗有些惹人憐惜。雜草沒有除盡，不過花都被生拙地捆紮了起來。

「鮮豔的顏色，」佩利先生說，「我欣賞鮮豔的顏色。我們很喜歡讓人參觀我們的花園，」他說，「很高興你來這裡。」

「你該看看那邊。」

「非常感謝。」陶品絲說，「我覺得你的花園和房子的確很漂亮。」

「它要出租或出售嗎？我聽你太太說現在沒人住在那邊。」

「我們不知道。我們什麼人也沒見過，沒人在這兒住，也沒人去那邊看過。」

「能住在那裡，我想一定很好。」

「你想找一棟房子？」

「是的，」陶品絲說道，迅速下定決心。「是的，我想在鄉下找一棟小型的房子，等我丈夫退休後來住。可能就在明年，不過我們想提前找找看。」

「這裡很安靜，如果你喜歡安靜的話。」

12 薔薇戰爭（Wars of the Roses），英國於一四五五至八五年間斷斷續續進行的內戰，衝突者為約克家族與蘭開斯特家族，他們分別以白、紅薔薇象徵族徽。

「我想，」陶品絲說，「我可以去問問此地的房屋仲介。你們是他們經手的嗎？」
「是的，我們先在報紙上看到一則廣告，然後就去仲介商那兒。」
「在哪兒，蘇登千士勒？你們屬於那個村子，對吧？」
「蘇登千士勒？不，那家仲介公司在貝辛市場鎮，名字叫『拉塞爾及湯普森公司』。你可以去他們那裡問問。」
「好，」陶品絲說道，「我去問問。貝辛市場鎮離這裡多遠？」
「這裡離蘇登千士勒兩英里，從那裡到貝辛市場鎮七英里。從蘇登千士勒去那兒有一條鎮公路，在這附近到處是小路。」
「我明白了。」陶品絲說，「好，再見了，佩利先生，非常感謝你帶我參觀你的花園。」
「等一下。」他停下來，剪下一朵碩大的芍藥花。他一把抓住陶品絲外衣的翻領，把花穿過衣領釦眼別了上去。「好，」他說，「就這樣。很好看，真的。」
有那麼一刻，陶品絲感到一陣突如其來的恐慌。這個高大、呆滯、好脾氣的人把她嚇著了。他低頭看著她，微笑著。他熱切地微笑著，幾乎稱得上含情脈脈。
「你戴著它很好看，」他重複著。「好看哪。」
陶品絲心想，所幸我不是小姑娘……即便是，我也不喜歡他這樣給我戴花。
她又說了聲再見，便匆忙離去。
房子的門還開著。陶品絲進去向佩利夫人道別。佩利夫人正在廚房清洗茶具；陶品絲不由自主地從架子上取了一塊擦碗布，開始擦杯子。

「真是謝謝你，」她說，「謝謝你和你丈夫。你們對我這麼好，這麼好客……這是什麼聲音？」

廚房的牆裡，或者說廚房牆後老式爐灶所在的地方，傳來高聲尖叫和粗厲的鳴啼，以及抓刮的響動。

「那是一隻寒鴉，」佩利夫人說，「掉到那邊的煙囪裡。每年這個時候都會有寒鴉掉進來。上個星期有一隻飛進我們這邊的煙囪。牠們在裡面做窩，就是這樣。」

「什麼，在那半邊房子裡？」

「是的，這次又掉進來了。」

可憐鳥兒的抓刮聲與哀鳴聲又傳入她們耳中。佩利夫人說：「你也明白，反正是空房子，沒人會覺得困擾。只是煙囪該清掃了。」

粗厲的抓刮聲繼續著。

「可憐的鳥兒。」陶品絲說道。

「是呀。牠再也飛不出去了。」

「你是說牠會死在裡面？」

「啊，是的。我說過，有一隻鳥飛到我們的煙囪裡。其實是兩隻。有一隻是雛鳥。牠沒事，我們把牠抓出來，牠就飛走了。另一隻就死了。」

亂了方寸的撞擊聲和尖叫聲繼續著。

「噢，」陶品絲說，「真希望能幫牠出來。」

佩利先生進了門。

「出什麼事啦？」他邊說，邊打量著兩人。

「那邊有一隻鳥，阿莫斯。牠一定是在隔壁客廳的煙囪裡。聽到了嗎？」

「嗯，牠是從寒鴉窩裡掉下來的。」

「真希望能進去。」佩利夫人說。

「唉，誰都無能為力。別的不說，牠們光嚇就會嚇死。」

「然後，就會有味道了。」佩利夫人說。

「在這兒什麼味道都聞不到。你的心腸太軟，」他繼續說著，一邊左右看著她們。「和別的女人一樣。你們要是願意，我們這就去找找看。」

「哦，有開著的窗戶嗎？」

「我們可以從大門進去。」

「什麼大門？」

「外邊院子裡的門。鑰匙就掛在那邊。」

他走出房子，直接走到院牆盡頭，那裡有道小門。其實裡面是間放了盆盆罐罐的小棚子，不過，棚子裡的另一道門通向那邊的房子。在小棚屋門邊的一根釘子上，掛著六、七支鏽跡斑斑的鑰匙。

「就是這把鑰匙。」佩利先生說。

他取下鑰匙，把它插到門鎖裡。一陣好言好語和費力的搖撼之後，鑰匙在鎖眼中艱澀地轉動了。

「我以前進來過一次，」他說，「當時我聽到有水聲。有人忘了把水龍頭關好。」

他在前、兩個婦人在後地走了進去。小門通向一間面積不大的房間，裡面的一個架子上還擺著各種各樣的花瓶，還有一個裝著一個水龍頭的水池。

「這是花房，我確定，」他說，「以前他們在這兒插花。看到了嗎？還有不少花瓶留了下來。」

花房的另一道門通向外面。門根本沒鎖。他打開門，他們魚貫而出。陶品絲想道，就像是穿越到另一個世界。門外的通道上鋪著絨面地毯。幾步之外，有一道門半開半闔，身陷不幸的小鳥聲從裡面傳來。佩利把門推開，他的妻子和陶品絲相繼走了進去。

玻璃被百葉窗擋著，不過百葉窗的一端鬆散地懸在那裡，透進一些光線。隱約的微光中，可以看到地板上鋪著一張早已褪色但美麗依舊的地毯，顏色是深灰綠。一個書架倚牆而立，卻沒有桌椅。無疑地，家具已被搬走，窗簾和地毯留了下來，以供下一位房客使用。

佩利夫人向壁爐走去。一隻小鳥躺在爐柵裡，一邊掙扎著一邊發出粗厲的悲聲高鳴。她彎腰把牠撿起，說道：「你能把窗戶打開嗎，阿莫斯？」

阿莫斯移步過去，拉開百葉窗，把另一端鬆開，推著窗閂。下面的窗子吱吱嘎嘎被他拉了起來。一扇窗戶打開，佩利夫人探身出去，把手中的寒鴉放了。牠噗地一聲落在草坪上，單足跑了幾步。

「還不如殺了牠，」佩利說，「牠已經不行了。」

「讓牠去吧，」他的妻子說，「你不知道，牠們很快就恢復了，鳥兒都是這樣。全是因為害怕，牠們才不能動彈。」

的確如此。過了一會兒，只見那隻寒鴉掙扎了一下，啞聲叫了一聲，拍了拍翅膀，便飛走了。

「我唯一希望的是，」艾麗斯．佩利說道，「牠不要再從煙囪上掉下來了。不明事理的東西，這些鳥兒啊，根本不知好歹。進了屋子之後，自己就再也出不去了。噢，」她加了一句：「真是一團亂。」

她自己、陶品絲和佩利先生都朝壁爐柵欄望去。從煙囪裡落下的一堆菸灰和碎石爛磚堆在那裡，顯然已經很久沒人修理煙囪了。

「是該有人來這兒住住啦。」佩利夫人說著，一邊四顧看著。

「是該有人來維修一下，」陶品絲應和著，「應該有做建築的人來看看、整理整理，否則整棟房子很快會坍塌。」

「可能頂層的房間已經滲水了。是的，瞧那塊屋頂，已經滲到那裡了。」

「唉，真是不應該，」陶品絲說道，「把一棟美麗的房子毀掉了，這間屋子真美，不是嗎？」

她和佩利夫人一同欣賞地環顧著四周。建於一七九〇年的屋宇處處體現著那段時期的種種優雅。年久變色的牆紙上畫著柳葉圖案。

「如今已經形同廢墟了。」佩利先生說。

陶品絲捅了捅壁柵裡的碎瓦亂磚。

「該清掃清掃了。」佩利夫人說。

「你又想替不屬於你的房子操什麼心？」她的丈夫說道，「隨它去吧，老婆。明天早晨它還不是一樣糟。」

陶品絲用一隻腳把碎磚撥開。

「哎呀！」她厭惡地叫道。

兩隻死鳥躺在壁爐裡，看上去已經死了不短的時間了。

「那是好幾個星期前掉下來的一窩鳥。奇怪的是，沒有平時的味道濃。」佩利說。

「這是什麼？」陶品絲說。

她用腳尖撥了撥半掩在瓦礫中的東西，然後彎腰把它撿了起來。

「你千萬別摸到死鳥。」佩利夫人說。

「不是鳥，」陶品絲說，「有什麼別的東西從煙囪裡掉下來了。我從來沒有……」她盯著手中的東西說：「是個布娃娃。是個孩子玩的布娃娃。」

他們一起低頭看著它。布娃娃破破爛爛的，身上的衣服早已成了碎片，腦袋垂在兩肩中間，看得出原本是給小孩子玩的。它的一隻玻璃眼珠已經掉了。陶品絲手持布娃娃呆立著。

「奇怪，」她說，「真奇怪，小孩子的布娃娃怎麼會在煙囪裡？簡直是怪透了。」

08 蘇登千士勒

離開運河邊的房子後，陶品絲在狹窄彎曲的公路上慢慢驅車前行，她已被明確告知這條路通向蘇登千士勒村。這條路周圍沒有人煙，在路上見不到任何房屋……只有圍著耕地的柵門後，有泥土路通向村落。路上行人極少，只有一台拖拉機與她擦肩而過；還有一輛卡車側面畫著一條巨大而不自然的長麵包，上頭寫著幾個大字：「媽媽的欣喜」，向路人驕傲地宣告車內裝載的貨品。她從遠處看到的教堂尖頂彷彿全然消失無蹤了；但當她沿著公路在森林近旁急轉彎後，教堂的尖頂重新出現了，而且近在眼前。她瞟了一眼里程表，原來從離開運河邊的房子起，她已經開了兩英里路。

這座教堂外形美觀，建築樣式古樸，院子寬敞，教堂大門旁孤孤單單地立著一棵漿果紫杉。

陶品絲將汽車停在教堂墓地行葬處的停柩門邊，自己走了進去，站在那裡，環視著教堂和教堂院子。然後她走到教堂正面有著諾曼第式圓拱的門前，扳了扳沉重的門柄。門開了，她走了進去。

教堂裡面並無引人之處。它的建築時期很早，這是確切無疑的；然而在維多利亞時期，它曾被徹底清理並重新修繕過。教堂裡的北美油松靠背長椅和花稍的紅藍拼花玻璃，把它一度擁有的古舊之美一掃而空。一位身著花呢外衣套裙的中年婦女正把鮮花插到圍著布道壇的一圈黃銅花瓶裡……聖壇周圍的，她已經插好了。她轉頭看了看陶品絲，目光中帶著犀利的探詢意味。陶品絲順著教堂信眾席中的通道慢步前行，一邊瀏覽掛在牆上的追思牌。早年的追思牌幾乎全是為了某個沃倫德家族的成員所設。他們都住在蘇登千士勒的「修行老齋」，有沃倫德上尉、沃倫德少校、薩拉・伊麗莎白・沃倫德（她是喬治・沃倫德深愛的妻子）。後來的追思牌中，有一塊上面寫的是朱莉亞・斯塔克（她也是被深愛的妻子），丈夫名叫菲利普・斯塔克，她也住在蘇登千士勒的修行老齋。這樣看來，沃倫德家族已經不復存在。這些追思牌沒有一個特別啟發陶品絲的靈感，也沒有一個引起她的興趣。於是她步出教堂，圍著它走了一圈。她想，外面比裡面更吸引人。「早期的垂直哥德式建築。」她自語道。從小她就對基督教堂的建築風格耳熟能詳。就她個人而言，她不很喜歡早期垂直式的建築。

教堂占地頗大。陶品絲想著，以前的蘇登千士勒村一定曾有比如今更繁華的景象。她沒開車，徒步向村裡走去。村子裡有一家店鋪、一間郵局和十幾棟大小不等的房子。其中一棟有茅草屋頂，其他的則普普通通，沒有吸引人之處。村中小路的盡頭排著六棟當地官方機構修建的房子，它們立在那裡，彷彿有些忸怩侷促的樣子。其中一道門上的銅牌刻著「阿瑟．托馬斯，清掃煙囪」。

陶品絲想，是否會有某家仲介商雇他清掃運河邊那棟房子裡的煙囪呢？她真是傻透了，居然忘了打聽那棟房子的名稱，陶品絲自責著。

她緩步走回停在教堂旁的汽車邊，然後又停下來，更加仔細地觀察著教堂的院子。她很喜歡教堂的墓地。墓地裡新近的墓碑極少，大都是紀念生活在維多利亞時代或是更早時期的人……那些墓碑因為苔蘚和年長日久的風雨侵襲已經看不清楚碑文了。年代久遠的舊墓碑吸引了陶品絲，其中幾塊直直豎著的石板墓碑頂上雕著小天使，碑的周圍刻著一圈花飾。她隨意四處看著，一邊讀著碑文。又是沃倫德家族。瑪麗．沃倫德，四十七歲；艾麗絲．沃倫德，三十三歲；約翰．沃倫德上校，死於阿富汗。幾位夭折的沃倫德家族幼小成員——令人深感遺憾——碑文是充滿虔誠願望的長詩。她不知道是否還有沃倫德家族的後代住在這裡。顯然，這個家族的人早已不在這裡入葬了，他們所有的墓碑都是一八四三年以前的。她繞過高大的紫杉，看到一位年事已高的牧師正在彎腰察看教堂後面一堵牆邊的一排舊墓碑。他直起身轉過來，迎著向他走近的陶品絲。

「午安！」他和顏悅色地說。

「午安！」陶品絲說，「我在參觀教堂。」

「維多利亞時期被改建得一塌糊塗。」牧師說道。

他聲音和悅，笑容慈祥，看起來大約七十歲，但陶品絲覺得他的實際年齡沒有這麼老，而他顯然患有風溼病，雙腿站立得不是很穩。

「維多利亞時期的捐款太多了，」他痛聲說，「好的鐵匠也太多了。他們十分虔敬，可惜的是，缺乏對藝術的感受力，或者說，沒有藝術品味。你看見教堂東面的玻璃窗了嗎？」他說著，顫抖了一下。

「看到了。」陶品絲說，「糟糕透頂。」

「我的看法和你完全相同。我是這個教區的牧師。」他有些多此一舉地說。

「我剛才已經猜到這一點了。」陶品絲禮貌地說。「您在這裡已經任職很久了嗎？」她又問道。

「十年了，親愛的。」他說，「這個教區很好，這裡的人都很好，我在這兒任職很愉快。但他們不大喜歡我的布道，」他黯然道：「我盡力而為，可是我不能故意裝出一副摩登的樣子。請坐。」

他揮手朝近旁的一塊墓碑示意了一下。

陶品絲道謝之後坐了下來，老牧師也在另一塊墓碑上坐下。

「我不能站立太久。」他歉然說道，然後又問：「你需要我幫忙嗎？或者你只是路經此地？」

「我其實只是路過這裡。」陶品絲答道，「想來看看這座教堂。我在附近的小路上迷了路。」

「是啊，是啊。在這方圓幾十英里內，如果想找到某個地方都十分困難。很多路標都斷了，你也知道，那些負責路標的單位也不加以修理。」他又說道：「我不知道它們究竟有多重要。把車開到這些小路上的人往往沒有什麼特殊目的。如果有目標的話，人們都走主要幹線。那些路糟糕透頂，」他繼續說：「尤其是新修的快車道路。至少我這樣認為。那些噪音、行車速度、胡亂開車……唉，沒人聽我的話，我已經老朽不堪了。你一定猜不到我在這裡做什麼。」他不停地說著。

「我剛才見到您在查看墓碑，」陶品絲說道，「有人惡作劇嗎？是不是被年輕人砸過？」

「不是的。不過大家的確會那麼想，因為那麼多電話亭被砸得不成樣子，都是年輕人肆意破壞的結果。可憐的孩子們，他們是非不分，除了亂砸東西就找不到更有趣的事情做。真令人難過，不是嗎？太令人難過了。不過，」他說道，「在這裡還沒有這種破壞行為。大體來說，附近的男孩都很規矩。其實我是在尋找一個小孩的墓碑。」

坐在墓碑上的陶品絲背脊一挺。

「小孩的墓碑？」她問道。

「是的。有人給我寫信，他是位少校，姓沃特斯，他詢問說，是否有個小孩被葬在這裡。我查過教區的登記簿，可是沒有姓沃特斯的。無論如何，我還是到這裡來看一看。我想也許當時負責登記的人把名字弄錯了，或許出了筆誤。」

「那個小孩的教名叫什麼？」

「他不知道。也許和她母親一樣，也叫朱莉亞。」

「孩子多大？」

「這個他也不大確定。整件事情都很含糊不清。我個人認為他一定把村名也搞錯了。我不記得有姓沃特斯的人在這兒住過，也從沒聽別人說起過。」

「會不會是沃倫德家族？」陶品絲問道，她的思緒飛到了教堂追思牌上的名字。「教堂裡似乎有很多這個家族的追思牌，而且外面的墓碑上也有很多他們的名字。」

「哦，那個家族如今已經沒有後人了。他們原本有一處極好的房子，是一棟建於十四世紀的大宅院，取名『修行老齋』，後來被一場大火燒得面目全非……啊，那是將近一百年前的事情了，所以我想沃倫德家族的後人都已陸續遷走，再也不曾回來過。原來的那塊地方蓋了一棟新房子，是維多利亞時期一位富有的人蓋的，姓斯塔克。那房子的樣子十分難看，不過據說十分舒適，非常舒適，裡面有浴室什麼的。我看這些設備的確很重要。」

「這件事情看上去很怪，」陶品絲說，「居然有人寫信打聽一個小孩子的墳墓。他是孩子的什麼人啊……是親戚嗎？」

「孩子的父親，」牧師答道，「我猜這也是戰爭帶來的悲劇。丈夫在外服役時，家庭破裂了。年輕妻子和別的男人跑了，丈夫還在服兵役。他有一個孩子，從未見過的孩子。我想如果她還活著，現在已經長大成人。這一定是二十多年前的事情了。」

「現在才來找她未免太遲了吧？」
「顯然他是最近才聽說他有過一個孩子，消息傳到他耳中純屬巧合。總之，這整件事情都挺奇怪的。」
「他怎麼會認為他的孩子被葬在這裡？」
「我猜想也許有什麼人在戰時見過他的妻子，聽她說她當時住在蘇登千士勒，於是就這樣轉告他了。的確有這種事。有時你偶遇某人，你多年未曾謀面的老友或是故人，他們也許會告訴你一些你以前不知道的事。不過她現在一定不住在這裡。也從來沒有姓沃特斯的人在這裡住過……至少我來了之後沒有。我知道附近一些地方也沒有。當然，孩子的母親也許用了化名。不過，我覺得孩子的父親一定委託了律師和偵探之類的人，也許他們最終能查個水落石出。這只是時間的問題……」
「是你那可憐的孩子嗎？」陶品絲低語道。
「你說什麼，親愛的？」
「沒什麼，」陶品絲答道，「有一天某人對我講過一句話：『是你那可憐的孩子嗎？』乍聽之下令人相當驚駭。不過我相信說這話的老婦人並不知道她在說什麼。」
「我明白，我明白，我也常常這樣，說了好多話，卻不明白自己的意圖。實在太令人沮喪了。」
「我想您對現在住在這裡的人都瞭若指掌吧？」陶品絲問道。

「哦，其實沒有什麼需要了解的……我的確了解。嗯，你想打聽什麼人嗎？」
「不知道是否有位蘭開斯特夫人曾在這裡居住過？」
「蘭開斯特？沒有，我不記得有這個名字。」
「在那邊有一棟房子……我今天漫無目的地開著車，沒有什麼特別的目標，只是沿著小路……」
「我知道了。附近的小路都很美，有時還能找到珍稀品種，我指的是植物品種，就在我們這裡的矮樹籬裡。這裡沒有人會摘矮樹籬裡的花，也從來沒人專程到這裡來參觀。我有時也能發現極為罕見的品種，比如說『灰鸛玫瑰』。」
「在那裡的運河邊有一棟房子，」陶品絲不願被引到植物的話題上，便打斷了牧師。「在一座小拱橋旁邊，離這兒大約兩英里，不知道那棟房子叫什麼名字？」
「讓我想想，運河、拱橋，啊……這樣的房子這裡有好幾棟。有一個是梅里科特農莊。」
「我說的那棟房子不是農莊。」
「噢，那我想應該是佩利的宅子啦，阿莫斯．佩利和艾麗斯．佩利。」
「沒錯，」陶品絲說，「是佩利夫婦。」
「她長得很怪，對吧？很有意思，我一直這樣認為，十分有意思，一張中世紀的臉孔，你說是嗎？她在我們即將上演的戲劇中扮演女巫，是給孩子們看的。她長得很像女巫，對吧？」

「對，」陶品絲說，「友善的女巫。」

「你說對了，親愛的，被你一語道破。的確，友善的女巫。」

「可是她的丈夫……」

「是啊，可憐的傢伙，」牧師說道，「心緒不是很穩定。但他不會傷害別人。」

「他們兩人十分熱情，還請我喝了一杯茶，」陶品絲說，「但我想問您的是那棟房子的名字。我忘了問他們。他們只住了房子的一半，不是嗎？」

「是的，是的，住在以前是廚房的那一面。人們叫它『水畔之居』，我想是的，不過我相信它以前叫『水湄之居』。這個名字，我認為更雅致一些。」

「那棟房子的另一面屬於什麼人？」

「哦，整棟房子最初屬於寶德利一家。那是很久以前了。是的，我想至少三、四十年。後來房子易主，再後來又經轉手，以後就一直沒人居住了。我初到此地時，那棟房子只是用來度週末。來度週末的是位女演員……我記得是馬格雷夫小姐。她不常來這裡，只是偶爾過來住一兩天。我一直不認識她。她從不來教堂，有時遠遠地能看到她的影子。她真美，是個美麗佳人。」

「那麼它現在究竟屬於什麼人？」陶品絲鍥而不捨地追問道。

「我不知道。或許還屬於她吧。佩利夫婦住的那一面是承租的。」

「我一見到那棟房子，」陶品絲說道，「就認出來了，因為我有一幅畫著那棟房子的畫作。」

「哦，真的嗎？那一定是博科科的畫，或者叫博斯貝……我已經記不得了，不過差不多是這樣的名字。他是康沃爾的人，是個相當有名的畫家，我相信他是。但我想他可能已經死了。是啊，他過去常來這裡，總是在這附近一帶四處畫素描。他也在這裡畫過一些油畫。有些畫裡的風景很迷人。」

「我說的這幅畫，」陶品絲說道，「是別人送給我一位一個月前去世的姨媽，把畫送給她的是一位蘭開斯特夫人。所以我才會詢問您是否知道這個人。」

但老牧師還是搖頭。

「蘭開斯特？蘭開斯特？不，我不記得有這個名字。對了，你可以去問問布萊小姐。她十分活躍，對整個教區的事情無所不知。所有機構都由她負責，婦女講習會、男童子軍、女童子軍，什麼都是她負責。你去問問她。她很活躍，真的很活躍。」

老牧師嘆了口氣，似乎布萊小姐的活躍很令他擔心。

「奈莉・布萊，村裡的人們都這樣稱呼她。男孩子有時候跟在她後面唱：『奈莉[13]・布萊，奈莉・布萊。』這不是她的本名。她本名叫葛楚蒂，或是傑拉婷。」

這時，布萊小姐——陶品絲剛才在教堂裡見到的那個身著花呢套裙的婦女——快步向他們走來，手中依舊提著一把小巧的噴水壺。她邊走邊懷著濃厚的好奇心打量著陶品絲。快走到他們近前時，她加快了步伐，開始說話。

「事情都做完了。」她快樂地宣告道，「今天有些忙亂，是的，有些忙亂。當然您也知道，牧師，我一般都在上午整理教堂。可是今天我在教區的會議室參加了一個緊急會議，您簡直想像不出這次會議開了多久！人們爭論來爭論去。我真的認為，有時人們反對什麼事情，純粹是因為這樣做其樂無窮。帕廷頓夫人尤其令人惱火，什麼事都要徹底討論一番，還提出我們應該向更多公司索要報價表。我的意思是，這件事花不了多少錢，因此這裡或那裡省幾個先令沒有什麼實質意義。而且伯肯赫公司一向都很可靠。牧師，我想你不應該坐在墓碑上。」

「不尊敬，是嗎？」牧師猜測著她的意思。

「噢，不，不是，我當然不是這個意思，牧師。我是說石頭，您也知道，潮氣會從下向上發散，您的風溼……」

她的雙眼質詢地瞟向一旁的陶品絲。

「我來介紹一下，這是布萊小姐，」牧師忙道，「這位……這位是……」他說不出來。

「貝里福夫人。」陶品絲說道。

「噢，」布萊小姐說道，「我在教堂裡見過你，不是嗎？剛才你在四處參觀。我本該和

13 奈莉的英文是Nellie，意為「一本正經、做事刻板的人」。

你打聲招呼，告訴你一些有趣的東西，可是當時我正在忙著手中的事。」

「我本該幫你的，」陶品絲用她最甜美的嗓音說，「但我也幫不了多少忙。我能看出，你對於每一枝花應該插在什麼位置都確切無疑。」

「真是過獎了。不過的確如此，這教堂的花我已經插了……噢，我都記不清多少年了。過節的時候，我們會讓學校的孩子自己插一瓶野花，但他們當然不知道從何插起，可憐的小傢伙。我也想稍稍給他們做些指導，可是皮克夫人從不讓我指導他們。她這個人很特別，說這樣會破壞他們的創造精神。你打算在這裡住宿嗎？」她問陶品絲。

「我要去貝辛市場鎮，」陶品絲回答，「或許你可以向我推薦那裡某家安靜的好旅館？」

「嗯，我想你會感到失望。那只是個鄉村小鎮，根本沒有專車和摩登行業的設備。藍龍飯店是兩星級，但我真的認為這些什麼星的，有時根本沒意義。我想你會覺得拉姆旅館更勝一籌、更安靜一些。你打算在這兒住很久嗎？」

「噢，不，」陶品絲說，「只住一兩天，我打算在附近四處看看。」

「恐怕沒什麼值得看的。沒有什麼有名的古蹟。我們這裡純粹是一個鄉下農村。」牧師插了進來。「不過倒是很平靜，十分平靜。而且我跟你說過，這裡有些有趣的野花品種。」

「是啊，」陶品絲說道，「我聽您說過，我想在隨意找房子的空檔，採集一些少見的品種。」

「天哪，真有意思，」布萊小姐說道，「你想在這地方住下來嗎？」

「嗯，我和我丈夫還沒確定究竟要在哪個地區找房子，」陶品絲說，「我們並不著急。他再過一年半才退休。但我想不妨四處看看。就個人而言，我比較喜歡在某個地區住上四、五天，打聽幾個可能的小型房屋，然後開車去實地看看。我發現，從倫敦出發花一天的時間專程看某一棟房子實在累人。」

「噢，是的，你自己開車來的，是嗎？」

「是的。」陶品絲說，「我明天上午得去貝辛市場鎮的仲介公司諮詢一下。我想，這個村子裡面沒有旅館吧，有嗎？」

「當然有，科普利太太的家裡有客房。」布萊小姐說道，「夏天的時候，她招收客人，夏天的遊客。她的房子布置得漂亮乾淨，所有的房間都很整潔。不過她只負責整理床鋪、做早飯，或許還包括晚上的便飯。只是，我想她最早八月或七月才會收客人。」

「或許我可以去找她問一下。」陶品絲說道。

「她可是個了不得的女人，」牧師說道，「總是喋喋不休。」他繼續說道：「她的嘴巴從來沒停過，一分鐘都不停。」

「這種小村子裡總是有許多閒言閒語傳來傳去，」布萊小姐說道，「我想我應該幫貝里福夫人一個忙。我可以帶她去科普利太太那裡碰碰運氣。」

「那太好了。」陶品絲說道。

「那我們走吧，」布萊小姐輕快地說，「再見了，牧師。您還在找嗎？多悲傷的任務，而且幾乎不可能有望找到。我真的覺得這是最不合情理的要求。」

陶品絲向老牧師道別時說，如果可以，她很願意幫他找找看。

「對我來說，花一兩個小時查看墓碑不算什麼。別看我年紀不小了，可是視力還很好。您要找的只是沃特斯這個名字嗎？」

「不全是。」牧師說，「重要的是年齡，我想。那是個大約七歲的孩子，應該是七歲，女孩子。沃特斯少校認為他的妻子可能用了化名，也許孩子就叫了化名的姓。由於他不知道妻子的化名，所以想要找到這座墓碑困難無比。」

「在我看來，根本不可能找到。」布萊小姐說道，「牧師，你根本不該答應他這件事。這太荒謬了，各種各樣的可能性太多了。」

「那可憐的父親似乎非常傷心。」牧師說，「在我看來，這是一段令人哀傷的故事。我不能再說了，否則你們就走不了了。」

陶品絲一路被布萊小姐帶領著。她自忖道，不管科普利太太被形容得多麼能言善道，也不會比布萊小姐還能說。一條武斷的辭彙之河從她雙唇中急速奔湧而出。

科普利太太的農莊坐落在離村子中央小路稍遠的地方，看上去十分舒適，它占地很小，前面是一座整潔的花園，門口的台階刷成白色，門上的銅把擦得光亮如新。科普利太太在陶品絲眼中簡直是個直接從狄更斯小說裡走出來的人物。她的個子很矮，人很胖，所以向你走來時就像一顆皮球滾了過來。她明亮的眼睛不時眨動著，金黃色的頭髮在頭頂上像條香腸一樣盤著，給人活力極度充沛的感覺。她先是說了一些不願現在就接待客人的話，然後又說：「其實我們通常不會這麼早收留客人，不會的。我和我丈夫都認為『夏天的遊客與別季不同』。如今所有能出去旅遊的人都去旅遊了，我相信他們不得不去。可是每年這個季節我們不大接待客人。得等到七月份才行。不過如果只是住幾天，而且這位夫人不介意這裡設備簡陋的話，也許……」

陶品絲忙說她不介意。於是在並未中斷她的語流同時仔細審視過陶品絲之後，科普利太太說，這位夫人也許想上樓看一看，然後再決定是否留宿。

這時，布萊小姐不得不略帶遺憾地告辭了，因為她至此還沒能把關於陶品絲的事情全部打探出來，例如她從哪裡來、她丈夫是幹什麼的、她多大年紀、她有沒有孩子等等。可是眼下她需要去主持一個在她家裡召開的會議，生怕別人會搶去一個她覬覦已久的位置。

「你和科普利太太在一起時什麼都不用擔心，」她向陶品絲保證。「她會照料你，我確信。那你的汽車怎麼辦？」

「噢，我馬上去把它開過來，」陶品絲說道，「科普利太太會告訴我停在什麼地方。我可以把它停在外面，因為這條街並不窄，可以嗎？」

「我丈夫可以替你把它開到一個更好的地方，」科普利太太說道，「他會幫你把它停在田野裡，就在這條小路的那一頭，而且放在那裡很好。他可以把車停在一座木棚裡。」

一切事情都「和氣」地解決之後，布萊小姐趕忙去踐約了。晚飯成了下一個問題。陶品絲問，村子裡是否有小飯館。

「噢，我們這裡沒有任何女士可以光顧的場所，」科普利太太說道，「不過如果你不嫌棄，吃兩個雞蛋、一片火腿，再來一些麵包和自己做的果醬……」

陶品絲忙說太好了。她的房間不大，但是印著玫瑰花苞的壁紙、看起來很舒服的床和纖塵不染的整體感覺，使這個小房間變得令人愉快、舒心。

「是的，小姐，這壁紙很好看，」科普利太太說道，她似乎認定陶品絲是單身女人。「我們選了這種壁紙，以便新婚夫婦到這裡來度蜜月。很浪漫，你明白我的意思吧？」

陶品絲贊同說，浪漫是令人嚮往的。

「現在的新人沒有多少錢，不像以前。你知道，他們大部分都必須存錢，要買房子，或者已經開始償還債款了，還有的得分期付款買家具，這就沒辦法度個豪華的蜜月。大多數年輕人花錢很節儉，不會把錢都用在享樂上。」

她又乒乓乒乓下樓去了，嘴裡輕快地說著話。陶品絲在經過一天的疲累之後，躺在床上小睡了半個小時。然而她對科普利太太滿懷信心，覺得一旦完全休息好之後，她便可以把她的話題引向最有成效的方面。她相信自己會聽到橋畔那棟房子的所有歷史，什麼人在那裡住過、周圍有什麼人的名聲很好或很差、那棟房子有什麼傳聞，以及類似的問題。當她被介紹給科普利先生之後，對此更是堅信不疑。他不常開口說話，大多數時間只是和氣地咕噥幾聲，往往只是表示贊同。有時他的咕噥也表示異議，但聲音低了許多。

陶品絲覺得只要他的妻子在說話，他就會感到很滿足。他自己有些分神，好像忙著計畫第二天要做的事，似乎第二天有集市。

單就陶品絲而言，事態的進展好得不能再好，簡直可以用一句廣告語「有問必答」來形容。科普利太太就像一台收音機或電視，只需打開旋鈕，她的話就會滔滔不絕地流瀉出來，還附帶各種手勢和不同的面部表情。不只她整個人像顆皮球，她的臉也恍若橡膠製品。經過她的模仿，她提到的各色人物都在陶品絲眼前活生生地出現了。

陶品絲吃了燻豬肉、雞蛋、幾塊抹著牛油的厚片麵包，又對黑莓醬讚不絕口，真心誠意地說手工做的黑莓醬是她最喜歡吃的果醬。她竭盡所能地吸收著一切資訊，以便回房後可以在筆記本上記下。在她眼前，彷彿展開了一卷此地過往歷史的全景圖。

不過缺乏時間條理的敘述，有時使得陶品絲稍感糊塗。科普利太太可以從十五年前一躍而至兩年前，然後再跳到上個月，接著又退回到二〇年代。這些很需要仔細理清頭緒。陶品絲不知道最終是否會有令她滿意的結果。

她按下的第一個按鍵沒有產生任何效果。她提了一下蘭開斯特夫人。

「我想她是這附近的人，」陶品絲故意把話說得極為籠統，閃爍不定。「她有過一幅畫，一幅很美的畫，我想那位畫家在此地小有名氣。」

「你說的是誰？」

「蘭開斯特夫人。」

「不，我不記得這裡有人姓蘭開斯特。蘭開斯特。蘭開斯特……有位先生出過一次車禍，我記得。不，我想到的是汽車。那是一輛蘭開斯特的汽車。沒有什麼蘭開斯特夫人。會不會是博爾頓小姐？我想她現在應該有七十歲了。她可能嫁給了一位蘭開斯特先生。她離開這裡去了國外，我聽說她嫁給了什麼人。」

「她送給我姑媽的畫是一位博科貝的作品……我記得他的名字是博科貝，」陶品絲又說道，「多可愛的果凍。」

「我在裡面放了蘋果。一般人都不放。她們說蘋果是可以使果凍更快速結凍，但這樣也會把所有味道都蓋掉。」

「是的，」陶品絲說道，「我覺得你說得很對，的確是這樣。」

「你剛才說的是誰？字母B開頭的，我沒聽清楚。」

「博科貝，我想是。」

「噢，是博科恩先生，我記得很清楚。讓我想想……那有……十五年了，至少十五年前他到過這裡。他在這裡四處跑，跑了好幾年。他喜歡這個地方，還租了一家農舍，那是農場主哈特為他的佃農準備的房子。不過他們蓋了新的，這裡的地方議會蓋的，專為佃農蓋的四座新農舍。

「博科恩先生可是個正規畫家，」科普利太太說道，「他總是穿著樣式很滑稽的外套，天鵝絨或燈芯絨布料。手肘部分總是有洞，他還穿綠色和黃色的襯衣，真的。噢，他總是穿得五顏六色。我喜歡他的畫，真的。他每年辦一次畫展，我想，大概是在聖誕節前後。不，應該不是，應該是在夏天。他冬天不到這裡來。真的，他的畫很美，沒有什麼令人興奮的東西，不知道你能不能明白我的意思。只是一棟房子和幾棵樹，或是在籬笆後面向外張望的兩頭牛。可是顏色既安靜又漂亮。不像現在那些年輕小夥子的畫。」

「這兒常有畫家來嗎？」

「不是很多。唉，別提了。夏天的時候，有一兩位女畫家到這兒畫素描，可是我不覺得她們有什麼了不起。去年還有一位小夥子來這兒，自稱是畫家。連鬍子都不好好刮。對他的任何一幅畫，我都無法說很喜歡。就那樣把各種怪顏色攪在一起，什麼東西都認不出來。他倒是賣了很多畫。跟你說，都不便宜。」

「應該值五英鎊。」

科普利先生在這場對話中首次開腔，它如此突如其來，把陶品絲嚇了一跳。

「我丈夫認為，」科普利太太又接過話頭，暫時充當了他的解釋者。「所有的畫都應該超過五英鎊。油彩不會比這貴。這就是他的意見。喬治，是嗎？」

「啊。」喬治應道。

「博科恩畫過一棟坐落在一座小橋旁的房子——『水畔之居』，或者叫『水湄之居』，是叫這個名字吧？我今天是從那邊過來的。」

「噢，你是從那條路上過來的，是嗎？幾乎算不上是路，對吧？十分窄小。那棟房子很孤單，我一直這樣認為。我不願意住在那棟房子裡，太孤單了。我說得對吧，喬治？」

喬治咕噥了一聲，發出一些異議，或許還攙雜著對女人如此膽怯的蔑視。

「艾麗斯．佩利住在那裡，是的。」科普利太太說道。

陶品絲放棄了對博科恩的探究，開始傾聽科普利太太對佩利夫婦的看法。她已經發現，最好隨著科普利太太從一個話題跳到另一個話題。

「他們可是一對奇怪的夫婦。」科普利太太說道。

喬治發出一些響動，以示贊同。

「不和別人來往，真的。用你們的話說，就是『不愛交際』。她走起路來都不像是普通凡人，艾麗斯．佩利真的是那樣。」

「有精神病。」科普利先生說道。

「我不知道我是不是也認同。她確實看起來有精神病。看那些披散開來四處亂飛的頭髮。大多數時間她穿著男人的衣服和大號的膠皮靴。她說的話也很怪，有時候你問她一個問題，她會答非所問。但我不認為她真的有精神病。她只是有些乖僻。」

「人們喜歡她嗎？」

「幾乎沒幾個人認識他們，雖然他們已經在這裡住了好幾年。關於她總是有很多傳聞，不過哪兒都有傳聞。」

「哪種傳聞？」

直接發問從來不會惹得科普利太太反感，她聽到這些問題，便忙不迭地做出回答。

「聽說晚上她會招魂。坐在桌邊。有的人說晚上那所房子裡有來回移動的光束。人們還說她讀了很多稀奇古怪的手冊，裡面畫著東西，圓圈、星星什麼的。要我說，阿莫斯・佩利才是不大正常。」

「他只是頭腦簡單而已。」科普利先生寬容地說。

「你說的或許沒錯。可是也有關於他的故事。他喜歡花園，但對園藝又不是很懂。」

「他們只住了房子的一半吧？」陶品絲問道，「佩利夫人很客氣地請我進去坐。」

「真的嗎？千真萬確？我不知道自己會不會想進那棟房子。」科普利太太很驚訝。

「他們住的那一邊沒問題。」科普利先生說道。

「難道另一邊有問題嗎？」陶品絲問道，「面臨運河的那邊？」

「嗯，過去有不少關於那一邊的故事。當然，那裡很多年沒人住了。人們說那個地方很怪，講了很多怪事。但流傳下來的故事都不是我們這些人親眼見過、親身體驗過的。那是很久以前的事了。房子建於一百多年前。他們說最初有位美人住在這裡，金屋藏嬌，房子是專門為她修建的，蓋房子的人是位朝臣。」

「維多利亞女王的朝臣？」陶品絲饒有興致地問道。

「我想不會是她。她很挑剔，維多利亞女王對手下的人很苛刻。我認為還要更早，喬治王朝時期。這位紳士經常到這裡來看她，後來據說有個晚上他們起了爭執，他把她的喉嚨割破了。」

「太可怕了！」陶品絲驚呼道，「他是不是被處以絞刑了？」

「沒有，沒有那回事。據說他毀屍滅跡，把她砌在壁爐的牆裡了。」

「砌在壁爐的牆裡！」

「人們就是這麼說的。據說她是個修女，從女修道院跑了出來，所以得砌在壁爐裡。在女修道院就是這樣懲罰不守教規的人。」

「不過把她砌在壁爐裡的並不是修女。」

「是啊，不是修女。他親手幹的，她的情人。他把壁爐通道都用磚堵了起來，據說在外面還釘了一大張鐵皮。不管怎麼說，後來再沒有人見過她，可憐的靈魂，穿著華貴的衣服四處走動。當然，也有人說她和他走了，去城裡，或是別的什麼地方住了。人們總能聽到響動，看到燈光，好多人天黑的時候都不敢靠近那棟房子。」

「可是後來怎麼樣了？」陶品絲問道。

她覺得維多利亞女王統治時期已超出她想追溯的時間範圍。

「後來發生的事情很多，我也說不完整。我想後來房子出售，被一位名叫布洛吉克的人買走了。他住的時間不長，人們叫他鄉村紳士。我想，可能這就是他喜歡這所房子的原因。不過那一大片田地對他沒什麼用，他也不知道怎麼處理，就又把房子賣了。它已經轉手過好多次，總是有人來做些改動，新修一間浴室或什麼的。有一對夫婦曾經把它闢做養雞場。我相信這是真的。不過，這棟房子有不祥的名聲。只是那是在我出生前的事情了。我想博科恩先生一度動念把它買下，也就是在他畫這棟房子的那段時期。」

「博科恩先生到這裡來的時候年紀多大？」

「四十吧，我想，或許四十多一點。他長得滿好看的，只是稍微有些發福。他對女孩子的吸引力很大。」

「啊。」科普利先生又咕噥了一聲，這次是表示警告。

「唉，誰都知道畫家是什麼德性，」科普利太太認為陶品絲也理所當然地理解。「常去法國，所以帶著一些法國人的習氣，畫家都這樣。」

「他沒結婚嗎？」

「當時還沒有，他第一次來的時候還沒結婚。他對查林頓夫人的女兒有些著迷，但沒什麼結果。她是個可愛的女孩，不過對他來說太年輕了。當時她還不到二十五歲。」

「查林頓夫人是什麼人？」

聽到新人物的出現，陶品絲有些糊塗。

「真是見鬼，我究竟在這裡幹什麼？」一陣倦意籠罩著她，她想道，「我就在這裡聽人講閒話，把根本不真實的東西想像成謀殺。我現在明白了……一切都是從這兒開始的：一位和善但頭腦不清的老天真把以前的事情都攪成一團，她回憶起博科恩先生的故事，或是把畫送給她的人對她講了那棟房子的種種傳聞，說有人被活生生砌在壁爐裡，但不知為何，她認為被砌在裡面的是個孩子。我就跑出來四處調查這團亂麻。湯米說我是傻瓜，他說得很對……我是傻瓜！」

她巴望著科普利太太一刻不停的話語能中斷一次，這樣她就可以趁機站起，禮貌地道聲晚安上樓休息了。

科普利太太卻談興不減，依然滔滔不絕。

「查林頓夫人？噢，她曾經在水湄之居住過一陣子，」科普利太太答道，「查林頓夫人和她的女兒。她是個好人，查林頓夫人。我想她是位軍官的遺孀，生活很拮据，不過反正房租很便宜。她養了很多花，非常喜歡園藝。但她家裡收拾得不大乾淨。我去幫她收拾過一兩次，但後來就沒再去過，因為我得騎自行車走兩英里路。那條路上沒有公共汽車。」

「她在那裡住的時間長嗎？」

「我想，只有兩三年吧。大概在聽說過那些事情之後，她害怕了。而且當時她自己的女兒也惹了麻煩。我記得她叫莉蓮。」

陶品絲喝了一口晚飯後的濃茶，暗自下定決心，要讓科普利太太就此打住，然後上樓去休息。

「她女兒出了什麼麻煩？跟博科恩先生有關？」

「不，不是博科恩先生給她惹的麻煩。我不相信這種說法，是另外那個人。」

「另外那個人是誰？」陶品絲問道，「他也住在這裡嗎？」

「我想他不住在這裡，是她在倫敦遇到的。她在倫敦學習芭蕾舞，是芭蕾嗎？還是繪畫？博科恩先生安排她進了一所學校。我想學校的校名是斯萊特。」

「是斯萊德吧？」陶品絲改正道。

「也許是吧，反正差不多。總之，她常去倫敦，於是認識了這個不知是什麼人的傢伙。她的母親不喜歡他，不讓她見他，可是這樣做一點好處也沒有。她有時傻得很，不少軍官的妻子都很傻。她以為她說什麼，女孩子就會做什麼。她已經落伍了。她去過印度和附近的地區，但如果問題出在一個英俊小夥子身上，你又不認真盯著女兒，她才不會按照你的話做。她的女兒不聽她的話。他時不時地到這裡來，他們在外面幽會。」

「然後她就有麻煩了，是嗎？」

陶品絲使用了人人皆知的委婉措辭，她希望這樣說不會使科普利太太認為她不得體。

「我想一定是他惹的禍。一切再明白不過了。她母親還不知道的時候，我就了然於胸了。她的確漂亮，個子高，長得也標緻。但我覺得她不是那種能經受挫折的人，也就是說，她會崩潰。她總是瘋了似的來回走著，一邊自言自語。你要是問我那個年輕人是不是對她不好……的確如此。他知道出了事之後就扔下她不管，一走了之。當然，做母親的應該去和他談談，讓他明白他的責任，可是查林頓夫人連這樣做的勇氣都沒有。總之，她母親知道後就帶著女兒走了。她把房子封了起來，之後就開始尋找新的買主。我相信她們回來過，為了收拾東西，不過她們沒到村子裡，也沒和任何人說過話。她們兩人後來誰都沒回來過。這裡也流傳著一些故事，我不知道有沒有真實性。」

「有些人什麼故事都編得出來。」科普利先生突然插了一句。

「你說得有道理，喬治。不過也有可能是真的，這種事情有時候會發生。而且我看那女孩的腦子有些問題。」

「什麼故事？」陶品絲迫不及待地問道。

「說實話，我不願意說。已經過去很久了，我也不大確定，所以我不願意說。把故事傳開的是巴德科克夫人的女兒路易絲。那個女孩可會撒謊了，也許是她編造了一個故事，她什麼話都說得出來。」

「究竟是什麼故事？」陶品絲又問道。

「她說查林頓家的女兒把自己的孩子殺了，然後也自殺了，還說她的母親傷心得瘋瘋癲癲，她的親戚把她送到老人院了。」

陶品絲又一次感到腦中疑團驟起，她覺得自己幾乎在椅子中搖擺了起來。查林頓夫人會不會是蘭開斯特夫人？用了化名，腦子有點反常，被她女兒的歹命糾纏不休。科普利太太毫無同情心地一直說下去。

「我自己對此一個字也不信。那個巴德科克家的女孩什麼都說得出來。當時我們對各種傳聞和故事也不大在意……我們擔心的是別的事，我們被嚇得不知所措。當時發生的事情讓這附近的人都害怕起來……」

「為什麼？發生什麼事？」

這個貌似平靜的蘇登千士勒村，竟發生過這麼多事故，讓陶品絲深感驚異不已。

「我敢保證你當時一定在報紙上看過這件事的報導。讓我想想，大約是二十年前了。你一定讀過相關報導：謀殺小孩子。第一起是一個九歲的小女孩。有一天放了學她沒回家。住在附近的人都去找她，最終在長滿灌木叢的小山谷裡找到了她，她被勒死了。現在想起來，我還不寒而慄。這只是第一起，大約三個星期後又發生一起。案件發生在貝辛市場鎮的另外一邊，不過總之是在同一個地區。要是一個男人開著車，要做案還真是輕而易舉。

「後來一起接一起的發生。有時隔一兩個月不會出事，但突然又是一起。其中有一起發生在離這兒幾英里的地方，不過大部分都發生在村子裡。」

「警察……難道沒人知道凶手是誰？」

「他們盡了最大的努力，」科普利太太說道，「很快就羈押了一個男人，真的。他住在貝辛市場鎮的另一邊，據說對他們的調查很有幫助……你想這是什麼意思？他們以為抓到了凶手。他們抓了一個又一個，可是往往過一兩天就不得不把他們釋放了，因為他們發現他不可能是凶手，不是不在現場，就是有什麼人給他提供了不在場證明。」

「你不知道，利琪，」科普利先生說道，「他們可能知道誰是凶手。我想他們的確知道。我聽說，確實如此。警察明明知道凶手是誰，卻拿不到證據。」

「都怪他們的妻子，是的，」科普利太太說道，「妻子，母親，甚至父親。警察不管有任何想法，也都束手無策。要是兇手的母親說『當天晚上我的兒子在這兒吃晚飯』，或是女朋友說她和他當晚去看電影，兩人一直待在一起，或是父親說他和兒子一起去遠處的田地做工了……哼，你根本就沒辦法反駁。他們可能認為這位父親或母親或女朋友在扯謊，可是除非有其他人可以證明他在某個地方見到了那個人，否則警方還是無計可施。那段時間真是恐怖。所有的人都焦慮不安，只要聽說誰家的孩子不見了，大家就結伴分頭去找。」

「是，是這樣。」科普利先生說道。

「大家集合起來之後就出去找，有時馬上就找到了，有時候幾個星期都找不到，有時她就在離家很近、大家都以為已經找過的地方。簡直讓人發瘋，真是這樣，太可怕了，」科普利太太懍然道，「太可怕了，居然會有這種男人。他們理應被槍決，應該被絞死。如果有人給我機會，我一定不會放過他們，那種殺害女孩子、侮辱小女孩的男人。憑什麼要把他們關進瘋人院，讓他們像在家裡一樣舒舒坦坦？早晚他們還是會被放出來，說是已經治好了，就把他們打發回家裡。在諾福克就發生過這樣的事。我姐姐住在那裡，她告訴我的。他回家兩天後又開始殺人了。瘋了，這些醫生，有的還沒等病人治好，就硬說他們已經好了。」

「你知不知道附近有什麼人有嫌疑？」陶品絲問道，「你真的覺得是陌生人幹的嗎？」

「也許是陌生人。不過一定住在這個……噢！我想是方圓二十英里以內。但不可能是住在這個村子裡的人。」

「你以前認為是的，利琪。」

「你別急躁。」科普利太太說道，「我們會認為凶手是生活在周圍的人，是因為心裡害怕。我過去常常盯著別人看，你也一樣，喬治。你會自言自語說，不知道會不會是那個小夥子，他最近表現得很反常，有沒有？」

「他或許看上去根本正常得很，」陶品絲說道，「可能他和別人一模一樣。」

「是的，你說得有些道理。我聽說根本不可能知道，因為真正的凶手看不出一點瘋狂的樣子，不過也有人說，他們的眼中總閃著一種可怕的光芒。」

「傑菲，當時他是這裡的警察，」科普利先生說道，「他總是說自己有個好主意，但都不奏效。」

「他們一直沒抓到那個男人？」

「沒有。鬧了半年多，將近一年，然後就再也沒有發生過類似的案件。不過，我想一定是他離開這裡了，從此完全銷聲匿跡。大家才會因此認為警察可能知道凶手是誰。」

「你是說，凶手是一個從這個地區搬到別處的人嗎？」

「嗯，人們總是會討論。有人會說也許就是某某人。」

陶品絲猶豫著，不知道該不該再問一個問題，但她感到既然科普利太太如此熱中談話，真的問了，也不會有壞處。

「你覺得是誰？」她問道。

「唉，那件事已經過去太久，我也不大想談。不過的確有人提到一些名字。大家議論紛紛，還加以觀察。有人認為可能是博科恩先生。」

「是嗎？」

「是的，畫家嘛。畫家總是怪怪的。人們都這麼說。可是我覺得不會是他！」

「更多的人說是阿莫斯．佩利。」科普利先生說道。

「佩利夫人的丈夫？」

「是的。你知道他有點怪，頭腦簡單。他很有可能幹出這種事。」

「佩利夫婦當時住在這裡嗎？」

「是的，不過不是在水湄之居。他們住在離這兒四、五英里的一座小農莊。我確信，警察監視過他的行蹤。」

「可惜抓不到什麼證據，」科普利太太說道，「他的妻子總替他開脫。他夜裡通常和她一起在家，她總是這樣說，只是偶爾在星期六晚上去村裡的小酒館喝酒。但所有的謀殺案都不是星期六晚上發生的，也就沒什麼可懷疑。再說，艾麗斯．佩利提供什麼證詞，你都得相信。她毫不退讓，從不反悔，什麼恐嚇威脅一概不管。總之一句話，他不是凶手。我也不認為他是。我無憑無據，不過我有一種感覺，要是讓我指認罪犯，我會說是菲利普爵士。」

「菲利普爵士？」

陶品絲的腦子再一次受到震動。又出現了一個新人物。菲利普爵士。

「他是什麼人？」她問道。

「菲利普・斯塔克爵士。他就住在沃倫德老宅那裡。那個地方以前叫修行老齋，住在裡面的是沃倫德家族……在它被大火燒毀之前。教堂的墓地裡有他們的墓碑，教堂裡還有追思牌。打從詹姆士國王執政時期，他們沃倫德家族的人就住在這裡了。」

「菲利普爵士是沃倫德家族的人嗎？」

「不是。他賺了很多錢……不然就是他父親賺的，經營煉鋼廠什麼的。菲利普爵士是個怪人。他的工廠在北部，可是他自己卻住在這裡，也不和別人交往。人們說他是隱……隱什麼的。」

「隱士。」陶品絲提示道。

「就是這個名詞。他臉色蒼白，瘦得皮包骨，還喜歡花花草草。他研究植物，總是摘些各種各樣叫不出名字的野花，那種你根本不想再看第二眼的花朵。我記得他還寫過一本書，說的就是那些野花。對了，他很聰明，非常聰明。他的妻子很好，人長得漂亮，不過我一直覺得她看起來一副淒苦的樣子。」

這時，科普利先生輕輕哼了一聲。

「你簡直瘋了，」他說，「把菲利普先生想成是凶手。菲利普爵士多喜歡孩子，他總為他們舉辦晚會。」

「我知道。他總給孩子們慶祝這慶祝那，還有可愛的禮物。他讓他們玩湯匙蛋賽跑，還提供加了草莓和奶油的熱茶。他自己沒有孩子。有時在路上碰見哪個孩子，他就把他叫住，給他塞塊糖，或是給他一枚六便士的硬幣讓他買糖吃。但我也不知為什麼，總覺得他做得太過頭了。他是個怪人。我覺得自從他的妻子突然離他而去之後，他就一直不對勁。」

「他的妻子什麼時候離他而去的？」

「大約是案件發生之後六個月左右。當時已經有三個孩子被殺。斯塔克夫人突然去了法國南部，之後就再也沒有回來過。你知道，她不應該會……她很安詳、高貴，不會為了別的男人就離開他。不，她不是那種女人。可是她為什麼要離開他呢？我覺得是因為她有所察覺，發現了一些事情……」

「他現在還住在這裡嗎？」

「不常來住了，每年只來一兩次，大多數時間房子就鎖著，有專人看管。我們村裡的布萊小姐……她以前是他的祕書，替他打理一切事務。」

「那他的妻子呢？」

「死了，可憐的人。她出國後不久就死了。教堂裡沒有她的追思牌。對她來說一定百般折磨。也許起初她不大確定，然後她可能開始懷疑丈夫，再後來她或許確信不疑了。於是無法忍受，一走了之。」

「你們女人就喜歡瞎猜。」科普利先生說道。

科普利太太站起身來，開始收拾餐桌上的碗碟。

「時間差不多了。」科普利先生說道，「你要是再和這位夫人嘮叨這些無關緊要的陳年舊事，會讓她做噩夢的。」

「聽這些事很有意思。」陶品絲說道，「不過我也挺睏的，我想我得上樓休息了。」

「我們一般都睡得很早。」科普利太太說道，「而且你這一整天下來，一定也累了。」

「是的，我快累死了。」陶品絲長長地打了一個哈欠。「好，晚安，非常感謝你們。」

「明天早晨需要我把你叫醒喝杯茶嗎？八點會不會太早？」

「不早，可以。」陶品絲說，「不過要是太麻煩就不必了。」

「沒什麼麻煩的。」科普利太太說道。

陶品絲拖著疲倦的身子爬上樓。她打開隨身帶來的小包，取了幾樣東西，脫下外衣，洗漱完畢，一頭倒在床上。科普利太太所說的話一點也沒錯，她累死了。剛才聽來的東西在她腦中一一閃過，各種人物和可怕的設想飄來飄去，就像一個萬花筒。死去的孩子……太多死去的孩子。陶品絲只想聽到壁爐後的那個。也許與水畔之居的壁爐有關。小孩子玩的布娃娃。被情人遺棄而意志薄弱的年輕女孩發起瘋來，殺了一個孩子。哦，天哪，我的用詞未免太誇張了，陶品絲想著。這真是一團亂麻，時間全部混雜在一起，無法確定任何事情的發生時間。

她睡著了，做了很多夢。有一位什麼沙洛特夫人在那所房子的窗口向外張望著；煙囪裡傳來抓刮的響動；擊打聲不停地從釘在那裡的一大張鐵皮後面傳出來，鐵錘擊出的聲音鏗鏘有力……

陶品絲猛地醒了。原來是科普利太太的敲門聲。她精神奕奕地走了進來，把茶放在陶品絲床邊，拉開窗簾，說希望她昨夜睡得安穩。陶品絲想，任何人都不會比科普利太太更活潑、更有朝氣。看來她從不做噩夢呢！

09 貝辛市場鎮的上午

「嗨，」科普利太太歡快地走出房間時說，「又是新的一天。我每天醒來都這麼說。」

「新的一天？」陶品絲想著，呷了一口濃釅的紅茶。「不知道我是不是太傻……可能是吧……要是湯米在，能和他聊聊多好。昨晚真是把我弄得一塌糊塗。」

在離房下樓之前，陶品絲把昨晚聽到卻因為上樓後太疲憊而未及時記下的各種事件和名字，記在她的筆記本上。那些感情色彩過於濃重的舊事，也許零零星星有些是真的，然而大部分是道聽塗說、惡意中傷、閒言碎語或浪漫的遐想。

「看來，」陶品絲想道，「我正在了解的是某地上溯到十八世紀的傳言舊事。可是這一切會引出什麼樣的結果？我又在追尋什麼？連我自己都不知道。更糟的是，我已經深陷其中欲罷不能了。」

陶品絲隱約料到今天她首先要對付的是布萊小姐，布萊小姐無疑把她看成是蘇登千士勒最具威脅性的人物。於是她千方百計拒絕了種種善意的幫助，迫不及待地向貝辛市場鎮駛去。布萊小姐尖著嗓子向她打招呼時，她停下車，解釋自己得立即去貝辛市場鎮赴約……她什麼時候回來？陶品絲閃爍其辭。她願意與她共進午餐嗎？謝謝布萊小姐，不過恐怕……

「那就一起喝下午茶吧。四點半，我等著你。」

此言無異於皇家軍隊的命令。陶品絲笑著點了點頭，重新發動了汽車，開了出去。

也許，陶品絲想著，既然她打算從貝辛市場鎮的仲介公司那裡打探消息——奈莉・布萊不是可以提供更多資訊？她是那種以對別人無所不知為榮的女人。潛在的問題是，她決意挖掘出關於陶品絲的一切背景。或許今天下午陶品絲可以再次扮演當年她創造的那個角色。

「我來了，班金索夫人。」陶品絲說道。

她的車沿著路邊轉過一個急轉彎之後，一頭撞進了一道矮樹籬，避開迎面而來那輛體積龐大、似在玩鬧的拖拉機，阻擋了一場滅頂之災。

她把車停在貝辛市場鎮中心廣場的停車場，走到郵局，進入一座正好無人使用的電話亭。

接電話的是艾柏，說的是他常說的那句話——透著懷疑但簡單的一聲「你好」。

「聽著，艾柏，我明天回家。應該趕得上吃晚飯，也許會更早。貝里福先生若沒有特別打電話，也會回去。給我們準備些吃的……我看，準備雞肉吧。」

「是的，夫人。您現在在哪兒……」

可是陶品絲已經掛斷了電話。

貝辛市場鎮的生活似乎是以中心廣場為主。陶品絲離開郵局之前翻了一本分類電話簿，一共有四家房屋及各種財產代理商，三家都在中心廣場，第四家在喬治街上。陶品絲潦草地抄下這些公司的名字，走出郵局前往尋找。

她首先選擇的，是看起來氣度恢宏的「洛夫博迪及斯利克仲介公司」。

一位臉上長著雀斑的年輕女孩接待了她。

「我想就一棟房子諮詢一下。」

女孩聽後滿臉好奇，彷彿陶品絲詢問的是珍稀動物。

「我對此一無所知。」女孩邊說，邊回頭看了看她的同事，打算把陶品絲移交過去。

「一棟房子。」陶品絲說道，「你們是房屋仲介，不是嗎？」

「房屋仲介兼拍賣商。酸果蔓展覽廳的拍賣會將於星期三開始，如果您感興趣，拍賣品目錄每份兩先令。」

「我對拍賣會沒興趣。我想問的是房子。」

「裝修過的？」

「沒裝修過的。我要買……或者租。」

雀斑姑娘露出一些喜色。

「我看您最好和斯利克先生談一下。」

陶品絲欣然同意見見斯利克先生。她隨即坐在一間面積不大的辦公室裡，對面坐著的是一位身穿大方格粗呢西服的年輕人。他開始逐頁翻看一大本合適的房屋紀錄，搜尋著細節介紹。他自顧自地說道：「曼德維爾路八號，專業設計建造，三間臥室，美式廚房……哦，不對，已經出手了。阿瑪貝爾宅，風景如畫，占地四英畝，廉價急售……」

陶品絲堅決地打斷了他的自言自語。

「我見到一棟很中意的房子，在蘇登千士勒村……或者說，離蘇登千士勒村很近，在運河邊……」

「蘇登千士勒，」斯利克先生露出懷疑的表情。「目前我們手頭沒有那裡的房子。叫什麼名字？」

「房子上沒有標誌，也許是『水畔之居』或『水湄之居』……一度叫作『橋屋』。我想是這樣。」陶品絲說道，「那棟房子分為兩部分。其中一部分租給別人了，但租房子的人對房子的另一部分一無所知，未出租的那一邊面臨著運河，我很感興趣。那裡似乎沒人住。」

斯利克先生冷淡地說，恐怕他幫不上忙，不過他仍帶著優越感告訴她，也許「布洛傑及伯吉斯仲介公司」可以幫她。他的語調顯出「布洛傑及伯吉斯仲介公司」頗難登大雅之堂。

陶品絲自己找到了「布洛傑及伯吉斯仲介公司」。它就坐落在廣場對面——他們的辦公室與「洛夫博迪及斯利克仲介公司」大致相同——在他們灰濛濛的窗戶裡，同樣是那種招租單和近期的拍賣傳單。公司的前門新近塗了一層膽汁綠的油漆，也許稱得上是唯一的可取之處吧。

這場會晤同樣令人洩氣，陶品絲被引見給斯普里格先生……一位看起來性格悲觀的老年人。陶品絲再次詳細談了談她的想法和要求。

斯普里格先生承認他知道她提到的這棟房子，可是他幫不了什麼忙，他看起來不大感興趣。

「恐怕那棟房子買不到。房主不賣。」

「房主是誰？」

「我自己都不知道。房子賣過不少次……有一段時間傳言說被政府強徵了。」

「地方政府要它有什麼用處？」

「說實話，貝──（他瞥了一眼剛才在臨時記錄本上記下的名字）──貝里福夫人，如果你能告訴我這個問題的答案，顯見你比那些可憐人聰明多了。地方議會和規畫委員會的運作方式總是籠罩著神祕的氣氛。那棟房子後面做了一些必要的維修之後，以極低的價格租給了……噢，對，佩利夫婦。說到真正的房主，那位先生住在國外，似乎對這房子已經沒有興趣了。我想可能在繼承程序上出了一些問題。遺囑由指定的遺囑執行人執行，出了一些法律上的小問題，而訴諸法律的花費又太大。貝里福夫人，我看房主還情願這所房子塌掉，因為除了佩利夫婦住的那部分之外，別處都未經修理。那塊地皮當然將來可能會值錢，但修理破房子畢竟沒什麼賺頭。你若是對這種房子感興趣，我相信我們可以提供一些更值得一買的房子。恕我冒昧，這棟房子最吸引你的地方是什麼？」

「我很喜歡它的外觀，」陶品絲說道，「那棟房子很漂亮。我第一次看到它是在火車上……」

「噢，我明白了。」斯普里格先生盡量不顯露出「女人簡直傻得讓人不可置信」的表情，安慰道：「如果我是你，我會把這一切都忘掉。」

「我想你或許可以給屋主寫封信，詢問他們是否願意出售。或者你可以把他們或他的地址給我……」

「如果你堅持，我們可以和屋主委託的律師聯繫一下。不過我看希望不大。」

「看來如今辦任何事情都得透過律師。」陶品絲的話透著傻氣和怨怒。「律師的辦事效率通常很低呢。」

「是的，法律界辦事總是耽誤時間……」

「還有銀行，一樣糟糕！」

「銀行……」斯普里格先生的聲音中流露出驚異。

「好多人的地址都是由銀行轉交的。這也很麻煩。」

「是的，是的，你的話沒錯。不過現代人太不安於室了，四處流動、出國等等的。」他拉開抽屜。「我這裡有間房子，叫克羅斯蓋茨，距離貝辛市場鎮兩英里，條件很好，花園很美……」

陶品絲站起身來。

「不，謝謝你的幫助。」

她決然地向斯普里格先生道了聲再見，再次走進中心廣場。

她又去了第三家仲介公司。他們的業務範圍主要是出售廢棄的養殖場、養雞場以及普通農場等。於是她很快就辭別了。

最後，她去了喬治街上的「羅伯茨及威利仲介公司」。這家公司不大，但服務熱情，積極主動，只是他們對蘇登千士勒既不感興趣又所知甚少，相反地，倒是很積極地推薦一些還沒蓋完的住房，價格又高得有些可笑。他們舉的一個例子讓陶品絲大吃一驚。賣力的年輕雇員見他未來的主顧去意已決，只好不情願地承認說，的確有蘇登千士勒這個地方。

「您剛才說的蘇登千士勒，最好去廣場裡的『布洛傑及伯吉斯仲介公司』試試看。他們手頭有些那裡的房子，不過都很破舊，年久失修。」

「離那裡不遠有一棟十分漂亮的房子，在運河邊，我從火車上見過的。為什麼沒有人想住在那兒？」

「哦，我知道那棟房子，它叫『河岸』，你讓誰去住，誰都不願意。據說那地方鬧鬼。」

「你是說那裡……有鬼？」

「他們都這麼說，傳聞多極了。晚上有響動，還有呻吟聲。你若是問我，我想是蛀木器的小甲蟲在作怪。」

「天哪，」陶品絲說道，「我覺得它看起來如此遠離塵囂。」
「大多數人都會說它太遠離塵囂了。如果冬天鬧水災，運河邊的房子怎麼辦？您得有所考慮。」
「我要考慮的東西還真是不少。」陶品絲尖刻地說了一句。
她決定在「朗佛拉格旅館」吃頓午飯，補補元氣。一路上，她自言自語不停說著：「要想的東西很多……水災、蛀木器的甲蟲、鬼、嘩啦作響的鏈子、無影無蹤的屋主兼房東、律師、銀行。那是一棟任何人都不想要、不喜歡的房子，除了我之外……好了，我現在想要的是午飯。」
朗佛拉格旅館的菜餚做得很入味，菜量也很多，能讓農夫吃得心滿意足，不是那種騙騙過路者的法式大餐——濃厚味美的湯、火腿、蘋果醬、斯蒂頓乳酪——如果不喜歡乳酪可以換成葡萄乾牛奶布丁。陶品絲沒換。
隨意四處走了走之後，陶品絲回到車中，向蘇登千士勒駛了回去。她覺得這個上午了無成效。
轉過最後一個彎道之後，蘇登千士勒教堂赫然出現在眼前。陶品絲看到老牧師從教堂墓地裡走了出來。他的步履顯得相當疲憊。陶品絲在他身邊停了車。
「您還在查找那塊墓碑？」她問道。
牧師的一隻手撐在腰背部。

「是的，」他說，「我的眼睛不大行了。碑上刻的字大部分已經無法辨認。我的背也麻煩得很。好多石碑都平躺在地上。真的，彎下腰的時候，我都害怕就此再也直不起來了。」

「我一定不會像您這樣認真。」陶品絲說道，「您已經查閱了教區登記簿，這樣就可以交代了。」

「我明白。可是那位可憐的父親看起來十分執著、十分認真。我很明白這根本是白費工夫，但我覺得這是我的責任與義務。我還剩下一小片墓地沒有查完，從這棵紫杉到那邊的牆根……不過那些墓碑大部分是十八世紀的。可是應該把我的任務徹底完成，這樣我才不會自責。但我要等到明天再看了。」

「沒錯，」陶品絲說道，「您不能太勞累。不如這樣吧，」她繼續說道：「我和布萊小姐喝過茶後，去幫您查看。從紫杉到牆邊，對吧？」

「噢，我怎麼能讓你……」

「沒關係。我非常願意做這種事。我覺得在教堂裡四處走走非常有趣。要知道，那些古舊的碑文會讓你想像起當時的生活情景，以及類似的東西。我會感到很高興，真的。您一定要回家休息一下。」

「好吧，不過我還要為今晚的布道做些準備，這是真的。你真是位好心人，真的。非常好的人。」

他微笑著看了看她，便向自己的住宅走去。陶品絲看了看錶。她把車停在布萊小姐家門口。「早死早超生，」陶品絲才想著，房子的前門竟開了……因為布萊小姐正要把一碟新烤好的小烤餅放到會客室而走到門廳時，她看到了門外的陶品絲。

「噢，你終於來了，親愛的貝里福夫人。見到你真是太高興了。茶馬上就好，水已經快開了。只剩往茶壺裡倒水了……希望你想買的東西都買到了。」

她看著吊在陶品絲手臂上的空購物袋，難堪已極地說著，表情有些誇張。

「嗨，我的運氣不大好，真的。」陶品絲盡量不去洩漏她上午的行蹤。「你也知道，有時就是這樣……有時候，商店裡的衣服不是沒有你想要的顏色，就是沒有你想要的款式。不過即便沒有達到目的，我也喜歡在一個新地方四處逛逛。」

水壺發出的一聲尖鳴，像是在聲明它也需要別人關注。布萊小姐衝回廚房去處理，把幾封還沒寄走的信放下來，散落在地上。

陶品絲彎下腰撿起了信，把它們重新放到桌子上。這時，她注意到放在最上面的一封，是寄給一位羅塞特利養老院的約克夫人……養老院在坎伯蘭。

「真的，」陶品絲想道，「我現在發現，整個英國除了養老院還是養老院。可能過不了多久，湯米和我就會遁入其一。」

也就在前些日子，有那麼一位也許會成為兩人院友的人給他們寫信，推薦德文郡一家專供老夫老妻居住的養老院……大都是退休的公務人員。伙食很好，可以自帶家具，設備一應俱全。

布萊小姐手端茶壺重新出現在陶品絲面前。兩人落坐，開始喝茶。

布萊小姐言語之間不及科普利太太生動、有趣，她更關心的是獲取資訊，而不是提供資訊。

陶品絲含含糊糊地提起他們前些年在國外任職……英國國內的生活太艱難；她仔細談了已經成家的一兒一女，然後慢慢把話題引向布萊小姐在蘇登千士勒的種種活動……那簡直多如牛毛：婦女協會、女童子軍、男童子軍、保守女性聯合會、演講、希臘藝術、釀製果醬、插花、繪畫俱樂部、考古家之友。她又談及牧師的健康狀況、讓他自己照顧自己的必要性、他的心不在焉、教區委員之間令人憂慮的分歧……

陶品絲讚揚了烤餅，並感謝女主人的熱情招待，然後起身辭別。

「你真是精力充沛，布萊小姐。」她說道，「你怎能做這麼多事情？我簡直無法想像。我必須坦白說，經過一天的外出購物之後，我只想在床上躺一會兒……半個小時左右的閉目養神，而且床要很舒服。真謝謝你把我推薦到科普利太太那裡。」

「她很讓人信賴。不過，當然她有時話太多。」

「哦！我覺得她的故事很有意思。」

「有一半時間她不知道自己在說什麼！你還要住多久？」

「嗯，我明天就回家。令我失望的是，沒有打聽到合適的小型房屋。我原本希望能買到運河邊那棟漂亮的房子……」

「你最好忘了它。那所房子年久失修，屋主也失蹤了。是個恥辱的標誌……」

「我連屋主是誰都不知道，但我想你知道。你好像對附近的任何事都很清楚。」

「我對那棟房子沒有多大興趣。它總是在轉手，次數多得讓人混亂。佩利夫婦住在房子的一邊，另一邊很快就要毀掉了。」

陶品絲再次道了再見，驅車回到科普利太太家。整棟房子安安靜靜，顯然空無一人。陶品絲上樓之後，扔下購物袋，洗了臉，在鼻子周圍撲了些粉，便又躡手躡腳地走出了房子。在路口，她四下張望了一下，沒有開車，急步轉過街角，沿著村後田地裡被人踩出來的一條土路，走到了通向教堂墓地的籬笆牆。

她踩著牆兩邊供人穿越的階梯，跨進了教堂的墓地，開始實踐諾言，查找墓碑。她這樣做並無其他用意。在這裡，沒有她想發現的東西，她只不過是出於好心而已。老牧師為人很和善，她希望他覺得自己的良心無可指責。她隨身帶了一個筆記本和一枝鉛筆，以備需要時為他記下有用的東西。她認為她的任務就是尋找一塊為某個年齡的孩子所豎的墓碑。這裡的墓碑大都年代久遠，無甚新意，既不古老得令人唏噓，也沒有感人親切的碑文。葬在這裡的人多半是年紀很大的人，可是她向裡面查看的時候，還是不免駐足良久，在腦中想像那些人的生活。珍·艾伍德，一月六日辭別塵世，時年四十五歲。威廉·馬爾，一月五日辭別塵世，深切懷念。瑪麗·楚夫斯，五歲。一八三五年三月十四日。這個日子太久遠了。「願你身邊歡樂如潮」，幸運的小瑪麗·楚夫斯。

她已經快查到牆邊了。這塊地方的墓碑無人理睬，雜草叢生，彷彿任何人都對教堂的這個角落視若無睹。許多墓碑早已不再直立，而是平躺在地上。連圍牆也有所毀壞，接近崩塌，有的地方甚至已經全塌了。

因為墓地位處教堂後部，外面的路人看不到，可以想像孩子們一定會到這兒進行破壞。陶品絲俯身查看其中一塊石板——原來的字已被風化得無法辨別——但陶品絲把它翻成側立之後，她看到一些字體粗糙的字母和單字，上面也已有一部分長滿青苔。

她停在那兒，用食指摸著刻在碑上的字。

「任何……侵犯……這些孩子的人……邁士東……邁士東……邁士東……」再往下，是某位生手刻出邊緣不齊的幾個字：「在這裡長眠的是莉莉．沃特斯。」

陶品絲深吸了一口氣……她意識到身後有一團陰影，可是她來不及轉頭去看，後腦勺便遭到一擊。她倒在眼前的墓碑上，在痛楚中陷入一片黑暗。

10／會議

「貝里福，」身為英國皇家外交信使、獲頒三級巴斯勳爵位及特殊功勳章的少將喬賽亞·佩恩爵士，說起話來很有派頭，與他名字前面的一長串頭銜十分相稱。「你覺得那些無聊的廢話如何？」

湯米從這句話中體會出，老喬希——人們在背後都這樣戲謔地稱呼他——對他們參加的會議過程和結果並不滿意。

「不知不覺就把你套了進去，」喬賽亞爵士繼續說道，「談了不少，可是什麼都沒說。若有人真的零零星星說了些有道理的話，馬上就有四、五個瘦子起來把他喝斥住。我真不知道大家到這兒來幹什麼。其實我知道。我知道我為什麼來……因為沒別的事可做。我要不來參加這些會議，就得待在家裡。你知道我在家裡都受到什麼樣的待遇嗎？我被人欺負啊，貝里福。我的管家欺負我，連我的園丁也欺負我。他是個上了年紀的蘇格蘭人，連我要碰一下自己的桃子他都不讓。所以我就來這兒了。挺著這把老骨頭四處走，自欺欺人地假裝自己是個有用的人物，足以保障國家的安全！全是胡說八道。

「你呢？相對而言你還算年輕，為什麼你也來這兒浪費時間？誰都不會聽你的，即使你說的話值得一聽。」

湯米感到很有意思。雖然他認為自己已經上了年紀，但居然被少將喬賽亞．佩恩爵士看作是年輕人。湯米搖了搖頭。他想，少將恐怕已不止八十出頭，他耳聾，氣管炎嚴重，但誰都別想騙他。

「如果您不出席會議，任何結果都不會有。」湯米對他說。

「我喜歡這樣想，」少將說道，「我雖然是一隻掉光了牙的鬥牛犬，不過我還能叫。湯米夫人好嗎？很久沒見到她了。」

湯米回答說陶品絲很好，還很積極、活躍。

「她過去就一直很活躍。有時她會讓我想起蜻蜓。只要一有什麼怪想法，就直衝出去，再來，我們就會發現她的想法並不怪，而且有意思極了！」少將讚許地說道，「真不喜歡如今這些熱忱的中年婦女，她們每個人的目標都太偉大了。至於現在的女孩子……」他搖了搖頭又說：「和我年輕時的女孩子不一樣啦。那時她們都美得像一幅畫。她們穿著平紋細布的上衣，圓頂狹邊的鐘形女帽……她們有段時間都戴那樣的帽子，你記得嗎？不，我想你那時還在上學。得從帽沿下面才看得到她們的臉龐。惹得你心裡發癢，而且她們明白得很。我還記得，讓我想想……她是你的一位親戚，是你的姨媽吧？艾達。艾達·范蕭……」

「艾達姨媽？」

「我所認識最美的女孩。」

湯米抑制住心中的驚異。他的艾達姨媽也會被認為是「最美的」，這簡直令人不敢相信。老喬希略帶猶豫地說了下去。

「是的，美得像一幅畫，而且很活潑。總是好開心呢！好愛開玩笑。啊，我記得最後一次見到她時，我還是少尉，馬上要去印度服役。當時我們一起在月光下的海灘上野餐……她和我一起散步，最後坐在一塊岩石上看海。」

湯米饒有興致地看著他，他的雙下巴，他禿頂的頭，他濃密的眉毛，他的便便大腹。他又想到艾達姨媽，想到她唇上長得頗像鬍子的茸毛，她的冷笑，她鐵灰色的頭髮，她惡意的掃視。時間，他想道，時間的威力太猛烈了！他試著想像月光下那對英俊的年輕少尉和漂亮的少女。他失敗了。

「好浪漫。」喬賽亞·佩恩爵士深深地嘆了一口氣。「是的，很浪漫。那天晚上我本想向她求婚，但少尉是不能向任何人求婚的，你負不起責任。我們五年之後才能結婚。怎能讓女孩子等這麼長的時間呢？後來就這樣了。我去了印度，很久之後才獲准回到英國探親。我們通過幾次信，慢慢就淡下去了。自然規律。以後我再也沒有見過她。不過我一直沒忘記她，還總惦記著她。我記得好幾年之後，我差點給她寫信。當時我聽說她住的地方離我不遠。我想過去看她，問她我能不能給她打電話。後來我想，別傻氣了。她現在可能完全是另一副樣子。

「過了許多年以後，我聽人說起她。他說她是他見過最醜的女人。聽到他的話，我簡直無法相信，不過，現在我想，也許我再不曾見到她是我的運氣。她現在好嗎？還活著吧？」

「不，她兩三週前死了。」湯米說道。

「真的嗎，真的嗎？是啊，我想她有……現在有七十五還是七十六歲？可能還要再老一些。」

「她八十歲了。」湯米說。

「真想不到。黑頭髮、活潑的艾達……她在哪兒死的？她是住在養老院，還是有人陪她一起住……她終生未嫁，是吧？」

「是的，」湯米說，「她終生未嫁。她住在一間女性的養老院。那間養老院滿好的。煦陽嶺，這是它的名字。」

「對，我聽說過。煦陽嶺。我記得我妹妹認識的一個人住在那兒。她叫……她叫什麼來著？卡斯泰夫人？你見過她嗎？」

「沒有。我在那裡沒見過什麼人。大家都只是去探望自己的親戚。」

「唉，我想……我的意思是，你根本不知道該和她們說什麼。」

「艾達姨媽尤其難對付，」湯米說，「她的脾氣暴躁得很。」

「完全可能。」少將抿著嘴輕聲笑了。「她還是小女孩的時候很會折騰人，是個搗蛋鬼。」他嘆了口氣。「人老了真的會變成老鬼。我妹妹的一個老朋友常在幻想，可憐的人，總說自己殺過人。」

「天哪，」湯米說道，「她真的殺過人嗎？」

「噢，我看沒有。似乎沒人認為她殺過人。不，」少將一邊想著一邊說，「我想她可能殺過人。你若是高高興興地四處宣揚，反倒沒人會相信，不是嗎？想一想很有意思，對吧？」

「她覺得自己殺了什麼人？」

「我要知道就好了。也許是她丈夫？不知道他是誰，是什麼樣子。我們第一次見到她時，她已經是寡婦了。唉，」他嘆了一口氣，繼續說道：「聽到艾達的消息真是難過。我沒在報紙上見到她的訃聞。若是見到了，我會送去鮮花，一束玫瑰花什麼的。當年的女孩子都在晚禮服肩頭別上幾枝玫瑰花，真漂亮。我記得艾達有一件晚禮服，是繡球花的顏色，紫藍色的。她在紫藍色衣服上別了幾朵粉色的玫瑰花。有一次她送了我一朵，花是假的，當然，人造花。我保留了很久，很多年。」他盯著湯米的眼睛，說道：「我知道，你覺得很好笑，對吧？告訴你，小夥子，等你真的變老了，成了我這樣的老朽，你也會再多愁善感起來的。好啦，我看我還是一步三晃地回去看看這場滑稽鬧劇的最後一幕吧。回家後替我向你的夫人致以最誠摯的問候。」

第二天，湯米坐在火車上重溫了這段對話，不禁笑了起來。令人生懼的艾達姨媽和內斂嚴厲的少將……他又試著想像一回他們年輕時的樣子。

「我一定要講給陶品絲聽，她一定會大笑不止，」湯米自語道，「不知道我不在的這幾天，她都做了些什麼？」

他的臉上綻開了笑容。

§

忠誠的艾柏打開大門，以滿臉洋溢的笑容歡迎湯米。

「見到您回來真是高興，先生。」

「回來感覺真好。」湯米把公事包遞給艾柏。「貝里福夫人在哪兒？」

「還沒回來，先生。」

「你是說她不在家？」

「走了三、四天了。不過，她今天會回來吃晚飯。她昨天打電話時這麼說的。」

「她去做什麼了，艾柏？」

「我也不清楚，先生。她開車走的，但她還帶了好多鐵路指南之類的東西。我只能這麼說，她可能在任何一個地方。」

「的確如此，」湯米體諒地說道，「約翰奧格羅，或是地角那一頭，也許回來的路上，在馬什的小迪瑟爾迷了路。願上帝祝福英國鐵路公司吧。你說她昨天打了電話。她有沒有說她在哪兒打電話？」

「她沒說。」

「她昨天什麼時候打電話的？」

「昨天早晨，午飯前。只說一切都好。她不很確定自己什麼時候到家，但是她覺得等到吃晚飯的時候，她早就該到家了，還讓我準備一隻雞。您覺得吃雞肉好嗎，先生？」

「都可以，」湯米說著看了看錶。「不過她可得快點回來。」

「我先把雞放下鍋。」艾柏說道。

湯米咧嘴笑了。

「好吧，」他說道，「翻的時候抓著尾巴。你好嗎，艾柏？家裡還好吧？」

「原以為孩子們出麻疹，現在沒事了，醫生說只是猩紅熱罷了。」

「很好。」湯米說道。

他上樓去了，嘴裡吹著口哨，哼著一首曲子。他走進浴室，刮了鬍子，洗了臉，然後慢步進了臥室，四處打量著。房間透著一種主人外出無人居住時的陌生感。整個氣氛冷清、生疏，所有東西都整理得一絲不苟。湯米覺得自己的感覺就像一隻忠誠的狗。他環視著周圍的一切，心想一切就像陶品絲從來沒在這裡待過一般。沒有撒出來的香粉，沒有書脊呈八字形打開、倒扣著的書。

「先生。」

是艾柏，他站在門口。

「什麼事？」

「我不知道該怎麼處理那隻雞。」

「去你的雞，」湯米說道，「你好像滿腦子只想著雞。」

「嗯，我原以為您和她不會遲於八點回來，八點前就會坐在屋子裡了，我還以為……」

「我也是這樣想。」湯米說道，掃了一眼腕上的手錶。「天哪，差二十多分就要九點了嗎？」

「是的，先生。那隻雞……」

「好，就這樣吧，」湯米說道，「你把雞從鍋子裡弄出來，我們兩個一起吃。陶品絲是自作自受。她吃飯前就該回來了！」

「也有的人很晚才吃晚飯，」艾柏說道，「我去過一次西班牙。相信我，你根本不可能在十點前吃到晚飯。晚上十點。你能相信嗎？他們簡直還沒開化！」

「好啦，」湯米心不在焉地說道，「我問你，你難道一點都不知道她這些日子在哪兒嗎？」

「您是說夫人嗎？我不知道，先生。四處亂跑，我這樣認為。她想先坐火車到處看看，我想是這樣。她總是在看按字母順序排列的火車時刻表和其他列車時刻表。」

「是啊，」湯米說道，「我們都得有讓自己開心的方法。她的方法似乎就是坐火車旅遊。不過，我還是想知道她現在究竟在哪兒。在馬什的小迪瑟爾女士候車室？很有可能。」

「不過她知道您今天回家吧，先生？」艾柏說道，「總之她會回來的。一定會回來。」

湯米察覺出艾柏這是在對他表示拳拳忠心。他和艾柏聯合起來共同攻擊陶品絲，因為她忙著和英國鐵路公司眉來眼去，忘了及時回家給一個外出歸來的丈夫應得的問候。

艾柏奔向廚房，把在鍋裡快被焚化掉的雞搶救了出來。

湯米原本要隨他一道去，但走到壁爐前就停了下來。他緩步走上前去，看著掛在上面的畫。真是有意思，她那麼確信自己以前見過這棟房子。湯米知道自己沒見過。不管怎麼說，它不過是棟普通的住宅。這樣的房子一定為數不少。

他盡力前傾，可是依舊無法仔細審視，於是他把它從牆上摘了下來，拿著它走到電燈下面。一棟安靜、平和的房子，上面有畫家的簽名，名字起始的字母是B，但他讀不出全名。博斯沃思……博希耶……他得找到放大鏡更仔細地瞧一瞧。這時，從樓下的門廳傳來一陣歡快的牛鈴聲。艾柏對那個湯米和陶品絲在格林沃德買回來的瑞士牛鈴始終給予高度評價，他對牛鈴可以稱得上是鑑賞家。晚飯已經準備好了。湯米走到飯廳。真奇怪，他想，陶品絲還沒回來。就算她的車胎漏了氣——這似乎是可能的——但她為什麼不打電話回來解釋一下，或者對她的遲歸表示歉意？

「她應該知道我會擔心。」湯米心裡想道。

不，當然不會，他從未真正擔心過，他從沒替陶品絲擔心。陶品絲總是諸事大吉。艾柏的話與他的想法正好唱反調。

「希望她不會出車禍。」他說著，給湯米端上一盤捲心菜，黯然搖著頭。

「端走吧，你知道我討厭吃捲心菜。」湯米說道，「為什麼她會出車禍？不是才九點半嘛。」

「如今在路上開車明擺著就是自殺，」艾柏說道，「任何人都可能出車禍。」

電話鈴聲大作。

「是她。」艾柏說道。

他忙不迭地把那盤捲心菜擱到食具櫃上，快步奔出飯廳。湯米顧不了盤子中的雞，也起身跟在艾柏身後奔了出去。他剛說「來，我來接」，艾柏已經拿起話筒應話了。

「是的，先生。是的，貝里福先生在家。他來了。」他轉過頭看著湯米說：「是一位默利醫生找您，先生。」

「默利醫生？」

湯米遲疑了一會兒。這名字很耳熟，可是一時之間，他怎麼也想不起他是什麼人。要是陶品絲真的出了車禍……剛想到此，他又解脫地長噓一口氣，他想起默利醫生是在煦陽嶺照顧那些老婦人的醫生。也許是艾達姨媽的葬儀過程出了什麼漏洞？湯米雖然已經一大把年紀，卻天真得像個孩子，他馬上想到一定是出了類似的小問題。也許有什麼地方本該簽上他的大名，或是默利醫生忘了簽名。

「你好，」他說道，「我是貝里福。」

「噢，很高興能找到您。希望您還記得我。我是您的姨媽范蕭小姐的醫生。」

「是的，我當然記得。你有什麼要我效勞的嗎？」

「我想和您找個時間談點事情。不知道你能不能安排一下，我們見見面，或許哪天在倫敦？」

「噢，我想沒問題，可以，方便得很。不過，是什麼事在電話上不方便講嗎？」

「我想還是別在電話上講了。不是什麼十萬火急的事。我絕對不是危言聳聽，不過……不過我想和您談一談。」

「出了什麼事？」湯米問道。

他不知道為什麼自己會這麼說。為什麼一定要出了什麼事？

「也說不上是出事了。我也許有些小題大做，可能是。不過，在煦陽嶺發生了一些怪事。」

「和蘭開斯特夫人沒什麼關係吧？」湯米問道。

「蘭開斯特夫人？」醫生的聲音中透出驚異。「噢，不，她已經離開這裡了。確切地說，是在您姨媽死前離開了。這是另一碼事。」

好時間。」

「我一直不在家，也才剛回來沒多久。我明天上午給你打電話好嗎？到時候我們可以訂

「好的。我這就告訴您我的電話號碼。我十點之前都在診所。」

「壞消息？」艾柏問剛剛回到飯廳的湯米。

「看在上帝的份上，閉上你的烏鴉嘴吧，艾柏，」湯米氣急敗壞地嚷道，「不是，當然不是壞消息。」

「我以為夫人也許……」

「她很好，」湯米說道，「她一向很好。也許發現了什麼細微的線索忙著去追查了，你知道她的脾氣。我不打算再替她擔心了。把這盤雞端走吧，你把它放在鍋裡悶得太久了，根本無法下嚥。給我倒杯咖啡，然後我就要睡了。」

「也許明天會有信。郵局耽擱了……您也知道郵局的辦事效率；或者會有她的電報，也或者她會打電話。」

可是第二天沒有信，沒有電話，沒有電報。

艾柏看著湯米，張開嘴，又閉上，開開闔闔了好幾次。他相當明智地了解到，自己悲觀的預言不會受到歡迎。

最終，湯米終於大發慈悲。他吞下最後一口抹著果醬的烤麵包，喝了一口咖啡，把麵包送進胃裡，開口道：「她——艾柏，你不說我說——她去哪兒啦？她出什麼事啦？我們該怎

麼辦呢？」

「報警好嗎，先生？」

「不知道。如果……」湯米停下嘆了口氣。

「如果她出了車禍……」

「她隨身帶著駕駛執照以及其他各種身分證明，醫院會火速通知親屬，他們會的。我不想妄下斷語。她……她也許不願他們這樣做。你沒有……什麼想法都沒有嗎，艾柏？她去了什麼地方，她什麼都沒說嗎？沒提到某個地方或是某個郡。沒提過什麼名字嗎？」

艾柏搖了搖頭。

「她當時的感覺如何？高興？興奮？不快？擔心？」

艾柏立即有了答覆。

「高興得像潘趣[14]，高興得快炸了。」

「就像一隻追蹤尋跡的獵狗。」湯米說道。

「沒錯，先生。您也知道，她是多麼……」

「她是多麼執著。讓我想想……」

湯米陷入思索之中，忘了繼續說下去。

就在他對艾柏說陶品絲就像隻追蹤味道的獵狗一樣匆匆上路的時候，有些東西在他腦中閃了一下。前天她打電話說要回來，那為什麼她還沒回來？也許就在這一刻，湯米想道，她正坐在什麼地方絞盡腦汁向別人胡扯，別的事都無暇顧及。

就在她一心致力於調查的當頭，若是湯米倉卒報警，像綿羊一樣「咩咩」地對警察說自己的老婆不見了，她一定會怒火中燒……他幾乎可以聽到陶品絲衝著他嚷道：「你真是昏了頭，這種事情也做得出來！我完全可以照顧自己。這次你應該知道啦！」（可是她能照顧好自己嗎？）

誰都拿捏不準陶品絲的想像力可以把她帶到什麼地方。帶入危險境地？到目前為止，整件事還沒有顯露出任何危險的跡象……除了……正如前面所說，陶品絲想像中的危險。

如果他去了警察局，說他的妻子說過要回來卻一直沒回來……警察可能會坐在那裡，臉上的表情老練得體，心中卻在暗自發笑；然後極有可能的是，他依舊老練得體地詢問他的妻子有什麼男朋友！

「我自己去找她，」湯米斷然聲明。「她必定在某個地方。究竟是東南西北，我不知道……她真是笨到家了，打電話回來卻不懂得留句話說她人在哪兒。」

「也許，一幫歹徒把她抓住了……」艾柏說道。

「噢！別那麼天真，艾柏，你這個年紀早就不該有這種亂七八糟的想法了！」

14 潘趣（Punch），英國木偶劇《潘趣和朱迪》（*Punch and Judy*）中駝背的滑稽角色。

「您要怎麼辦，先生？」

「我要去倫敦。」湯米說道，他看了看鐘。「首先，我要去我的俱樂部和昨晚打電話來的默利醫生共進午餐，他說有關於我姨媽的事情要對我說……我或許可以從他口中獲得有用的線索，畢竟整件事是從煦陽嶺開始的。我還要帶著掛在我們臥室壁爐上的那幅畫……」

「您的意思是，您要把它帶到蘇格蘭警場？」

「不，」湯米說道，「我要帶它去龐德街。」

11 龐德街與默利醫生

湯米跳下一輛計程車，付了車錢，又探身進去取出一件包裹得相當笨拙的大紙包，明眼人一看便知那是一幅畫。他把畫緊緊夾在腋下，邁步走進了「新雅典人畫廊」，這是倫敦年代最久、最重要的畫廊之一。

湯米對藝術並不熱中，他之所以來到新雅典人畫廊，是因為他的一位朋友在那裡當司祭。

「司祭」是唯一合適的用詞，因為裡面共鳴的鍾愛之情，壓低的竊竊私語，令人愉快的微笑，一切都顯得與教堂的氛圍不相上下。

一位金髮的年輕人從人群中抽身出來，向他迎了過去，臉上現出好久不見的歡欣微笑。

「您好，湯米。」他說，「好久沒見到你了。手臂下面夾的是什麼？可別告訴我你這麼大年紀才喜歡上繪畫？好多人都這樣，結果往往令人悲嘆。」

「創造性藝術不是我的長處。」湯米說道，「不過我得承認，有一天我讀了一本薄薄的書，用最淺顯的語言給五歲孩子講授如何用水彩畫畫，那本書把我深深吸引住了。」

「如果你喜歡水彩畫，就請上帝祝福我們吧。又一位格蘭德瑪・摩西[15]。」

「說實在的，羅伯特，我只是想徵詢你這位繪畫鑑賞家的意見。我想讓你給我鑑定一下這幅畫。」

羅伯特熟練地從湯米手中接過畫框，嫻熟地除去了笨拙的包裝，表現出他對拆卸各類大小包裝都很熟稔的技藝。他把那幅畫架在一把椅子上，專注地凝視著它，隨即又後退了五、六步。他把目光轉向湯米。

「好，」他問道，「要我說什麼？你想知道什麼？你想出售這幅畫，是嗎？」

「不是，」湯米答道，「我不是想賣它，羅伯特。我想了解這幅畫。首先，我想知道畫這幅畫的創作者是誰。」

「其實，」羅伯特說道，「如果你真想把它賣掉，它現在很值得出手。十年前不會是這樣。可是最近博科恩又開始流行了。」

「博科恩？」湯米滿臉疑惑地盯著他。「是畫家的名字嗎？我知道畫上的簽名是字母B開頭的，但不知道全名是什麼。」

「哦，它確實是博科恩的。他在二十五年前曾風行一時。他的畫作售價不菲，常常舉辦畫展。人們確實買了不少他的畫。就畫技而言，他是位十分優秀的畫家。後來——按照事物發展的自然規律——他的畫不再流行了。最後幾乎沒什麼人願意買他的畫，可是最近又重新開始流行了。他、史蒂奇沃特，還有方德拉，他們都重新開始流行了。」

「博科恩。」湯米喃喃重複道。

「博——科——恩。」羅伯特幫他拼了出來。

「他還在畫畫嗎？」

「沒有，他已經死了，幾年前死的，死的時候年紀已經很大了。六十五，我想，他死時六十五歲了。他一生相當多產。市面上他的油畫作品很多。說實話，我們打算四、五個月後在這裡舉辦一次他的畫展。我想應該能大賺一筆。你為什麼對他如此感興趣？」

「說起來，故事就長了，」湯米說道，「過幾天我請你出去吃飯，給你慢慢從頭說起。這件事情冗長而複雜，而且有不少怪異的地方。我想知道的是關於這位博科恩的資料，以及你是否知道畫中的房子在什麼地方。」

「我一時無法回答你最後那個問題。他畫過不少這樣的畫。這種鄉下的小宅院，往往坐落在人煙相當稀少的地方，有時是一間農舍，有時附近有一兩頭牛。都是鄉村的景色。構圖不是略圖式的，也不零亂。有時畫布表面光亮得像塗了油。這種技法不同尋常，深受人們喜

15 格蘭德瑪・摩西是美國女素人畫家，人稱 Grandma Moses，意為「老奶奶摩西」，她七十餘歲開始作畫。

愛。他的畫大部分是在法國的諾曼第畫的，大都是教堂。我這裡有一幅他的畫。稍等片刻，我去拿來。」

他走到樓梯口，衝樓下說了幾句話。很快地，他手持一幅小型油畫回來了。他把它架在另一張椅子上。

「就是這幅，」他說，「諾曼第的教堂。」

「是啊，」湯米說道，「我明白了。同一類作品。我的妻子說，那棟房子裡從來沒有人住過……我是指我拿來的那幅畫。我現在明白她的意思了。我看在那座教堂裡，也從來沒有人做禮拜，將來也不會有。」

「看來尊夫人也許真的悟出了一些道理。安靜、平和、沒有人煙的建築。他不常畫人。有的風景畫中會有一兩個人，可是極其少見。我想在某種程度上，那些畫的迷人之處就在於此。某種孑然獨立的感覺，似乎他把所有的人都搬走了，沒有人的存在，鄉間的平和才更加純粹。反過來想一想，也許這正是大家的鑑賞品味又重新圍攏在他身上的原因。如今到處都是人，到處都是汽車，馬路上都是噪音，到處人聲鼎沸，雜亂無序。他的作品透著平和，全然的平和，全然回歸到大自然當中。」

「是啊，我一點都不感到奇怪。他是個什麼樣的人？」

「我出生得太晚，不認識他本人，不過我很喜歡他。我想也許我對他有些過譽，對他有一點點偏愛。他應該很和善，惹人喜愛。他很會欣賞年輕女孩。」

「你知道畫中這棟房子在什麼地方嗎？我想，是在英國。」

「是的，我也這樣認為。你想讓我幫你找到它嗎？」

「你能嗎？」

「最好的辦法就是去問問他的妻子，更確切地說，是他的遺孀。他娶的是愛瑪・溫，是一位雕塑家，十分有名，只是作品不多。她的作品相當震撼人心。你不妨去問問她。她住在漢普斯特。我可以給你她的地址。最近因為我們正在籌畫她丈夫的畫展，就一些問題和她有過不少信件往來。而且，我們也將同時展出她的一些小型雕塑作品。我去給你找地址。」

他走到辦公桌前，翻開一冊記事簿，在一張卡片上抄了幾個字，又走回湯米身邊。

「給你，湯米，」他說，「我不知道你有著什麼樣的祕密。你一向神祕莫測，不是嗎？你手中這幅博科恩的畫是很好的代表作，或許我們展覽時需要借來一用，到時候我會給你去信提醒。」

「你知道一位蘭開斯特夫人嗎？」

「嗯，我一時想不起有這麼一位夫人。她是畫家，還是什麼藝術家嗎？」

「哦，不，我想她不是。她只不過是一位長年住在養老院的老人。她之所以被扯進這件事，是因為這幅畫原來是她的，後來她把它送給了我的姨媽。」

「噢，我覺得這個名字在我看來沒什麼意義。最好還是去問問博科恩夫人吧。」

「她是什麼樣子？」

「我得告訴你，她比他年紀小多了。很有個性。」他點了點頭。「是的，很有個性。我想您會見識到的。」

他把湯米帶來的那幅畫拿到樓梯口，吩咐樓下的什麼人把它重新包起來。

「你真能幹，手下有這麼多唯你是從的嘍囉。」湯米打趣道。

他邊說邊環顧著四周，剛才一直沒有閒情仔細看。

「這是你新買到的嗎？」

他不喜歡那幅畫。

「保羅．賈格羅斯基，年輕、有趣的斯拉夫人。據說他的作品都是在吸食毒品後創作出來的。您不喜歡嗎？」

湯米凝神看著那幅畫。閃耀著金屬光澤的綠色田地上到處是變形的牛，筆觸橫七豎八，整幅畫像罩著一面五顏六色的大網。

「坦白說，不喜歡。」

「庸俗。」羅伯特說道，「來，出去吃午餐吧。」

「不行。我約了一位醫生在我的俱樂部見面。」

「你沒生病吧？」

「我身體棒極了。我的血壓正常得讓每一位量血壓的醫生都感到失望。」

「那你為什麼要見醫生呢？」

「噢，」湯米歡快地說道，「我得和一位醫生就一具屍體談一談。謝謝你給我的幫助。再見。」

§

湯米略帶好奇地和默利打了招呼。他認為他們要談的事，是與艾達姨媽相關的一些手續問題，可是默利醫生為什麼在電話裡連提都不願提呢，湯米猜不透。

「抱歉，我來遲了。」默利醫生邊與湯米握手邊說道，「交通實在擁擠不堪，我也不大清楚確切的地點。我對倫敦這一區不大熟悉。」

「哦，真不該讓你跑這麼遠的路到這兒來。」湯米說，「我本來可以約一個更方便的地方。」

「您的時間充裕嗎？」

「目前時間很充裕。上星期我一直不在家。」

「是的，我打電話的時候，那個人也是這麼說的。」

湯米指了指對面的椅子，把香菸和火柴擺在默利醫生面前。兩個男人舒舒服服地坐下之後，默利醫生挑起了話頭。

「我相信我把您弄得很好奇，」他說道，「但現在的煦陽嶺確實有一團疑雲。這件事很棘手、很複雜，從某種角度來講，與您沒有任何關係。我完全沒有權利就這件事麻煩您，不過可能……您也許知道一些對我有所幫助的事。」

「當然，我會盡力而為。與我的姨媽范蕭小姐有關嗎？」

「與她沒有直接關係，沒有。但在某種意義上，她的確與它有關。我可以對您直言不諱吧，貝里福先生？」

「可以，當然可以。」

「其實前幾天我和我們一位共同的朋友談到了您。他對我講了一些您的事。我猜您在一次大戰中執行過一些相當特別的任務。」

「噢，我想沒那麼神祕。」湯米說道，盡力顯得與己無關。

「噢，不，我想這種事不該說。」

「那些事到現在已經無足輕重了。戰爭已經過去很久。那時我和我的妻子比現在年輕多了。」

「不管怎麼說，我想和您說的事，與此無關。但我覺得我可以向您坦誠相見，我相信您不會對別人說起這件事，雖然將來也許會真相大白。」

「你說在煦陽嶺有一團疑雲？」

「是的。不久前，我們的一位病人死了。她叫穆迪夫人。不知道您是否見過她，或者您的姨媽是否對您提起過她。」

「穆迪夫人？」湯米回憶著。「不，沒有。我不記得見過或聽說過她。」

「她在我們養老院的病人中年紀不算大，才七十出頭，也沒有什麼大病，只不過她沒有親近的親戚，家裡也沒人能照顧她。她屬於我心目中的那類老母雞。女人年紀愈大愈像母雞，她們咯咯咯叫個不停，老愛忘事，自己跳入困境，又叫苦連天。她們無端地興奮不已。其實她們什麼問題都沒有。嚴格地說，她們意識紊亂。」

「不過她們一直咯咯咯叫個不停。」湯米加了一句。

「您說得沒錯。穆迪夫人就是這樣。她給她的護士添了不少麻煩，雖然她們都很喜歡她。她習慣性地忘記是否已經吃過飯，總是嚷嚷說沒人給她送飯，但實際上她早已舒服地吃過一頓了。」

「噢，」湯米說道，他明白了。「可可夫人。」

「您說什麼？」

「沒什麼，」湯米說道，「我和我的妻子給她起了一個名字。有一次我們從走廊上走過的時候，她大聲喊著護士珍的名字，說自己還沒喝可可。她是位看起來很善良而性情浮躁的小個子老人，不過她的舉動讓我們覺得好笑。從那以後，我們就把她稱為可可夫人。原來是她死了。」

「她的死去並沒有讓我感到特別詫異，」默利醫生說道，「想確切預測哪位老婦人將在何時死去根本不可能。有的婦女健康狀況極糟，體檢之後你覺得她大概熬不過這一年了，但有時她還能好好再活十年之久。她們緊抓生命不放，身體的病痛撲滅不了她們的生命之火。還有的身體狀況不差，你以為她們會長命百歲，但偏偏得了氣管炎，或是流行性感冒，之後就再也沒有體力恢復過來了，然後就那麼突然安安穩穩地死了。所以就像我剛才說的，身為一個老人院的醫生，我對這種或許可以說是相當突然、意料之外的死亡並不驚奇。可是穆迪夫人的死有些蹊蹺，她是在睡夢中過去的，死前沒有任何患病跡象，我只能把它歸入意料之外的死亡。我想用《馬克白》裡一句一直讓我疑惑不解的話來形容。我一直想弄明白馬克白在談到他妻子時說的那句話是什麼用意：『她反正要死的[16]。』」

「是的，我記得自己也一度不明白莎士比亞寫下這句話的意思。」湯米說道，「我已經記不得我看的那齣戲是由誰製作、誰演出馬克白的。不過那齣戲把這句話處理成很明顯的暗示。馬克白的表演讓觀眾覺得他似乎對他的醫生暗示過，馬克白夫人最好不要再礙手礙腳。大概是醫生聽懂了他的弦外之音。然後在他妻子死後，馬克白覺得他安全了，他覺得她有失檢點的言行和急遽衰退的記憶再也不會對他造成危害，於是他說了一句話，表達自己對她的鍾愛和悲戚之情：『她反正要死的』。」

「完全正確。」默利醫生說道，「這正是穆迪夫人給我的感覺。我覺得她反正要死的，但絕對不該在三週前無緣無故地死去……」

湯米沒說話，只是探詢地看著默利醫生。

「醫生並非萬能。如果你對某位病人的死感到困惑不解，只有一種方法可以查出死因，那就是驗屍。死者的親屬不理解驗屍的目的，可是一旦醫生提出驗屍，而結果表明是自然死亡或死於某種沒有外部症狀的疾病，那麼這位醫生的事業可能就會受到極大的影響，因為他診斷失誤。」

「我明白，面對這種情形，的確很難處理。」

「她的親屬都是遠親。於是我自作主張……不過要徵得他們同意。因為若能確定她的死因，從醫學角度看，那是很有意義的。如果病人在睡眠中死去，為了給自己增加一些醫學知識，解剖是可取的。我那封信的措辭含含糊糊，不很正式。所幸的是他們根本不在乎。我心裡覺得輕鬆多了。屍體解剖之後，若一切正常，我就可以問心無愧地在死亡證明書上簽字。任何人都可能因為不同原因的心臟衰竭——用外行話說——而死亡。穆迪夫人的心臟，以她的年紀而言，的確狀況良好。她患有關節炎和風溼病，偶爾肝臟不舒服，可是這些病都與她在睡眠中死去沒有關係。」

默利醫生停了下來。湯米張了張嘴，又闔上了。醫生點了點頭。

「是的，貝里福先生。您可以看出我下一步要講什麼。死因是嗎啡過量。」

「天哪！」湯米目瞪口呆，不禁脫口說出這兩個字。

16　此句引自莎士比亞戲劇《馬克白》，朱生豪譯。

「是的。看上去難以置信，但分析結果明白無誤。問題在於，那些嗎啡從何而來？她不需服用嗎啡。她的病不會帶來肉體的疼痛。當然，有三種可能性：她也許無意間吃了……這可能性不大；也許她把別人的藥錯以為是自己的吃了下去……不過這也不大可能。病人自己手頭不能保留嗎啡，而且我們也不接收嗜用嗎啡的病人，那種人可能會把自己的嗎啡隨身帶來。也許是她故意自殺，可是我實在無法甘心接受這個原因。穆迪夫人雖說總是擔心這擔心那，但她生性樂觀，我深信她從來沒有結束自己生命的念頭。第三種可能性是，她是被故意配給了致命的過量嗎啡。然而配藥的是誰？為什麼？當然，作為正式登記在冊的護士長兼養老院院長，帕卡德小姐有權在她名下擁有一定數量的嗎啡和其他麻醉劑。她把它們鎖在一個小櫃子裡。坐骨神經痛和風溼性關節炎有時會讓人疼痛難忍，這時可以偶爾施以嗎啡緩解痛感。我們原本以為，或許可以找到穆迪夫人因分發錯誤吞食了致命劑量嗎啡的證據，或是她誤以為嗎啡可以治癒消化不良或失眠症的線索，但我們發現這兩種可能性都不存在。隨後，在帕卡德小姐的提議下——我也同意她的提議——我們認真地查閱了最近兩年煦陽嶺院友在睡眠中死亡的紀錄。並不多，這令人欣慰。我想一共有七人，在那個年齡，這個數目相當正常。兩人死於氣管炎，十分明瞭，兩人死於流行性感冒，這也是冬季常見的致命病症，因為那些虛弱的老人的確抵抗力太差。還有三個人。」

他停了片刻，才繼續說道：「貝里福先生，我覺得她們三人的死因有問題，其中兩人的死因幾乎可以肯定有疑點。她們的死去是完全可能的，也不是意料之外的死亡，不過，我還是認為她們不大可能自然死亡。根據我的回憶和研究，把她們的死因簡單地歸入這一類，我無法完全同意。您必須承認這種可能性——雖然從表面看來不大可能——在煦陽嶺有某個人——或許是因為精神方面的原因——是殺人犯。一個從未被懷疑過的殺人犯。」

兩人都沉默不語。過了一會兒，湯米嘆了一口氣。

「我不懷疑你對我說的話。」他說，「但無論如何，坦率地說，這似乎並不可信，這種事情……應該不會發生。」

「噢，會的，」默利醫生堅持說道，「這種事的確會發生。您去看一些病理學的案例。有一位婦女替人幫傭，給幾家人做過廚娘。她正派、善良，看起來性情很好，對雇主的服務很忠實，飯也做得不錯，很喜歡和他們相處。不過遲早總會出事。通常是一盤三明治。有時是野餐準備的食物。沒有任何明顯的動機，但裡面都加了砒霜。兩三個有毒的三明治混雜在盤子裡的其他三明治中。自然，誰把有毒的三明治吃下去，完全由偶然的運氣決定。看來似乎沒有私人之間的惡意復仇，有時也未必發生悲劇。這個婦女會在一家住上三、四個月，看不出哪裡不對，一點兒也沒有。隨後她離開這家，又去了另一家。在新的這家，三週後，有兩人因為進食早餐的烤肉而死。由於案件的發生地點在英國的不同地區，加上間隔沒有規律，警察費了很長時間才把她逮捕。當然，每次她都會用一個不同的名字。可是性情好又能幹的中年廚娘太多了，要找出這個婦女是哪一個太難了。」

「她為什麼這麼做？」

「我想誰都無法真正知道原因。有幾種不同的理論，當然，尤其是心理學家說的那些。她是個相當虔誠的教徒，似乎某種宗教的狂熱使她感到擁有一種神授的權力，需要替這個世界除去某些人，然而她本人對他們並不懷有私人成見。

「還有一位法國婦女，珍妮．格勃朗，人稱憐憫天使。每當她的鄰家小孩生了病，她就心煩意亂，趕去看護他們。她一直全力以赴，陪在他們床邊。後來過了一段時間，人們才發現她護理的那些孩子永遠不會痊癒。相反地，他們都死了。為什麼？事實表明，她年輕時自己的孩子死了。她彷彿被悲傷壓垮了。也許這就是她這一連串犯罪的原因……既然她的孩子死了，別人的孩子也該死。也有的人認為，她自己的孩子也是她的受害者。」

「你讓我的脊背從上到下涼透了。」湯米說。

「我舉的都是情節十分誇張的例子。」醫生說道，「一定有比這些例子簡單的案件。你記得阿姆斯壯一案嗎？只要有人以什麼方式觸犯了他或是羞辱了他，甚至只要他『認定』某人羞辱了他，這個人就會馬上被請去喝茶，吃一塊含有砒霜的三明治。這是一種極端的敏感性格。他第一次犯罪顯然只是個人利益考量，為了繼承遺產。他除去了他的妻子，以便與另一個女人結婚。

「還有一位護士沃莉納，她主持一家養老院。老人們把自己的財產轉交給她，然後得到一項許諾：他們的晚年生活將會安然無慮，直到他們去世。可是死神的來臨太快了。那家養老院也是使用嗎啡——她是個仁慈的女人，但辦事沒有任何顧忌——我猜，她自認為是他們的恩人。」

「如果據你推測這些死亡是謀殺，你認為誰是凶手？」

「不知道。似乎沒有任何線索。如果說凶手精神不正常，這種不正常在有些時候非常難以確定。我們能不能說，是某個不喜歡老人、被老人傷害過、或被老人毀了一生、或者她自認為如此的人？或許有人對安樂死持有自己的見解，她認為六十歲以上的人都該被出於好意地結束生命。當然，任何人都有可能是凶手。病人、護理人員、護士或清潔女工……

「我曾就此與負責煦陽嶺的梅莉森．帕卡德詳盡地談過。她是個相當能幹的婦女，精明強悍，對她手下的老人和護理人員的監督很細心。她堅持說她誰都不懷疑，也沒有任何線索。我相信她說的是實話。」

「那你為什麼來找我？我能做些什麼……」

「您的姨媽范蕭小姐在那裡住了很多年。她的思維能力相當周密，只不過她總是假裝糊塗而已。她喜歡以假裝老邁這種不同尋常的方式給自己找些樂子。可是實際上她心裡清楚得很——我想讓您幫忙的就是，貝里福先生，請認真回憶一下——您和您的妻子，你們能否回憶起范蕭小姐曾提及或暗示過什麼，可以給我們提供一些線索。她看到或聽到的事情，別人告訴她的事情，或是她自己覺得怪異的事情。老人的觀察力很強，像范蕭小姐那樣精明的人物一定會對煦陽嶺發生的事情所知甚多。這些老人沒有別的事可做，他們活在世上的時間都用來觀察四周的事物，做出種種推斷，甚至倉卒下結論。有些話聽起來很離奇，可是有時，令人驚異的是，它們完全正確。」

湯米搖了搖頭。

「我明白你的意思，但我不記得有這種事。」

「我想您的妻子不在家吧。您認為她會記得什麼您沒有留意的事情嗎？」

「我會問她。不過我懷疑她也不知道。」他遲疑了片刻，決定還是一吐為快。「我妻子的確對一件事感到不解……關於一位老人，一位蘭開斯特夫人。」

「蘭開斯特夫人？她怎麼啦？」

「我的妻子覺得蘭開斯特被她所謂的親戚帶走時，顯得太突然了。事情是這樣的，蘭開斯特夫人曾經把一幅畫送給我姨媽，我的妻子覺得她應該把畫還給蘭開斯特夫人，於是她試著與她聯絡，詢問她是否希望收回那幅畫。」

「嗯，我看貝里福夫人的確考慮很周到。」

「不過，她發現與蘭開斯特夫人聯絡實在太難了。她得到了她們預計小住幾天的旅館地址——我是指蘭開斯特夫人和她的親戚——可是旅館沒有她們的住宿登記，也沒有她們預訂房間的紀錄。」

「哦？這可是怪事。」

「是啊，陶品絲也覺得這是怪事。她們沒有給煦陽嶺留下別的轉送地址。其實我們試了很多次，想與蘭開斯特夫人或是那位——我想是詹森夫人——聯絡，不過根本沒辦法。有一位律師，我想是他負責付款，也是他與帕卡德小姐安排各種事務，我們和他聯繫上了。可是他只能提供銀行的地址。而銀行，」湯米乾巴巴地說，「是不會提供任何資訊的。」

「是的，如果客戶要求他們保密的話。」

「我的妻子寫信給蘭開斯特夫人，由銀行轉交，也給詹森夫人寫了信，可是一直沒有回音。」

「這就顯得不尋常了。不過，並不是所有人都會回信。她們可能已經去國外了。」

「有可能，我也不為此擔心。但我的妻子很擔憂，她似乎認定蘭開斯特夫人出事了。事實上，我不在家的這段時間，她說她要去做進一步的調查。我不知道她到底想怎麼辦，也許親自去那家旅館看看，或是去銀行和律師那裡。無論如何，她要去試試，獲取更多資訊。」

默利醫生彬彬有禮地看著他，神態中卻顯露出一絲隱忍的不耐。

「她的確切想法是……」

「她認為蘭開斯特夫人身處危險之中，甚至可能會遭遇不測。」

醫生的眉頭挑了起來。

「噢！真的嗎？我倒不會這麼想……」

「在你看來也許很好笑。」湯米說道，「不過，我的妻子打電話回來說，她昨天晚上要回家……但她到現在還沒回來。」

「她明確表示過她要回來？」

「是的，因為她知道我開完會之後要回家，所以她給我們的管家艾柏打了電話，告訴他，她會回來吃晚飯。」

「您覺得陶品絲不大可能言而無信？」默利醫生問道，他滿臉關切地盯著湯米。

「是的。」湯米答道，「陶品絲不是這樣的人。如果她被耽擱了或改變了計畫，一定會再打電話或發封電報。」

「所以您很替她擔心？」

「是的。」湯米說。

「哦！您和警方聯繫過嗎？」

「沒有。」湯米說道，「警察會怎麼想呢？我沒有任何理由表明她出了事或遇到了危險，或是其他事情。我的意思是，如果她出了車禍或是住了院，很快就會有人與我聯繫，不是嗎？」

「我想是的，是的……如果她有帶著任何證件。」

「她應該帶著駕駛執照。也許還有信件和其他東西。」

默利醫生的眉頭皺了起來。

湯米又一連串地說了下去。

「現在你來了，和我說了煦陽嶺發生的這些事，說有人在不該死去的時候死了。假設這位老人識破了什麼詭計，目睹了什麼事情，或是有所懷疑，而且開始向別人嘮叨，以致必須用某種方式讓她閉嘴，於是她突然間被人帶走了，帶到了別人找不到的某個地方。我不禁覺得，這整件事環環相扣……」

「奇怪，的確奇怪。您下一步準備怎麼辦？」

「我準備親自去調查。先去找找律師，他們也許毫無關係，不過我還是想去會會他們，自己做出判斷。」

12 湯米見到老友

湯米站在路邊，上下打量著街對面的「包丁代、哈里斯及洛克里奇律師事務所」的門面。

這家事務所的門面看起來相當體面，樣式古樸。銅牌久經風吹雨淋，但擦得晶亮。他過了馬路，推開轉門，迎接他的是隱約可辨的打字機飛速的擊鍵聲。

他走到右手邊掛著「詢問處」的一扇窗口前。

裡面是一間小室，三位女打字員正在打字，兩位男職員則俯身在辦公桌上，正在抄寫文件。

屋裡微弱而陰暗的氛圍明顯透著法律氣息。

一位年近四十的打字員神態嚴肅。她滿頭淡黃色的頭髮，戴著夾鼻眼鏡。她從打字機旁起身，來到窗口。

「請問您有什麼事？」

「我想見艾克爾先生。」

女打字員的神態越發嚴肅了。

「是約好的嗎？」

「不是的，我今天正好來倫敦。」

「恐怕艾克爾先生今天上午很忙。也許您可以見見公司的另一位……」

「我就是想見艾克爾先生。我和他有過信件往來。」

「我明白了。請問您尊姓大名？」

湯米把一張印著名字和地址的名片遞給她。她轉身回到辦公桌前撥了一通電話。一番低聲談論之後，她回到窗口。

「請您到等待室。艾克爾先生十分鐘後可以與您會面。」

湯米被引至等待室。房裡的書架上擺著一些古老且分量不輕的大部頭法典，一張圓桌上堆著各色各樣的金融類報紙。湯米坐在裡面，在腦中重新整理過一遍他計畫好的談話方式。他想，不知道艾克爾先生會是什麼樣子。終於，他被領進艾克爾先生的辦公室，艾克爾在桌邊起身相迎。湯米說不出什麼理由，但他不喜歡艾克爾先生。艾克爾先生四、五十歲，兩邊額角的灰髮已經有些稀疏。他長著一張面相哀哀的長臉，表情十分生硬，雙目狡黠，迷人的微笑偶爾會突如其來地打破他面部與生俱來的陰鬱。

「貝里福先生？」

「是的。其實是件小事，不過我妻子一直很擔心。我記得她給您寫過信，或許還打過電話，向您詢問一位蘭開斯特夫人的地址。」

「蘭開斯特夫人。」

艾克爾先生說道，依舊面無表情，似乎這根本不是什麼問題，只是讓這個名字吊在半空中。

這個人很謹慎，湯米想道，但所有的律師都很謹慎；或者說，如果某人有位私人律師，雇主一定會希望他行事謹慎。

他繼續說道：「她一直生活在一個叫作煦陽嶺的地方，那是一家非常好的養老院。事實上，我的一位姨媽也在那裡住過，相當幸福、安逸。」

「噢，對，是的，是的，我想起來了。蘭開斯特夫人。我想她已經不住在那裡了，是嗎？」

「是的。」湯米回答。

「我一時記不清楚，」他伸出一隻手去取電話。「我來重新看一看檔案……」

「我可以簡單地對你說一說情況，」湯米說道，「我的妻子希望得到蘭開斯特夫人的地址，是因為她碰巧有一件原本屬於蘭開斯特夫人的東西。是一幅畫。它是蘭開斯特夫人送給我姨媽范蕭小姐的。最近我姨媽去世了，她僅有的幾件東西就到了我們名下，蘭開斯特夫人送給她的畫也在其中。我妻子對它極為鍾愛，但她覺得有點良心不安。她認為也許蘭開斯特夫人很珍視這幅畫；如果真是那樣，她覺得應該把畫還給蘭開斯特夫人。」

「噢，我明白了，」艾克爾先生說道，「我確信您的妻子思慮很周到。」

「誰都無法知道，」湯米一邊愉快地微笑著一邊說，「老年人對自己的東西懷著什麼樣的感情。也許她很高興讓我姨媽擁有那幅畫，因為她欣賞它，不過我姨媽接受了這份禮物後不久就去世了，所以這幅畫也隨之落入陌生人手中，這似乎有點不公平。那幅畫沒有標題，畫的是鄉下的一棟房子。就我所知，它也許是與蘭開斯特夫人有關的一棟住宅。」

「很有可能，很有可能，」艾克爾先生說道，「不過我不認為……」

一聲輕叩之後，門開了。一名辦事員走了進來，把一張紙放到艾克爾先生面前。艾克爾先生低頭看了看。

「對，對，我現在想起來了。是的，我相信……」他向下掃視了一眼辦公桌上湯米的名片。「貝里福夫人的確打過電話，和我說過幾句話。我建議她與南方銀行的哈默史密斯分行聯繫。我自己也只知道這個地址。收信人地址便是銀行的地址，由理查·詹森先生的夫人轉交，銀行負責轉寄。詹森夫人，我猜是蘭開斯特的一位遠房侄女，是她和我一起安排蘭開斯特夫人住進煦陽嶺。她請我詳細了解那家養老院，因為她只是偶然從朋友那裡聽說過它。我們盡可能詳細地調查了一番，這一點您可以放心。那是一家很優良的養老院，我相信蘭開斯特夫人在那裡的生活很安詳。」

「可是她突然又走了。」湯米提示地問道。

「是的，是的，我想是的。好像是因為不久前詹森夫人不期然地從東非回到英國……很多人和她一樣！我想她和丈夫在肯亞住了不少年。他們做了新的安排，認為他們可以親自照顧這位年邁的親人。很遺憾，我不知道詹森夫人現在在什麼地方。我曾收到她的一封信，她對我表示感激，償付了欠款，還表示若需要與她聯絡，我可以把信交由銀行轉寄，因為她還不能確定她和丈夫最終會在何處落腳。貝里福先生，恐怕我能告訴您的只有這些。」

他態度溫和，但語氣堅決，從他身上找不到一絲半點窘態或不安，然而語氣中的決然再分明不過。他的態度隨後鬆懈了一些，神情也變得溫和。

「我認為沒必要擔心，貝里福先生。」他的口吻中帶著安慰。「或者說，不必讓您的妻子擔心。我相信蘭開斯特夫人可能已經把送出去的畫忘得一乾二淨。我相信，她已經七十五、六歲了，這個年紀的人很健忘，您也明白。」

「你見過她嗎？」

「不，我從來沒見過她。」

「不過您認識詹森夫人？」

「她偶爾到這裡辦理各種手續，我們見過面。她看起來很好，是個精明能幹的女人。她安排各種事情都很得心應手。」他站起來說道，「真抱歉我幫不了您什麼忙，貝里福先生。」

這是一道溫和而堅決的逐客令。

湯米來到布魯姆斯貝利街，來回張望著，尋找計程車。他手中的那包東西雖然稱不上沉重，但體積不小。他回頭瞭望那棟建築。它相當氣派，而且年代頗遠。你無法從中找出任何毛病，「包丁代、哈里斯及洛克里奇律師事務所」沒有任何明擺著的問題，艾克爾先生沒什麼不妥，他沒有表現出任何心虛、遮遮掩掩或不自在的神色。湯米黯然想道，在小說裡，說出蘭開斯特夫人或詹森夫人的名字都會引出作賊心虛的人大驚失色或躲躲閃閃的一瞥。這表明這兩個名字存在那個人的記憶中，而且有些不對勁的事情。在現實生活中，卻不是小說中描寫的那樣。艾克爾先生似乎只是一個很懂禮貌的人，以致不會因湯米這番打探浪費了他的寶貴時間而表示不滿。

但是無論如何，湯米暗想，我不喜歡艾克爾先生。他想起了隱微的往事，想起他因為某種原因不喜歡的人。那些直覺——那只是直覺而已——都是對的。不過也許原因比這簡單。如果你和人們打交道的次數多了，你就會對他們產生一種感覺，就像古董交易老手不需要專家鑑定，便可憑直覺發現贗品在品味、外觀和感覺上的差別。就是不對勁。畫的道理也一樣。或許收到一張幾可亂真的假支票的銀行出納員也是如此。

「他的話沒問題，」湯米想道，「他的表情沒問題，他的談吐沒問題，但就是……」

他向一輛計程車狂揮手臂，可是司機直直地冷眼看了看他，便加速駛遠了。

「混帳！」湯米心中暗罵。

他向左看看，向右望望，希望能找到一輛願意載他的計程車。人行道上有不少人，大多數行色匆匆，有幾個悠然信步，還有一個在街對面盯著一面寫著公司名號的銅牌。那個人在仔細辨認一番之後，轉過身來。湯米的眼睛不覺睜大了一些。他見過那張臉孔。他看著那個人走到街的盡頭，停下來，又從原路返回。有人從湯米身後的建築走了出來；就在那一刻，街對面的人加快了步伐，他還在馬路對面走著，但他與剛從房子出來的那個人步速一致。那個剛剛從「包丁代、哈里斯及洛克里奇律師事務所」門廊走出的人，從他漸行漸遠的背影看，幾乎可以肯定就是艾克爾先生。這時一輛悠悠閒閒慢慢行駛的計程車開過來，吸引了湯米的目光。湯米揚了揚手，車在他身旁停下了。他拉開車門，鑽了進去。

「去哪兒？」

湯米遲疑了片刻，看著自己的包裹。一個地址就要說出口的時候，他改變了主意，說道：「里昂街十四號。」

過了一刻鐘，他來到他的目的地。付了車錢之後，他按響門鈴，說要見艾弗．史密斯先生。當他走進三樓的一個房間時，坐在一張臨窗桌子前的人轉過身來，略帶驚異地說道：「你好，湯米，真想不到你會來。好久不見了。你來幹什麼？只是搭車四處看看老朋友嗎？」

「沒那麼輕鬆，艾弗。」

「我猜你剛參加完會議，要回家吧。」

「對。」

「我想，又在那裡空談？沒有任何結論，什麼有用的話都沒說。」

「差不多，純粹是浪費時間。」

「我看大部分的時間是聽老博吉．渥德克信口開河。他能把人煩死。一年不如一年。」

「噢，嗯……」

湯米坐在對方推給他的椅子上，接過一根菸，說道：「我很想知道——雖然希望極其渺茫——你是否知道一個叫艾克爾的人的紀錄，他是『包丁代、哈里斯及洛克里奇律師事務所』的律師。」

「嘖，嘖，嘖。」艾弗．史密斯說道。

他聳起眉頭。他的眉毛要做出這個動作可謂輕而易舉。它們貼近鼻梁的一端上挑，而靠近顴骨的另一端下垂，其誇張程度頗令人訝然，使他乍看之下像是受到強烈的震驚，然而事實上，這只是他很常見的表情。

「你在什麼地方碰見艾克爾了嗎？」

「問題是，」湯米說道，「我對他一無所知。」

「你想了解他的情況？」

「是的。」

「嗯，你為什麼來找我？」

「我在街上看見安德森。我很久沒見過他了，但我還是認了出來。他正在監視某人。不管他監視的是誰，總之是從我剛剛出來的那棟建築的某個人。那裡有兩家律師事務所和一家會計師事務所。當然，受監視者可能是其中一家的雇員。不過有個人沿著馬路走了下去，我看他像是艾克爾。我想知道的是，安德森監視的人會不會恰好是我的艾克爾先生？」

「嗯，」艾弗・史密斯說道，「唉，湯米，你的猜想一向錯不了。」

「艾克爾是什麼人？」

「你不知道？你一點兒都不知道嗎？」

「我什麼都不知道。」湯米說道，「長話短說，我去找他詢問一位最近從一家養老院搬走的老人。受雇替她安排入院事宜的律師就是艾克爾先生，他似乎禮貌得體而有效率地安排了一切。我想跟他要她現在的地址。他說他沒有。很可能他的確沒有……可是我懷疑。他是我可以找到她的唯一線索。」

「你想找到她？」

「是的。」

「我覺得我不會對你有太大幫助。艾克爾是位很有身分、很可靠的律師，收入豐厚，委託的客戶數目相當多，都有相當地位，包括鄉下士紳、退役軍人及海員，以及上將、元帥之類的人物。他無處不令人敬仰。從你的話中，我推測他只是謹守律師的職責。」

「可是你們……對他很感興趣。」湯米不甘心。

「是的，我們對這位詹姆斯・艾克爾先生很感興趣。」他嘆道，「我們對他感興趣已經不只六年了。只是一直沒有太大進展。」

「太有意思了。」湯米說道，「我再問你一次，艾克爾先生是什麼人？」

「你是問我們懷疑艾克爾是什麼人？好吧，一言以蔽之，我們懷疑他是英國某些犯罪活動的重要策畫智囊。」

「犯罪活動？」湯米滿臉驚異。

「是的，沒錯。沒有特務活動，沒有間諜活動，沒有反間諜活動，都沒有，只是簡單的刑事犯罪。根據我們迄今所了解的情況，他從未有過任何違法行為。他從未有偷竊、造假、挪用公款的紀錄。我們沒有找到任何對他不利的證據。然而每一起大型有計畫、有組織的搶劫案背後，都有這位善良公民艾克爾先生的蹤影。」

「六年。」湯米思考著。

「也許比六年還長。要弄清楚他們的犯罪方式是需要一段時間。搶劫銀行、珠寶，每次案發涉及的錢都很龐大。所有案件都是按照同一種手法計畫的。你不禁覺得做計畫的是相同的人，但指揮和執行計畫的人則不參與謀畫。有人會告訴他們去什麼地方、做什麼，他們自己不用費心去想。替他們想的是另外一些人。」

「是什麼讓你懷疑艾克爾？」

艾弗・史密斯沉思地搖著頭。

「說來話長。他認識很多人，有很多朋友。他有一起打高爾夫球的朋友，有專門替他維修汽車的技工，有受他委託的股票經紀人。他對一些正派經營的公司很感興趣。他們的犯罪模式愈來愈清楚，但他在其中扮演的角色我們仍然沒有多少眉目。我們唯一清楚的是，他在其中幾起案件有確切的不在場證明。某些銀行搶劫案計畫得十分巧妙，包括撤退的路徑等，幾乎可說是盡善盡美。可是當這一切發生時，艾克爾先生身在何處？蒙地卡羅、蘇黎世，甚或在挪威捕鮭魚。艾克爾先生保證在離案發現場一百英里以外的地方。」

「可是你們仍然懷疑他？」

「噢，是的。我自己十分確信，但我不知道我們能不能抓到他的馬腳。把地道挖到銀行地板下的人，把夜班警衛擊昏的人，從一開始就埋伏在裡面的出納員，提供資訊的銀行經理，他們都不認識艾克爾，也許他們與他從未謀面。他們的消息鏈很長，似乎每個人除了與自己有直接聯絡的人之外，並不認識其他人。」

「分工明確的老法子？」

「差不多是的，不過還是有所創新。總有一天我們會得手。也許某個照理說不該知道內情的人會知道一些事情。這些事情也許毫無道理可言，而且微不足道，但最終會出人意表地成為罪證。」

「他結婚了嗎？有家室嗎？」

「沒有，他從來沒有冒過這種風險。他獨自一人生活，有一個管家、一名園丁和一個身兼廚子的貼身男僕。他的休閒生活適度、宜人，我敢發誓，在他家裡出入過的每一位客人都不值得我們懷疑。」

「沒有人一夜致富嗎？」

「你指出的這一點很好，湯瑪士。應該有人一夜致富，應該有人突然發財。但是理由都安排得十分巧妙。賭馬發了大財、股票投資等等，看來都是自然而然的途徑，雖然風險高，不過有可能賺大錢；而且從表面上看，全是可信的交易。他們的錢很多存在國外，不同的國家，不同的地方。都是數目大、範圍廣的金錢周轉……他們的資金不斷轉移，一會兒在這裡，一會兒在那裡。」

「唉，」湯米說道，「祝你好運。希望你能抓住你的目標。」

「我想會的，總有一天會的。說不定他會被什麼人嚇得越出行事的常規。」

「用什麼可以嚇唬他？」

「危機感，」艾弗說，「讓他覺得身陷險境，讓他覺得有人在找他的麻煩，讓他覺得不自在。如果你讓一個人感到不自在，他可能會做傻事、可能會出錯，只有這樣才能抓住他的小辮子。就拿最聰明的人來說，他也許計畫精明過人，沒有一步路走錯。但如果拿一件小事攪擾他一下，他就會犯錯。我就是這樣盼望。現在講講你的事情。也許你知道一些有用的東西。」

「都和犯罪無關，恐怕十分微不足道。」

「不妨說來聽聽。」

湯米沒有因為事情的瑣碎而輕描淡寫。他知道艾弗不是對小事不屑一顧的人。的確，艾弗出口便擊中要害，指出了湯米此番來倫敦的目的。

「你是說你的妻子失蹤了？」

「她不該如此。」

「這可不是鬧著玩的。」

「對我而言，的確不是鬧著玩。」

「可以理解。我只見過你的妻子一次，她很敏銳。」

「她追查起事情來就像是追蹤尋跡的獵犬。」湯米說道。

「你一直沒報警？」

「沒有。」

「為什麼不？」

「哦，主要是因為我不相信她會出事。陶品絲一向不出差錯。只要有任何蛛絲馬跡，她就會不遺餘力地追蹤。也許她沒時間聯絡我。」

「唉，我看情勢不妙。你說她在找一所房子？這倒有些意思，因為在我們追蹤的一些零星線索中，恰恰有一條是房屋仲介公司。」

「房屋仲介公司？」湯米顯得十分驚異。

「是的。正當、普通、很一般的房屋仲介公司，分布在英國不同地區的鄉間小鎮，不過離倫敦都不很遠。艾克爾先生的事務所與房屋仲介公司的業務往來很頻繁。他有時是接受買主委託，有時受賣主委託；他還代表客戶委託幾家仲介。有時我們感到十分不解。每一筆生意似乎都沒什麼賺頭，可是……」

「但你覺得這可能表示會引出什麼事情來？」

「嗯，不知你是否記得幾年前倫敦南部銀行的一樁大劫案。在鄉下有一棟大房子，孤零零的一棟房子。它是劫匪的據點。在那裡他們不會引人注目，而那裡也正是他們藏匿贓款的地方。住在附近的人們開始議論那棟房子，他們不知道深更半夜在那裡出入的是什麼人物。各種各樣的汽車在深夜開來又開去。人們對這些人感到好奇。於是警察突襲了這棟房子，搜獲了部分贓款，逮捕了三個人，其中一個被認出來、確定了身分。」

「那你們有進展嗎？」

「說實話沒什麼進展。那三人都守口如瓶。他們的辯護律師本事很大，他們被判入獄，服刑年限很久，但不到一年半，他們就全部逃出監獄了。十分巧妙的營救。」

「我好像記得在報紙上讀過相關的報導。有個人在被兩位獄卒帶到刑事法庭時，從那裡脫身逃走了。」

「沒錯。安排都很巧妙，而且為了幫助他們逃脫，也花了大本錢。

「不過我們認為，負責組織工作的那個人也許意識到自己犯了一個錯誤，不該把一棟房子長期當作據點，引起當地居民的好奇。也許有人認為，最好應該有不同的地點，比如說，分散在不同地區的三十棟房子。先是有人去買了一棟，例如一對母女、一個寡婦，或是退役軍官和他的妻子，都是有教養、不張揚的人。他們把房子稍事修繕，請當地的建築商修理水管，或是請倫敦的公司負責裝修，一年之後或一年半之後，正好有那麼一個機會，房主就把房子賣了，然後出國去。大概就是這樣。一切都十分自然，水到渠成。他們住在那棟房子裡的時候，也許它的用處相當特殊……但誰都不會懷疑有這種事。譬如某天晚上，他們會為一對中年或老年夫婦舉辦慶祝晚會，也許是為子女舉辦成年晚會。屆時總有大車、小車出出入入。如果半年內發生五起鉅額搶劫案，五次搶來的贓款和贓物會藏匿在鄉下五個不同地區的五棟不同房子裡，不會集中在同一棟。這還只是我們的猜想，親愛的湯米，不過我們已經著手調查了。假設你那位老婦人送給別人的那幅畫中正包含了一棟特殊的房子；再假設那棟房子是尊夫人以前見過的一棟房子，她急匆匆地去調查了；再假設有什麼人不希望有人對那棟房子進行調查……這樣的話就大有文章。」

「你的假設太牽強附會了。」

「噢，是的，我承認。不過我們生活的時代就是牽強附會的時代……這個世界上，看似不可能的事情偏偏是有可能的。」

§

湯米有些疲倦地從他這一天中乘坐的第四輛計程車裡鑽出來，審度著四周景物。計程車把他扔在一條陡然冒出漢普斯特荒地中的隱蔽死巷裡，這條死巷似乎是「藝術開發」的成果，每一棟房子都與兩旁的房子格格不入。他面前的這棟房子似乎是由一大間房頂有天井的畫室和緊緊擠貼在一側的三間小屋共同組成（就像膿腫的牙齦一樣）。像梯子般的淺綠色樓梯貼著房子外牆。湯米推開小門，沿著小路走到內屋的門前，見它沒有門鈴便敲了敲門。沒人應答。他等了一會兒，又敲了敲，這次用的力氣大一些。

門突然開了，他幾乎向後倒下。門階上站著一位婦人。第一眼看去，湯米覺得她是他見過最無姿色的女人。她的臉龐闊大，像薄煎餅一樣扁平，兩隻大眼睛的顏色不可思議地一隻綠一隻棕；寬闊的額頭上，亂紛紛的頭髮根根直立，就像灌木叢；她身上的紫色罩衫到處是斑斑泥點。然而湯米留意到，她把門撐開的那隻手卻秀美異常。

「噢，」她說，嗓音低沉，十分迷人。「有事嗎？我正忙著哪。」

「是博科恩夫人嗎？」

「是。有何貴幹？」

「我叫貝里福。不知道能否占用您一點時間和您談談？」

「不知道。說實在的，不談不行嗎？你有什麼事……關於一幅畫嗎？」

她的眼睛看著他腋下夾著的那包東西。

「是的。是和您丈夫的一幅畫有關。」

「你想賣了它？我有很多他的畫，不想再買了。把它帶到某家畫廊吧。他們現在會買他的畫。你看起來不像淪落到要賣畫的地步。」

「噢，不，我什麼都不想賣。」

湯米覺得和這個不同尋常的女人談話也不同尋常地困難。她的雙眼雖然不協調，倒是很和善。它們越過他的肩頭，飄移到街的盡頭，彷彿遠處有什麼事引起她的興趣。

「夫人，」湯米說，「希望您能讓我進去。幾句話實在不容易說清楚。」

「如果你是畫家，我可不想和你談話。」博科恩夫人說，「畫家總是很乏味。」

「我不是畫家。」

「哦，當然，你看起來是不像畫家。」她的眼睛上上下下地掃視著他。「你看起來比較像公務員。」她不滿地說道。

「我能進去嗎，博科恩夫人？」

「我再看看。你等一會兒。」

她猛地關門進去了。湯米在外面等著。大約四分鐘之後，門又開了。

「好了，」她說，「你可以進來了。」

她領著他穿過門廳，爬上一節狹窄的樓梯，進了大畫室。畫室一角有一尊塑像和大小不等的斧、鑿，還有一顆黏土做的腦袋。整個畫室看起來像是新近遭到一夥小流氓的洗劫。

「這裡沒地方坐。」博科恩夫人說道。

她把放在一張木凳上的各種什物扔到一邊，把凳子推到他腳前。

「來，坐下說吧。」
「謝謝您讓我進來。」
「你真該謝謝我，不過你看起來十分焦慮不安。你在為什麼事情感到不安，對吧？」
「是的。」
「我看也是。你在擔心什麼？」
「我的妻子。」湯米說道，自己也對自己的答覆感到驚異。
「哦，你為你的妻子擔心？這可沒什麼奇怪的，人人總是在擔心自己的妻子。她出了什麼事……她和別人跑了，還是故意逗你？」
「不，都不是。」
「快死了？癌症？」
「不。」湯米說道，「我不知道她此刻在什麼地方。」
「而你覺得我可能知道？那麼你最好告訴我她的名字和特徵……如果你覺得我可以幫你找到她的話。不過我也沒把握，」博科恩夫人說道，「而且也許我不想幫你找她，我先提醒你一句。」
「感謝上帝，」湯米說道，「您比我意料中好說話多了。」
「那幅畫與此有何相關？是一幅畫吧？一定是，從形狀來看是。」
湯米拆了包裝。

「它是一幅有你丈夫簽名的畫，」湯米說道，「我想請你講講關於它的事。」

「我明白了。確切地說，你想知道什麼？」

「作畫的年代和地點。」

博科恩夫人看了看他，眼神中第一次流露出一絲淺淺的興趣。

「嗯，這倒不難，」她說，「是的，我可以把關於它的事都告訴你。它大約創作於十五前……不，我想不只這麼多年。那是他早期的作品，我想應該是二十年前。」

「您知道它在哪兒嗎？我是指確切地點？」

「是的，我記得很清楚。很好的一幅畫，我一直很喜歡它。那裡有一座小拱橋，橋畔正是這棟房子，那個地方叫蘇登千士勒，它離貝辛市場鎮七、八英里。這棟房子則離蘇登千士勒有一兩英里地，風景迷人，與世隔絕。」

她走到畫的近前，彎腰仔細看著。

「真是奇怪，」她說道，「是的，真怪，我真是不明白。」

湯米對她的話沒有太注意。

「這棟房子叫什麼？」他問道。

「我記不大清楚了。它改過幾次名字。我不知道是什麼緣故。發生過幾件相當傷心的故事，於是我想以後來住的人就給它改了名字。它一度被稱為『運河之屋』或『河畔之屋』。後來又被改成『橋屋』，再後來叫『牧場之屋』，或許還有個名字叫『河邊之屋』。」

「誰在那裡住過……或者說，現在誰住在那裡？您知道嗎？」

「我不知道。我第一次見到這棟房子的時候，有一個男人和一位女孩住在裡面。他們常到那裡度週末。我想他們不是夫妻。那個女孩是跳舞的，可能當過演員……不，我想是跳舞的，跳芭蕾舞。她相當漂亮，但十分沉默寡言。人很單純，簡直是幼稚。我記得威廉對她動過一點情。」

「他給她畫過像嗎？」

「沒有。他一般不畫人像。有時他也會說，他想替她們畫速寫，可是從來也沒實踐過諾言，他見了女人總是傻乎乎的。」

「您丈夫畫這幅畫的時候，他們就住在那棟房子裡嗎？」

「是的，我想是的。但他們不是一直住在那裡。他們只是週末才去。後來他們鬧翻了。我想他們發生了口角，不是他走了、撇下她，就是她走了、撇下他。當時我不在那裡。我正在考文垂創作群雕作品。後來，那棟房子只住著一個家庭女教師和一個孩子。我不知道那個孩子是什麼人，也不知道她從哪兒來，不過我猜家庭女教師負責照顧她。後來我想那個孩子出事了。可能女教師把她帶走了，否則就是那孩子死了。你打聽這些二十年前住在那棟房子裡的人幹什麼？我看真是有夠無聊的。」

「我想打聽有關這棟房子的事情。」湯米說，「我的妻子去找它了。她說她在火車上見過這棟房子。」

「你不是剛從精神病院跑出來的吧？」博科恩夫人說道，「還是獲得假釋什麼的……隨他們怎麼叫吧。」

「我想我一定讓人感覺神經兮兮的。」湯米說道，「不過，其實一切很簡單。我的妻子想了解這棟房子，於是她搭乘火車旅行，想憶起自己是在什麼地方見到它。我想她一定找到了，也去了這個地方……什麼塞洛？」

「蘇登千士勒。它以前是個十分不起眼的小地方。當然現在可能已經大幅度開發了，甚至成了新興的近郊社區。」

「我想，什麼都有可能。」湯米說道，「她打電話說要回來，可是一直不見她回來。我想知道她出了什麼事。我想她找到了那棟房子，正在著手進行調查。也許……也許她陷入險境了。」

「那地方有什麼危險？」

「我不知道，」湯米說道，「我們都不知道。我從來沒想過它會產生危險，但我妻子認為有。」

「超能力？」

「也許是。她是有些靈氣，她的直覺很靈驗。二十年前或最近一個月，你聽說過一位蘭開斯特夫人嗎？」

「蘭開斯特夫人？不，沒有，這個名字應該很容易記住，不是嗎？沒有。蘭開斯特夫人怎麼了？」

「她是這幅畫的主人。她把它當作友誼的禮物，送給了我的一位姨媽。然後她突如其來地離開了養老院。她的親戚把她帶走了。我想追尋她的下落，可是實非易事。」

「誰的想像力豐富，你，還是你妻子？你似乎想像了不少東西，而且已經進入了某種狀態，我說得對嗎？」

「是的，您可以這樣說，」湯米答道，「進入了某種狀態，但又全然沒有根據。您就是這個意思，對吧？我想您的話沒錯。」

「不，」博科恩夫人說道，她的聲音稍稍有些異常。「不是全然沒有根據。」

湯米探詢地看著她。

「這幅畫上有件怪事，」博科恩夫人說道，「十分奇怪。這幅畫我記得很清楚。威廉的畫我大部分都記得，雖說他的作品多得很。」

「如果它是被賣掉，您記得它賣給了什麼人嗎？」

「不，我不記得了。是的，我想它是出售給某人了。有一次他開了畫展，賣掉了一大批畫。有些畫的創作時間比這幅畫早了三、四年，有些晚了一兩年。那次賣了不少畫，幾乎全賣了。不過現在我記不起它的買主是誰，這有些強人所難。」

「我非常感謝您告訴我這些事情。」

「你還沒問我，為什麼我說那幅畫有件怪事，你帶來的那幅畫。」

「您的意思是，這不是你的丈夫而是別人畫的？」

「噢，不，那幅畫是威廉畫的。『運河邊的房子』，我記得他在目錄裡給它起了這樣的名字。可是它現在有點不一樣了，出了一些差錯。」

「出了什麼差錯？」

博科恩夫人伸出一隻黏著黏土的手指，點了點小橋下面的一個地方。

「這兒，」她說道，「看到了嗎？橋下拴著一條小船，是吧？」

「是的。」湯米疑惑地說。

「嗯，以前沒有這條船，我最後一次見到這幅畫的時候沒有。威廉從未畫過那艘小船。當初展覽的時候，什麼船都沒有。」

「您的意思是，後來有人在這幅畫上加了這艘小船？」

「是的。怪得很，不是嗎？我覺得很奇怪。剛才發現原來沒有船的地方多了一艘船時，我感到很奇怪，後來我看出船不是威廉畫的，他從未畫過這艘船，是別人加上去的。」她看了看湯米。「不知道會是什麼人，而且不知道有什麼目的。」

湯米說不出個所以然來。他看著博科恩夫人。他的艾達姨媽一定會說她是個瘋瘋癲癲的女人，可是湯米不這樣認為。她說話有些不著邊際，常常從一個話題冷不防地蹦到另一個話題。她現在說的事情與前一分鐘所說的幾乎毫不相干。湯米心想，她所知曉的東西，遠遠超過她願意透露給你的。她是愛她的丈夫，還是嫉妒他，抑或看不起他？從她的神態……更確切地說，從她的言辭中看不出一點線索。但他感到那艘拴在橋下的小船讓她很不自在。她不喜歡那艘船停泊在橋下的樣子。突然間，他開始懷疑她說的是不是實話。這麼多年過去了，她真能記得博科恩是否畫過橋下的小船嗎？這艘船看起來實在小得微不足道。如果她最後一次看到這幅畫是在一年前……可是顯然應該比一年長得多。這艘船使博科恩夫人感到不自在。他又看了看她，發現她也在盯著他看。她好奇的雙眼看著他，沒有挑釁，只有沉思。她陷入了深深的沉思。

「你準備怎麼辦？」她問道。

這個問題倒是簡單。湯米立即知道他的下一步該如何行動。

「我今晚先回家，看看有沒有關於我妻子的消息或她有沒有留話。如果沒有，明天我就去這個地方，」他說，「蘇登千士勒。希望我能在那裡找到我妻子。」

「那得看情況。」博科恩夫人說道。

「看什麼情況？」湯米敏銳地發問。

博科恩夫人皺了皺眉，然後咕噥道，彷彿是自言自語。

「不知道她現在在什麼地方。」

「你說的是誰？」

博科恩夫人收回轉移到別處的目光，重新掃視了一眼湯米。

「噢，」她說道，「我是指你的妻子。」她又接著說道：「希望她沒出事。」

「為什麼她會出事？請告訴我，博科恩夫人，那地方有什麼不對勁嗎，那個蘇登千士勒？」

「蘇登千士勒？那個地方？」她想了想。「不，沒有。那個地方沒什麼不對勁。」

「我指的是那棟房子，」湯米說道，「運河邊的房子，不是蘇登千士勒村。」

「哦，那棟房子，」博科恩夫人說道，「那真是一棟不錯的房子。是那種專為有情人建造的房子。」

「住在裡面的都是有情人嗎？」

「有時是，不過往往不是。如果一棟房子是為有情人建造的，它就應該由有情人居住。」

「而不是由別人移作他用。」

「你的反應很快，」博科恩夫人說道，「你明白我的意思，不是嗎？你不能把有特殊用途的房子挪作他用。如果這麼做，它會對你有所反抗。」

「您認識這幾年住在那棟房子裡的人嗎？」

她搖了搖頭。

「不，不，我對那棟房子一無所知，它對我並不重要。」

「可是你想到了什麼事……不，什麼人？」

「是的，」博科恩夫人說，「你說得沒錯。我想到了……一個人。」

「您能不能說說您想到的這個人？」

「實在沒什麼可說的，」博科恩夫人說道，「有時候人就是會好奇某個人到哪裡去了，在他們身上發生了什麼事，或者他們可能成了……什麼樣的人。就是那麼一種感覺。」她擺了擺手。「你想來點燻鮭魚嗎？」她冷不防地問道。

「燻鮭魚？」湯米吃了一驚。

「是這樣的，我這裡恰好有兩三條燻鮭魚，我想你去趕火車之前應該吃點東西。滑鐵盧站，」她說道，「去蘇登千士勒的。以前得在貝辛市場鎮換車，我猜現在還是如此。」

這是逐客令。他接受了。

13 艾柏的線索

陶品絲眨了眨眼睛。眼前一片模糊。她試著把頭從枕頭上抬起來，可是一陣刺痛襲來，嚇得她不敢再亂動，把頭重新枕在枕頭上。她閉上眼睛，卻又馬上睜開，眨了一下。

令她安心的是，她看清了自己所處的環境。

她想道，我正在醫院的病房。她對自己腦力的恢復速度感到滿意，便不再想別的了。她住在醫院的病房，頭痛得厲害。為什麼她會頭痛，為什麼她會住在病房，她不知道。車禍？陶品絲想。

幾位護士在她床邊繞來繞去。這再自然不過了。她閉上眼，小心翼翼地試著用腦子想了想。一個身穿神職人員服裝的老邁身影出現在她眼前，模模糊糊地一閃而過。是父親？陶品絲疑惑地問自己，是父親嗎？她真的想不起來了。也許是吧。

可是為什麼我成了病人，住在醫院？陶品絲想道。我覺得，我是醫院的護士，所以我應該穿著制服，志願救護隊的制服……

「噢，天哪！」陶品絲叫了一聲。

一位護士馬上出現在她床前。

「感覺好些了嗎，親愛的？」那位護士努力裝出很高興的樣子。「好多了，不是嗎？」

陶品絲自己也不知道是不是好多了。護士說了一些好好喝一杯茶的話。

陶品絲不滿地想道，我似乎是病人。她一動不動地躺在那裡，腦子裡亂紛紛地冒出不著邊際的各種想法和零星詞語。

「戰士，」陶品絲說道，「志願救護隊員。沒錯，是這樣，是志願救護隊員。」

護士端來餵養病人的茶水，扶著她一口一口喝完。她的頭又是一陣疼痛。

「志願救護隊員，這是我的身分。」陶品絲大聲說道。

護士不解地看著她。

「我頭痛。」陶品絲說出了真實情況。

「很快就會好的。」護士安慰道。

她端走了茶杯，對著在路上碰到的護士長彙報道：「十四號醒了。不過，我看，她有點虛弱。」

「她說什麼了嗎？」

「她說自己是位重要人士[17]。」那位護士說道。

護士長輕輕哼了一聲，表明了她對那些聲稱自己是重要人士的病人的一貫態度。

「我們去處理一下吧。」護士長說道，「快一點，護士，不要成天抱著那個茶杯到處晃來晃去。」

陶品絲依舊半清醒半迷糊地躺著。她一時之間還無法讓在腦中悠來盪去的雜亂念頭停止下來。

她覺得身邊應該有個人，她十分了解的某個人。這家醫院有些奇怪。它與她記憶中的醫院大相徑庭。這不是她當年做護士的醫院。「到處都是護士，沒錯，」陶品絲想道，「在手術後恢復期的病房，我負責第一和第二行病人。」她睜開眼簾，又環視了四周一圈。她確信這是一家她以前從未到過的醫院，它與手術、戰爭什麼的毫不相干。

「不知道我是在哪兒，」陶品絲自語道，「這是什麼地方？」

她試著回憶這個地方的名字。她所能想起的只有倫敦和南漢普頓。

這時，護士長出現在她床邊。

「感覺好一些了吧，我想。」她說。

「我很好，」陶品絲說，「我怎麼了？」

「你的頭部受了傷。我想你覺得頭很疼，對吧？」

「對，」陶品絲回答，「我在什麼地方？」

「貝辛市場鎮的皇家醫院。」

陶品絲想了片刻。這個名字對她而言毫無意義。
「一位神職人員。」她說。
「你說什麼？」
「沒什麼。我……」
「我們還沒在你的飲食單上填上你的名字呢。」護士長說道。她手中握好原子筆，探詢地看著陶品絲。
「我的名字？」
「是的，」護士長說，「以便備案。」她又解釋了一句。
陶品絲沒出聲，想了想。她的名字。她叫什麼？「真可笑，」陶品絲心想，「我好像忘了。可是我必定有個名字。」突然她覺得自己清醒了一瞬間。那位年事已高的神職人員驀地在她眼前閃現了一下，她堅決地說道：「是的，我叫璞丹絲。」
「璞——丹——絲？」
「是的。」陶品絲說。
「這是你的教名。你姓什麼？」

17 「重要人士」的原文VIP，是對「志願救護隊員」的原文VAD的誤聽。

「考利。」

「很好，終於登記完畢了。」

護士長說完便轉身離去，顯出一副不必再為某人的紀錄繼續費心的輕鬆架式。

陶品絲對自己微微感到滿意。璞丹絲．考利。在志願救護隊服役的璞丹絲，她的父親是位副主教，在某個教區任職，戰爭時期，她……

「真是怪事，」陶品絲自言自語，「我好像把一切都搞錯了。這些好像是很久以前發生的事。」她低語問自己：「是你那可憐的孩子嗎？」

她疑惑不解。這是她自己對別人說的話，還是別人對她說過的話？

護士長又回來了。

「你的地址，」她說，「考利……考利小姐，還是考利夫人？你說什麼孩子？」

「『是你那可憐的孩子嗎？』這是別人對我說的，還是我對別人說的？」

「如果我是你，我會睡一會兒，親愛的。」護士長說道。

她走出病房，到她該去的地方彙報情況。

「她似乎已經恢復了意識，醫生，」她說，「她說她叫璞丹絲．考利。不過她好像還記不起她的地址。她說了一句關於孩子的話。」

「嗯，很好，」醫生一如往常地隨意說道，「我們再給她二十四小時。她從腦震盪中恢復得相當好。」

§

湯米摸著前門鑰匙。他還沒來得及把它插到鎖中，門便打開了，艾柏站在敞開的門邊。

「哦，」湯米問道，「她回來了嗎？」

艾柏緩緩搖了搖頭。湯米又問：「她沒有留話，沒有打過電話，沒有寫信給我……沒有電報？」

「我告訴您，什麼都沒有，先生。沒有任何消息，也沒有其他人的消息。他們現在藏起來不露面……可是他們手裡有她。我看就是這樣，他們把她抓走了。」

「你在胡說些什麼……他們把她抓走了？」湯米怒道，「你滿腦子的小說情節。誰把她抓走了？」

「哦，您知道我的意思。那一夥人。」

「哪一夥人？」

「可能是一夥帶著彈簧刀的匪徒，也許是國際性的組織。」

「別說廢話了。」湯米說道，「你知道我在想什麼嗎？」

艾柏不解地看著他。

「我覺得她實在太不替別人考慮了，連個招呼也不和我們打一聲。」

「噢，」艾柏說，「是的，我明白您的意思了。我想您可以這樣說。如果這樣會使您感覺好一些。」他的最後一句話很不得體。他接過湯米手中的包裹。「看來您把那幅畫拿回來了。」他說。

「是的，我把那幅倒楣的畫拿回來了，」湯米說，「派上很大的用場。」

「您沒有獲得任何訊息嗎？」

「錯了，」湯米答道，「我從它身上獲取了一些資訊，但我還不知道它們是否會對我有所幫助。」他又說道，「默利醫生沒有打電話來嗎？帕卡德小姐有從煦陽嶺打電話來嗎？都沒有嗎？」

「只有一個人打了電話，蔬果店的老闆。他說店裡新進了些很棒的茄子。他知道夫人喜歡吃茄子。他每次都通知她。不過我對他說，她現在不在。」他又加了一句：「我給您的晚飯準備了雞肉。」

「你怎麼除了雞肉就想不出別的東西？」湯米的話不留情面。

「這次做的是所謂的童子雞，」艾柏解釋道，「又瘦又小。」

「好吧。」湯米無奈地說。

電話鈴響了。湯米離座，馬上衝去接。

「喂……喂？」

話筒裡傳來的聲音很微弱、遙遠。

「是湯瑪士·貝里福嗎？請您接聽從英佛格利打來的私人電話好嗎？」

「好的。」

「請持機稍候。」

湯米等著，他的興奮逐漸平息下來。他需要等一會兒。話筒中傳來的聲音清脆、明朗。他一聽便知道是他的女兒。

「喂，是你嗎，爸爸？」

「黛博拉！」

「是。你怎麼上氣不接下氣的，剛跑過步嗎？」

湯米想，女兒總是對父親期望過高。

「我老了，當然會喘氣。」他說，「你好嗎，黛博拉？」

「哦，我很好。爸爸，我剛剛看過報紙，可能你也看了。我感到有些奇怪，是個因為意外而住院的病人。」

「是嗎？我沒看到這類報導。我是說，我根本沒有注意到這類報導。怎麼啦？」

「嗯……沒什麼大不了。只是想，可能是出了車禍，或是類似的事故。其中提到一位婦女——暫且不管她究竟是誰——是一位上了年紀的婦女，說自己叫璞丹絲．考利，可是他們無法確知她的住址。」

「璞丹絲．考利？你的意思是……」

「哦，我只是……嗯，我只是覺得奇怪。這是媽媽的名字，對吧？我的意思是，這是她出嫁前的名字。」

「沒錯。」

「我總是忘記她叫璞丹絲。我是說我們從來不認為她叫璞丹絲，你、我，還有德瑞克。」

「是的，」湯米說，「是的，一般人不容易把你媽的教名和她本人聯想在一起。」

「是，我知道。我只是覺得……很奇怪。你想會不會是她的什麼親戚？」

「也許是。報導說是在什麼地方？」

「貝辛市場鎮的皇家醫院，我記得是這樣。我猜他們想了解更多關於她的情況。我一直奇怪……唉，我知道我可笑透頂了，姓考利的人數不勝數，叫璞丹絲的人也一定不可計數。但我覺得還是打個電話問一問較好。讓自己放心，我的意思是，確定媽媽在家裡平安無事，一切如常。」

「我明白了，」湯米說，「是，我明白了。」

「說話呀，爸爸，她在家嗎？」

「不在，」湯米說，「她不在家，我也不知道她是不是平安無事。」

「你說什麼？」黛博拉大驚。「媽媽幹什麼去了？我以為你離開了倫敦，去和那些殘存的老糊塗密使聚會，和你那幫老同事盡情暢談了。」

「沒錯，」湯米說，「我昨天傍晚才到家。」

「你發現媽媽不在家……還是你原來就知道她不會在家？說呀，爸爸，說啊。你很擔心，我知道你擔心的時候是什麼樣子。媽媽最近在忙什麼？她在忙著幹什麼事，對吧？我多希望她這麼大年紀的人能學會安安靜靜地坐下來，什麼都不做。」

「她一直放不下心，」湯米說，「對與你艾達姨婆死亡的一件事放不下心。」

「什麼事？」

「嗯，是養老院的一位老人對她說的一件事。她替這位老人擔心。她說了很多事情，你媽對她說過的一些事情放心不下。所以我們去清理艾達姨婆的遺物時，提出要再見見這位老人，可是她好像突然搬走了。」

「嗯，這沒什麼稀奇，不是嗎？」

「她的親戚去把她接走了。」

「這好像也很自然，」黛博拉說，「媽媽為什麼會擔心？」

「她認為，」湯米說，「這位老人可能出事了。」

「我明白了。」

「她彷彿驟然無影無蹤了，消失得自自然然。我的意思是，律師、銀行等等都可以證實她離開了。然而，我們查不出她的下落。」

「你是說媽媽去某個地方找她？」

「是的。而且她沒有在她自己說要回來的時間回來，那是兩天前的事。」

「你也沒有任何她的消息？」

「沒有。」

「我向上帝祈求，希望你能好好照顧媽媽。」黛博拉一本正經地說。

「我們誰都無法好好照顧她，」湯米說，「黛博拉，如果發生這種事，你也做不到。這和她在戰爭期間毅然投軍、做了許多與她不相干的事情一樣。」

「可是現在不同了。我的意思是，她的年紀很大了。她本該坐在家裡，頤享天年。我想她一定覺得生活愈來愈無聊。這是問題的癥結所在。」

「你說是貝辛市場鎮的醫院嗎？」湯米問。

「梅福德郡，從倫敦乘火車的話大約要花一到一個半小時。」

「沒錯，」湯米說，「貝辛市場鎮附近有個村子，叫蘇登千士勒。」

「這又有什麼相關？」黛博拉不解地問。

「要講清楚原委就太耗費時間了，」湯米說，「反正和一幅有運河、小橋、房子的油畫有關。」

「我聽不懂你在說什麼。」黛博拉說，「你到底在說什麼？」

「不用在意。」湯米說，「我要給貝辛市場鎮的醫院打電話，詢問一些事情。我有一種感覺，你媽沒事。人要是得了腦震盪，最先回憶起來的往往是孩提時的事情，然後慢慢才會想起現在的事情。她想起了少女時代的名字。她可能出了車禍，不過如果是有人在她腦袋上敲了一記，我也不會覺得奇怪。在你媽身上就是會發生這種事。她很會惹麻煩。我會把結果告訴你。」

四十分鐘後，湯米終於把電話話筒「鏘」地一聲掛在電話架上。他掃了一眼腕上的錶，疲憊不堪地噓了一口長氣。艾柏出現在他面前。

「晚餐要要吃什麼，先生？」他徵詢道，「您什麼也沒吃。十分抱歉，我把雞忘了，燒成黑炭了。」

「我什麼都不想吃，」湯米說，「我想喝點東西。給我倒杯雙料威士忌。」

「請稍等，先生。」艾柏應命而去。

不一會兒，他把湯米要的酒端來了。湯米已經頹然倒在自己專用的一張破舊但很舒服的椅子上。

「現在，我猜，」湯米說，「你想知道我們都說了些什麼。」

「說實話，先生，」艾柏略顯抱歉地說道，「我基本上都知道了。因為我知道是和夫人以及這一系列事情有關，我就自作主張拿起臥室的分機聽了聽。我想您不會介意吧，先生，您不會像夫人那樣。」

「我不怪你。」湯米說，「其實，我得謝謝你。要是讓我重新解釋……」

「所有的人都聯繫上了，是嗎？那間醫院，醫生和護士長。」

「沒有必要再講一遍。」湯米說。

「貝辛市場鎮的皇家醫院，」艾柏說，「她從來沒提過這個地方，她從沒說過。她沒留過這樣的地址。」

「她沒把這裡當作她的地址，」湯米說，「依我推測，她可能在某個偏僻的地方被人重擊頭部。然後被裝在汽車上，運到路邊的某個地方，假造肇事者撞車後逃離現場的局面。後來有人發現了她。」他說完這些，又加了一句：「明早六點半叫我。我想早點出發。」

「很抱歉，又把您的雞在鍋裡燒壞了。我只是把它放在鍋裡，想讓它保溫，可是後來全忘了。」

「對雞不必在意，」湯米說，「我一向認為牠們是群笨鳥，只會往車輪下鑽，四處咯咯咯叫個不停。明天早晨把屍首埋掉，給牠好好舉行一個葬禮。」

「她不會還在死神門口徘徊吧，先生？」艾柏又問。

「把你那些誇張的想像放到一邊去吧，」湯米說道，「你若是仔細聽了，應該知道她恢復得很好，知道她叫什麼或者她以前的名字，也知道她人在什麼地方，而且他們發誓說，會把她留在那裡等我，等我去接她。無論如何，他們不會允許她自己溜走，再去做她笨透了的偵探工作。」

「說到偵探工作……」艾柏輕咳一聲，猶豫著是否該繼續說下去。

「我不想談這個。」湯米說，「別想了，艾柏，去自修簿記法，或是窗檻花箱課程，或是什麼別的吧。」

「哦，我只是在想……我是說，談到線索……」

「哦，什麼線索？」

「我一直在思考。」

「生活中所有的問題都出自於此，思考。」

「線索，」艾柏繼續說，「例如，那幅畫，那是一條線索，不是嗎？」

湯米發現，艾柏已經把畫著橋畔房子的那幅畫掛到了牆上。

「如果那幅畫是某件事情的線索，您認為它的線索是什麼事？」知道自己說的話不合文法，他的臉略微透紅。「我的意思是，它能解釋什麼？它應該含有某種意思。我剛才想的是，」艾柏說，「如果您不會責怪我多嘴……」

「說吧，艾柏。」

「我剛才想的是那張書桌。」

「書桌？」

「是的。搬家公司連同小圓桌、兩把椅子和其他東西一起運來的那張桌子。您說過，那是祖傳的？」

「它以前屬於我的艾達姨媽。」湯米說道。

「嗯，我指的就是它，先生。在那種東西裡面，你常能找到線索。舊書桌、古董書桌。」

「也許是的。」湯米說。

「我知道那真的與我無關，我也實在不該亂攪一氣，可是您出門的時候，先生，我忍不住了，還是去看了看。」

「什麼……看那張書桌？」

「是的，只是看看那裡是否會有線索。因為那樣的桌子，它們有暗屜。」

「也許是吧。」湯米說。

「嗯，沒錯。那裡可能有線索，隱藏的，被藏在暗屜裡的線索。」

「這個想法很好，」湯米說，「可是據我所知，我的艾達姨媽沒有任何理由要在暗屜裡藏東西。」

「老人的心思您永遠猜不透。她們喜歡東藏西掩的，就像寒鴉，或是鵲，我忘了究竟是哪一種。也許裡面有祕密的遺囑、隱形墨水寫的東西，或是珠寶。也許從裡面能發現藏起來的珠寶。」

「很抱歉，艾柏，但我想我不得不令你失望。我十分肯定在那張祖傳而且一度屬於我威廉舅舅的書桌裡沒有你說的那些東西。他年紀大了之後也變得有些遲鈍，還耳聾，脾氣十分暴躁。」

「我覺得，」艾柏說，「看一看沒有任何壞處，不是嗎？」他義正辭嚴地說：「它無論如何該徹底清理一下了。您知道老人的舊物是怎麼回事。他們極少清理以前的東西。他們得了風溼病，發覺四處走動太困難之後就不清了。」

湯米沉默了一會兒。他想起陶品絲和他很快地看過抽屜裡的東西，把裡面裝著的東西分別放進兩個大信封，還把幾撮毛線、兩件羊毛衫、一襲黑天鵝絨的披肩和三只精巧的柳條盒從下面的抽屜裡取了出來，把它們和其他衣物以及零零碎碎的東西放在一起，全部處理掉了。他們回家之後也查過裝在信封裡的各種紙頭和單據。沒有什麼特別值得注意的東西。

「我們看過抽屜裡的東西，艾柏，」他說，「真的，花了幾個晚上。一兩封很有意思的舊信函、做火腿的配方、貯存水果的妙方、配給簿、配給票以及戰爭時期的紀念。沒有任何值得留意的東西。」

「噢，是這樣的，」艾柏說道，「您可以說裡面只是一些紙頭和其他東西。都是平常人會在桌子的抽屜裡放的雜物。我說的是帶有祕密的東西。您知道我還是個孩子的時候，給一位古董商做過幫手，總幫他製造家具，所以我也同時知道如何打開暗屜。它們大都原理相同，三、四種常見的方式變來變去而已。難道您不覺得，先生，您需要看一眼嗎？我的意思是，我不想趁您不在的時候自己看。那樣做太放肆了。」

他看著湯米的樣子就像一隻乞求認可的狗。

「來吧，艾柏，」湯米說，他不再堅持了。「我們去放肆一下。」

「真是件漂亮的家具。」艾柏站在湯米身旁，看著他主人繼承來的那張書桌，連聲讚嘆。「保護得非常好，表面的油漆光潔如新，體現出那些年代的高超手藝和技術。」

「好啦，艾柏，」他說，「你來吧。這是你大顯身手的機會，不過別弄壞了。」

「噢，我一向十分小心。我沒有砸過它，沒有用小刀劃過它，也沒做過別的。首先，我們放下前面的這塊摺板，把它撐在這兩塊可以拉出來的厚板上。就這樣，您看，按這個方向放下摺板，老人們常常坐在上面。您姨媽這只裝飾有螺鈿的首飾盒真是精緻。它原來放在左手的抽屜裡。」

「這種東西有兩個。」湯米說道。

艾柏拉出兩個精巧有壁柱的淺底豎屜。

「哦，這兩個，先生，您可以在裡面塞些東西，不過這算不上祕密。最常見的是中間這個小櫥門……在它的底部通常有一處凹下去。您把底板推開，裡面還有一層。不過除此之外還有其他隱藏方法。這張桌子下面有一道凹槽。」

「這也不算祕密嗎？您只需推開這塊嵌板……」

「問題在於，它看起來一目了然。您推開這塊嵌板，裡面有一塊空間，您可以在裡面放很多您不希望別人亂動的東西。不過您可能會說，這沒什麼了不起，因為您看，前面有一小塊凸出的木頭，像是牆上的壁架。您可以把它拿起來，您看。」

「好，」湯米說，「好，我看到了。你把它拿起來吧。」

「這裡面還有一個暗室，就在中間的鎖後面。」

「可是裡面沒有東西。」

「是的，」艾柏說，「看起來很令人失望。但如果您把手伸進暗室，沿著它的左邊或是右邊搖晃幾下，會發現裡面還有兩只薄薄的暗屜，一邊一個。暗室的頂部被挖去一個小小的半環形，您可以用手指攀牢，慢慢朝自己拉過來……」說這些話的時候，艾柏的手腕像是幾乎要擰折了似的。「有時候，暗屜很粗澀。等一下，等一下……它出來了。」

艾柏彎成勾狀的手指從裡面拉出一件東西。他小心翼翼地向外拉著，終於，一個長條形的小暗屜露了出來。他把它拉出來，擺在湯米眼前，神情像是一隻狗叼著骨頭跑到主人跟前似的。

「現在稍等片刻，先生。裡面有一樣東西，封在一個長長的薄信封裡。接下來我們看看另外那個暗屜。」

他換了另一隻手，重新折著手腕，彎起手指。不一會兒，第二個暗屜曝光了，擺在第一個的旁邊。

「這裡面也有一件東西，」艾柏說，「也是一封不知何時被人藏進去且封好的信封。我沒敢打開任何一封，我不會這樣做。」他的聲音極其光明磊落。「我把它們留給您處置。不過我還是想說，它們也許就是線索……」

他和湯米一同取出暗屜中落滿細塵的東西。湯米先拿出的是個捲曲、套著橡皮圈且封了口的信封。橡皮圈一碰便斷了。

「看起來很有價值。」艾柏說道。

湯米看了一眼信封，上面題寫著「機密」。

「您看，」艾柏說，「『機密』。這是線索。」

湯米把信封裡的東西抽出來。裡面有半張便箋，字跡已經褪色，筆觸十分潦草。湯米把它舉高了一些，艾柏俯在他的肩頭，呼吸粗重。

「『麥克唐納夫人的奶油鮭魚祕方』，」湯米唸道，「『她出於好心傳授給了我。兩磅鮭魚肉、一品脫澤西種乳牛奶油、一杯白蘭地和一根黃瓜』。」他停了下來。「抱歉，艾柏，無疑，這是一條把我們引向美食烹飪的線索。」

艾柏不滿而失望地哼了幾聲。

「沒關係，」湯米說，「還有一個可以試試。」

第二個信封看上去不及第一個古舊，上面有兩帖淺灰色的蠟封，每帖蠟封上都畫著一枝野生的玫瑰。

「很漂亮，」湯米說，「就艾達姨媽而言不免過於花稍。我猜是在教煎牛排餡餅。」

湯米一把撕開信封。他皺起眉頭。十張疊得整整齊齊、面值五英鎊的鈔票掉了出來。

「薄的那種，」湯米說，「這是以前流通的貨幣，還是我們戰時用的那種。紙質上乘。現在可能已經不是合法貨幣了。」

「錢！」艾柏說，「她要這些錢幹什麼？」

「哦，這是老人的儲備金，」湯米說，「艾達姨媽一直留有私房錢。很多年前她就對我說過，女人應該時時把面值五英鎊的五十英鎊留在身邊，以備所謂的緊急情況。」

「嗯，我看這些錢遲早有用。」艾柏說道。

「我想它們還沒有老掉牙。還可以和銀行兌換一下，換成現行的貨幣。」

「還有一點。」艾柏又說，「另外一個抽屜裡還有一個……」

他再取出來的信封比前兩封鼓一些，似乎裡面裝的東西更多，信封上還有三枚看似重要的紅色蠟封。信封外面依然用潦草的筆跡寫著：「在我死後，這個信封得原封不動地送交我的律師羅伯里及湯姆金律師事務所的羅伯里先生，或是我的外甥湯瑪士．貝里福。任何人未經允許不得拆封。」

信封裡，是幾張寫得密密麻麻的紙。字跡凌亂、潦草，有些地方幾乎無法辨認。湯米費勁地大聲讀了出來：

我，艾達．瑪麗亞．范蕭，在此寫下我所知道的一些事情。這些事情是我現居的煦陽嶺養老院的院長告訴我的。我不能保證以下的資訊確切無疑，但是似乎有理由相信，一些可疑的……或許是犯罪的活動正在此地發生，或已經發生。伊麗莎白．穆迪是一位愚婦，可是我不認為她不誠實，她聲稱她認出了一位有名的罪犯。我們中間可能有一位下毒者在活動。我本人不主張聽信謠言，但我會心中警惕。我打算在此寫下我所知道的所有事實。這件事也許純屬騙局。我要求我的律師或外甥湯瑪士．貝里福對它進行全面調查。

艾柏欣喜若狂地說：「跟你說吧！這是一條線索！」

14 思考練習

「我認為我們應該好好思考一下。」陶品絲說。

在醫院開心地團聚之後，陶品絲終於被恭送出院。這對推心置腹的夫婦正在貝辛市場鎮朗佛拉格旅館最高級的套房客廳裡交換意見。

「你別再提什麼思考了，」湯米說，「你知道醫生在你出院時交代的話。不要操心，不要動腦，盡量減少體力活動，什麼都別在意。」

「那你讓我現在做什麼？」陶品絲追問道，「我已經把腳墊高了，你沒看到嗎？我的頭下面不是墊著兩個大厚墊嗎？但思考並不見得是動腦。我不是做數學題目，或是學經濟學，或是計算家裡的開支；思考只不過是舒舒服服地休息，讓腦子完全敞開，也許什麼有趣或重要的事情就會飄飄然地鑽進來。不管怎麼說，難道你不希望我只是兩腳墊高、頭枕軟墊稍微思考一下，而情願我出去親自調查嗎？」

「我當然不希望你再出去調查，」湯米說，「那些都過去了。你明白嗎，陶品絲，你的身體一定要保持平靜。如果可能的話，我不會離開你半步，因為我不信任你。」

「好吧，」陶品絲說，「訓示到此結束。現在我們來想一想，一起想。別理會醫生說的話，要是你對醫生像我這麼了解的話……」

「別管醫生，」湯米說，「你聽我的話就是了。」

「好的。我現在絲毫不想做體力活動，我可以向你保證。問題是，我們必須交換意見。我們知道很多東西。可是亂糟糟的，就像村子裡的舊雜貨拍賣會。」

「你說的『東西』指什麼？」

「嗯，事實。各種事實，太多的事實。不只是事實，還有道聽塗說，種種暗示，各種傳說，流言蜚語。整個看上去，就像裝在一只桶裡的各種麥麩被傾倒在木屑堆裡一樣。」

「的確是一堆木屑。」湯米說道。

「我不敢確信你是在譏諷我，還是在自謙，」陶品絲說道，「無論如何，你是同意我的說法，不是嗎？我們知道得太多了，其中有假有真，有事關重大者，有無足輕重的，所有的事都混成一團。我們不知道該從哪裡著手。」

「我知道。」湯米說。

「那麼，」陶品絲說，「你準備從哪裡著手？」

「我要從你被人重擊頭部開始。」湯米說道。

陶品絲想了片刻。

「我不覺得這可以算是個出發點。我的意思是，這是最後發生的事，不是最先發生的。」

「在我看來這是第一件事。」湯米說道，「我不許有人打我的妻子。這是一個切實的著手點，這不是想像；這是真事，確實發生的事。」

「我完全同意你所說的。」陶品絲說道，「這是真事，而且發生在我身上，我不會忘記的。我一直在想這件事……自從我恢復了思維能力之後。」

「你一點兒也想不出是誰下的手嗎？」

「很不幸，一點也想不出來。我當時正彎腰查看一塊墓碑，然後就『嗡』地一聲。」

「會是誰呢？」

「我想，一定是蘇登千士勒的人。可是似乎非常不可能，因為我沒有對任何人提過這檔子事。」

「牧師？」

「不可能是牧師。」陶品絲說道，「第一，因為他是位善良的老小孩；第二，他不可能有這麼大的力氣；第三，因為他有些哮喘。他不可能悄悄潛到我身後而不被我聽到。」

「那麼，如果你把牧師排除在外……」

「你不把他排除嗎？」

「嗯，」湯米說，「不，我排除他。你也知道，我去找過他，和他交談過。他在這裡任職多年，每個人都認識他。我想某個魔鬼的化身可能偽裝成友善的牧師，但最多只能隱藏一週左右，大抵如此，不可能偽裝十年或十二年。」

「哦，那麼，」陶品絲說道，「下一個嫌疑者應該是布萊小姐。奈莉．布萊。可是她能有什麼動機？她不可能認為我想盜墓碑。」

「你覺得可能是她嗎？」

「哦，我並不真的這樣認為。當然，她有做案的可能。如果她真的想跟蹤我，看看我在做什麼，然後把我擊倒，她完全能勝任。而且與牧師一樣，她也在那裡，在事發現場。她不斷從她的屋子進進出出，忙這忙那，她可能看到我在教堂的墓地裡，便出於好奇躡手躡腳地走到我身後，發現我在查看墓碑，因為某種特別的原因對我的行為表示異議，於是拿起教堂插花用的金屬花瓶或別的東西把我砸昏。不過別問我為什麼她會這樣做，似乎沒有可以成立的理由。」

「下一個是誰，陶品絲？科克雷太太，她是姓科克雷嗎？」

「科普利太太，」陶品絲說，「不，不會是科普利太太。」

「為什麼你會如此確信呢？她住在蘇登千士勒，可能看到你離開她家，還可能跟在你的身後。」

「噢，是的，是的，可是她的話太多。」陶品絲說道。

「我不明白話多與此有何相關。」

「如果你像我一樣聽她談了整整一個晚上，」陶品絲說，「你就會知道，任何像她這樣話多、滔滔不絕、從不間斷的女人，是不可能做出這樣的事。無論在什麼地方，她都不可能走到我的近前而一路噤聲不語。」

湯米考慮著。

「好吧，」他說，「你對這種事情的判斷力很強，陶品絲。我們把科普利太太淘汰出局。還有誰？」

「阿莫斯·佩利，」陶品絲說，「就是住在運河之屋裡的那個男人（我只能叫那棟房子為運河之屋，因為它還有很多怪名字。而它最初的名字就是運河之屋）。那位友善的女巫的丈夫。他有點怪怪的，思維相當簡單，是個高大而結實的男人。如果他願意，可以把任何人擊昏。我甚至覺得，有些時候他的確想這麼做……不過我也無法確切說明為什麼他想把我擊倒。他的可能性的確大於布萊小姐。在我看來，她只是那種無聊而能幹的女人，四處張羅教區的事務，喜歡打探別人的私事。她根本不可能厲害到主動襲擊，除非她有某種感情過激的原因。」她微微戰慄了一下，繼續說道：「告訴你，我第一次見到阿莫斯·佩利的時候，他把我嚇了一跳。當時他領著我欣賞他的花園。我突然覺得……嗯，我可不敢觸犯他，或是在深夜的暗路上遇到他。我覺得他這個人不會企圖對人施暴，可是如果受到刺激，他會變得很狂暴。」

「好，」湯米說，「阿莫斯·佩利，第一號。」

「還有他的妻子，」陶品絲慢聲說道，「友善的女巫。她人很好，我很喜歡她。我不希望是她，我想不會是她，可是對於那棟房子的事情，我想她糊塗得很。那是另一個疑點。湯米，我們不知道這一切的重點是什麼，我開始懷疑事情並不是圍繞著那棟房子，那棟房子並非這一切的焦點。那幅畫……那幅畫的確富於深意，不是嗎，湯米？一定是，我想。」

「是，」湯米說，「我想一定是。」

「我到這裡來尋找蘭開斯特夫人，但這裡似乎沒人聽說過她。我一直懷疑是不是我的推理方向錯誤了。蘭開斯特夫人身陷險境——我依然確信這一點——是因為她是那幅畫的主人。我認為她從未去過蘇登千士勒，或者有人把畫送給了她，或者她自己買了那幅畫，而那幅畫意味深長，它在某種程度上是對某個人的一種威脅。

「可可夫人……穆迪夫人，告訴艾達姨媽她認出了煦陽嶺的一個人與『犯罪活動』相關。我認為那些犯罪活動與這幅畫有關，與運河邊的房子有關，也與一個可能被殺死的孩子有關。」

「艾達姨媽欣賞蘭開斯特夫人的畫，於是蘭開斯特夫人把它送給了她。也許她講了一些關於它的事情，例如她在哪裡得到它的、誰送給她的、房子在什麼地方……

「穆迪夫人被解決掉，是因為她千真萬確地認出了『與犯罪活動相關』的某個人。」

「再和我講講你與默利醫生的談話內容，」陶品絲說道，「對你講過可可夫人的事情之後，他又講了幾種殺人犯，還用了真人真事做例子。其中有一例是一位開辦了養老院的婦女。我隱約記得讀過這則報導，但記不得她的名字了。不過大概是這樣的：老人們把自己的錢交給她，以便在那裡養老直到去世，平日飲食無憂，有人照料，也不用擔心錢的問題。老人們的確相當開心，只是往往不到一年就去世了，在睡夢中恬然而去。最後，人們開始注意了。她被審判犯有謀殺罪，可是她絲毫不感到良心不安，還反駁說她所做的完全是出於對那些老人的善意考量。」

「是，沒錯。」湯米說，「我現在也把她的名字忘了。」

「哦，這沒什麼。」陶品絲說道，「然後他舉了另一個例子。關於一個女幫傭、廚娘或管家。她在很多家庭做過事，有時一切平安，有時那些家庭會集體中毒。人們認為是她在食物中下的毒。中毒的人都發生了相同症狀，但有一些沒被毒死。」

「她總是準備三明治，」湯米說，「把它們分裝成一包一包的，供人們去野餐時食用。她人好、心腸熱，如果是集體中毒，她自己也會有一些中毒的反應和症狀。可能她給別人的劑量大一些。然後她一走了之，去了另一個地方，到英國很遠的另一個地方。她持續做案了好幾年。」

「是的。我相信，沒有任何人真正知道她為什麼這樣做。她這樣做過癮嗎？還是成了習慣？她覺得好玩嗎？誰都無從得知。她好像對被害者沒有私人的仇恨。難不成她的腦袋有問題？

「是的，我想一定是這樣。精神科醫生可能會進行大量分析，最後發現一切都與多年前她還是個孩子時某一家人的金絲雀有關，牠可能把她嚇著了，或是讓她失望，或是別的。不管怎樣，就是這種原因。」

「第三個例子更怪，」湯米說，「一個法國婦女。她因丈夫和孩子的死去而痛苦不堪，她傷心至極，成了憐憫的天使。」

「是，」陶品絲說道，「我記得。他們把她叫作某某村的天使……或是類似的村名。村裡只要有人生病，她就去照料他們。她特別喜歡照看生病的小孩子。她全力以赴地照料他們。可是或遲或早，稍稍好轉之後，他們的病情便轉而加重了，最後他們便死去。她會慟哭幾個小時，去參加葬禮時也哭泣不止。所有的人都說，如果沒有她這位天使來照料他們的寶貝，如果她沒有幫這麼多忙，他們真不知道自己該怎麼辦。」

「你為什麼要重新考慮這些，陶品絲？」

「因為我在想，默利醫生為什麼會提到這些。」

「你是說他聯想起……」

「我覺得他聯想起這三個廣為人知的經典案例，把它們像手套一樣試戴在晌陽嶺的每個人手上，藉以觀察是否某人的行為與之吻合。從某種角度講，我認為每個人都可能與之吻合。帕卡德小姐和第一個案例很吻合——精明能幹的養老院院長。」

「你真是對她不公平。我一直很喜歡她。」

「我敢說人們都一度喜歡過殺人犯，」陶品絲理智地說道，「就像詐騙犯，看起來一貫地非常誠實可靠。我敢說，殺人犯看起來也都十分善良，心腸特別軟，大致如此。無論如何，帕卡德小姐的確能幹，她完全可以靠手頭的東西製造一場不被人懷疑的自然死亡。只有可可夫人這樣的人才可能懷疑她。可可夫人之所以懷疑她，是因為她自己也有點精神不正常，可以理解其他精神不正常的人，也可能她以前見過她。」

「我想，就算手下的老人死亡了，帕卡德小姐也獲取不了多少利益。」

「你不明白，」陶品絲說道，「她這樣做才更聰明，不必從每個人身上獲利，只需從中選出一兩位富有的老人，因為他們可以留給你很多錢，可是也安排一些相當自然的死亡，從中撈不到任何好處的那種。因此，我認為默利醫生也許……只是也許，曾把目光投射到帕卡德小姐身上，卻又對自己說：『無稽之談，我在胡扯了。』不過這種想法還是一直縈繞在他腦海中。他提到的第二個案例可以套在清潔工、廚娘甚或護士身上。是受雇於養老院、中等年紀、值得信賴的婦女，腦子或許不大正常。也許她對那裡的某些老人心存怨恨或不滿。我們猜不出來，因為我們對任何人都不熟悉。」

「那第三個案例呢？」

「第三個更困難，」陶品絲坦言，「某個忠誠、善良的人。」

「也許他只是隨口加了一個例子，」湯米繼續說道，「我懷疑那位愛爾蘭護士。」

「我們把裘皮披肩送給她的那位好心護士？」

「是的，艾達姨媽喜歡的那位好護士。她很富同情心，似乎對任何人都十分鍾愛，若是有人死去，她會十分傷心。她和我們說話的時候十分難過，不是嗎？你這麼說過。她要離開那裡，但她一直沒對我們提起原因。」

「我想她可能有點神經質。護士不該太富有同情心，那樣對病人不好。護士被告知應該冷靜、理智，以激發病人的自信心。」

「貝里福護士在訓示囉！」湯米咧嘴笑道。

「再回到那幅畫上。」陶品絲說道，「我們試試關注在那幅畫上，因為我覺得你說的那個博科恩夫人很有意思。關於你去見她的事情。她聽起來……她聽起來很有意思。」

「她是很有意思，」湯米說道，「我想她是我們在這次奇遇中所碰到最有意思的人。她似乎知道一些事情，一些不需考慮就知道的事情，彷彿她知道這地方一些我所不知道而你也不知道的事。」

「她提到那艘船時所說的話很怪。」陶品絲說道，「就是那幅畫原本沒有那艘船的話。你認為現在畫上船是為了什麼？」

「噢，」湯米說道，「我不知道。」

「船上有名字嗎？我記得沒有……不過我從未仔細近距離觀察過。」

「上面寫著睡蓮（Watrerlily）。」

「作為船名很適合。這讓我想起什麼？」

「我怎麼知道。」

「而且她相當確信她丈夫沒畫過那艘船……但他可能後來加了上去。」

「她說沒有，她一口咬定。」

「當然，」陶品絲說道，「還有一種可能性我們沒談到。關於我被砸暈的事。我的意思是，某位局外人，也許那天從貝辛市場鎮一路跟蹤我，想看我究竟要做什麼。因為我在那裡問的那些問題，還去了所有的房屋仲介公司。布洛傑及伯吉斯公司，還有另外的幾家公司。關於那棟房子，他們一直在敷衍我，不斷推諉，甚至到了不自然的程度。這和我們想找出蘭開斯特夫人去了哪裡時遇到的推諉一模一樣，律師和銀行眾口一辭：無法聯繫委託人，因為他身在國外。一樣的模式。他們派人跟蹤我的汽車，想知道我在做什麼，後來我被擊昏了。這就意味著，」陶品絲說道，「我們下一步要考慮的是教堂墓地。為什麼有人不希望我查看舊墓碑？它們早就被搞得東倒西歪，我看是孩子弄的，他們砸公用電話亭砸得厭煩了，於是到教堂墓地找樂子，在教堂後面大肆褻瀆亡靈。」

「你說那裡有寫上去的字？還是草草刻出來的字？」

「是用鑿子刻的字，我想。刻字的人因為手藝拙劣沒有刻完。」

「上面的名字——『莉莉・沃特斯』（Lily Waters）和年紀七歲，這些刻得很清楚。剩下的似乎是『任何……』，然後是『侵犯的人』，還有『邁士東』……」

「挺耳熟的。」

「應該的，這些無疑取自聖經。可是刻這些話的人，對他要刻的東西不大確定……」

「這整件事情，很奇怪。」

「為什麼有人會反對……我不過是在幫助牧師，他只是個想找到失蹤兒童墓碑的可憐老人……噢，我們又回到失蹤孩子的主題上了。蘭開斯特夫人說過一位小孩被砌在壁爐牆壁裡，科普利太太說的那堆傳聞：被砌在牆中的修女、被謀殺的小孩、殺死親生孩子的母親、情人、非法出生的嬰兒、自殺……全都是很久以前的故事，包含閒話、道聽塗說、傳言，全都被攪在一起，像最壯觀的麥片粥一樣！不過湯米，還是有一件真實的事。不是道聽塗說，也不是傳說……」

「你是什麼意思？」

「我的意思是，在運河之屋的煙囪裡掉下一個破舊的布娃娃，小孩子的布娃娃。它在煙囪裡很久很久了，上面沾滿了煤煙、碎石……」

「可惜我們沒拿到手。」湯米說道。

「我拿到了。」陶品絲說，她興奮異常。

「你把它帶走了？」

「是的。因為見到後我大吃一驚。我當時想，我可以把它帶走仔細看一看。誰都不會稀罕這種玩意兒。反正佩利夫婦會立刻把它扔進垃圾箱，於是我就把它拿走了。」

她從沙發上起身，走到隨身攜帶的小包包前，四下翻找了一會兒，便拿著包在報紙裡的一件東西走了回來。

「在這兒，湯米，你看。」

湯米略帶好奇地拆開報紙。他小心翼翼地把那個布娃娃拿在手中。它的雙臂和雙腿軟軟地垂了下去，裙子褪色的花邊一碰就掉了。布娃娃似乎是極薄的小山羊皮縫製的，裡面原本鼓鼓地裝滿了鋸木屑，如今鬆垮垮的，因為小山羊皮破了幾個洞，鋸木屑已經漏得差不多。湯米把癟掉的布娃娃在手中翻了個身。他的動作很輕柔，但布娃娃的一個大裂口突然間全部綻開了，裡面有大約一茶杯量的木屑攤落在地上，還有許多小石子前前後後滾了一地。湯米仔細地把它們撿了起來。

「天哪，」他自語道，「天哪！」

「多奇怪，」陶品絲說道，「裡面都是石子。你看是煙囪裡落下的石子嗎？可能是泥灰或其他塌落下來的東西嗎？」

「不，」湯米說，「這些石子塞在布娃娃裡面。」說話的時候，他已經把地上的石子收集了起來。他把一隻手指伸進布娃娃裡面捅了捅，裡面又掉出一些石子。他把石子拿到窗口，在手中反覆觀察。陶品絲不解地看著他。

「這想法真可笑，用石子裝填布娃娃。」她說。

「嗯，這可不是普通的石子。」湯米說道，「我看一定有它的道理。」

「你是什麼意思？」

「你看看這些石子。拿幾粒看看。」

她疑惑地從他手中取了幾粒。

「這不過是石子嘛。」她說，「有的很大，有的很小。你幹嘛這麼興奮？」

「因為，陶品絲，我開始有些明白了。這不是石子，我親愛的小姐，這是鑽石。」

15 牧師住所的夜晚聚會

「鑽石！」陶品絲驚得猛吸一口氣。

她把目光從湯米身上轉移到手中的碎石上，說道：「這些灰撲撲的東西是鑽石？」

湯米點點頭。

「這樣就開始有些眉目了，陶品絲，這就把事情都聯繫在一起了。畫著運河之屋的那幅畫……你等著瞧艾弗・史密斯聽到布娃娃這件事的表情吧。他已經為你準備好一次宴會了，陶品絲。」

「為什麼？」

「因為你幫他們圍捕了一個犯罪集團！」

「又是你的艾弗・史密斯！我想上星期你就是在他那裡，把處於最後恢復期的我扔在那家破醫院棄之不顧……正當我需要與人好好談話，極需別人逗我開心的時候……」

「我每天晚上的探視時間都有去看你。」

「但你什麼都不對我說。」

「那個凶神惡煞似的護士長警告我千萬不能讓你激動。不過後天艾弗會親自到這裡來，我們已經安排好在牧師的住所舉行一次夜晚聚會。」

「邀請了什麼人？」

「博科恩夫人，一位本地的大地主，奈莉．布萊小姐，牧師，當然，還有你和我。」

「艾弗．史密斯……他的真名是什麼？」

「據我所知，就是艾弗．史密斯。」

「你總是這麼謹慎……」陶品絲突然笑了起來。

「什麼事這麼好笑？」

「我剛才在想，真希望能親眼見到你和艾柏發現艾達姨媽桌子裡的暗屜時的樣子。」

「全是艾柏的功勞。他簡直給我上了一課，那都是他年輕時從一位古董商學來的。」

「想不到你的姨媽真的留有那樣一封信，而且封著蠟。她其實什麼都不清楚，但她認為在煦陽嶺有一位危險人物。不知道她是否認為那個人是帕卡德小姐。」

「那只是你的想法。」

「如果我們追查的是一夥罪犯，我的想法就符合了。他們會需要像煦陽嶺這樣一個地方。體面，正派經營，而且由一個能力很強的罪犯主持日常事務。這個人可以隨時弄到毒藥。所有的死亡都被當作自然死亡，久而久之，醫生也會覺得自然而然。」

「你的設想頭頭是道，但實際上，你之所以開始懷疑帕卡德小姐，是因為你不喜歡她的牙齒……」

「正好用來吃掉你。」陶品絲邊想邊說，「我再告訴你一件事，湯米，假如這幅畫，這幅畫著運河之屋的畫，從未屬於蘭開斯特夫人……」

「可是我們知道它一度屬於她。」湯米盯著她說。

「不，我們並不知道。我們唯一知道的，是帕卡德小姐這樣對我們說，是帕卡德小姐說它是蘭開斯特夫人送給艾達姨媽。」

「可是為什麼……」湯米停下不說了。

「可能這正是蘭開斯特夫人被突然帶走的原因。這樣的話，她便無法告訴我們那幅畫不是她的，也不是她把它送給了艾達姨媽。」

「我覺得你的想法太牽強了。」

「也許是的，可能那幅畫是在蘇登千士勒畫的，畫中的房子是在蘇登千士勒。我們有理由相信那棟房子被用作……或者說，一度被當成某個犯罪集團的巢穴……艾克爾先生被認為是這個集團的幕後人物。是他派詹森夫人帶走了蘭開斯特夫人。我不認為蘭開斯特夫人曾到過蘇登千士勒，或是在運河之屋住過，或是擁有一幅畫著它的畫作。不過，我想她曾聽煦陽嶺的什麼人談到那棟房子……也許是可可夫人？於是她開始絮絮叨叨。這樣很危險，所以她必須被帶走。有一天我一定會找到她！你記住我的話，湯米。」

「湯瑪士．貝里福夫人的探索。」

§

「您的氣色看起來真是好極了，湯米夫人，請允許我這麼說。」艾弗．史密斯先生說。

「我現在感覺一切良好。」陶品絲說道，「很可笑，我居然被人砸得不省人事。」

「您應該得到一枚勳章……就為布娃娃。您怎麼會識破這些事，我真想知道！」

「她是最完美的獵犬，」湯米說道，「用鼻子聞聞地上的痕跡，然後就出發了。」

「你們不是想把我排除在這次聚會之外吧。」陶品絲滿腹狐疑。

「當然不是。您知道，很多事情已經真相大白。我不知該如何表達對你們二位的感激。告訴你們，我們對這個最近五、六年以來犯下數起大宗搶劫案的犯罪集團已經追蹤許久，而且卓有成效。正如湯米找我詢問艾克爾先生這位聰明律師的情況時，我對他說我們已經懷疑他很久了，但他不是那種輕易就被抓到證據的人。他總是步步為營。他以律師執業，業務普通、正常，客戶也千真萬確。

「我對湯米說，重要的一點是這一系列的房子。十分體面的房子裡住著十分體面的人，但住上很短一段時間便離開了。

「現在真該謝謝您，湯米夫人，由於您對煙囪和死鳥的調查，我們已經準確地找到了其中一棟房子。房子裡藏著一批贓物。他們的這套運作系統很聰明，把珠寶或其他類似的東西打磨成粗糙的鑽石，裝在包包裡，藏匿起來，等時機成熟，等搶劫案的風波平息下來、煙消雲散的時候，再把它們用飛機偷運出境，或是裝在漁船上偷運出港。」

「佩利夫婦呢？他們……我希望他們與此無關。」

「無法確定，」史密斯先生說道，「不，還無法確定。我看至少佩利夫人可能有所了解，或者曾經有所了解。」

「你是說，她是罪犯之一嗎？」

「可能不是。他們可能對她有所控制。」

「什麼控制？」

「嗯，這您要保守祕密，我知道對這種事情您可以守口如瓶。本地警方一直認為，她的丈夫阿莫斯．佩利可能與多年前這裡的一系列兒童謀殺案有關。他的精神不很健全，從醫學角度看，他很有可能一時心生邪念，殺害兒童。不過一直沒有直接證據，他的妻子也很快就提出他的不在場證明。如果是這樣，那些肆無忌憚的罪犯就可能藉機要挾她，讓她成為這棟房子的房客，他們知道她什麼都不會說出去。也許他們的確為她丈夫消除過某些證據。您見過他們……您對他們夫婦的感覺如何，湯米夫人？」

「我喜歡她。」陶品絲坦言，「我覺得她文旭家蜜棗哦，我把她稱為友善的女巫，做的是善事，而不是妖法。」

「那他呢？」

「我很怕他。」陶品絲說，「並非一直害怕，只有一兩次，他突然顯得高大而令人恐懼，持續了一兩分鐘。我也想不出我害怕什麼，可是的確害怕。我想，正如你所說的，我覺得他腦子不大正常。」

「這樣的人很多，」史密斯先生說道，「而且他們往往根本沒有危險。但誰都說不準，誰都無法確信。」

「今晚我們在牧師公館要做什麼？」

「問一些問題，見一些人，找出一些可能對我們有用的東西，挖出更多資訊。」

「沃特斯少校也會出席嗎？就是給牧師寫信找他孩子的那個人？」

「根本不存在這個人！我們挪開舊墓碑，下面葬著一具棺柩……小孩的靈柩，用鉛封了口，而裡面全是贓物。都是從聖艾爾博斯附近劫來的珠寶和金飾。寫給牧師的信，目的在於查探棺柩的情況。可惜村裡的男孩們在墓地裡破壞殆盡，攪得一團糟。」

§

「我真的感到萬分抱歉，親愛的。」牧師說道，他迎著陶品絲走上前去，雙手前伸歡迎她。「真的，親愛的，我感到十分沮喪。你這麼善良，可是這種事居然發生在你身上。你這麼盡心地幫助我，我真的覺得……真的，我真的這樣想，一切都是我的錯。我不該讓你去那些墓碑之中東翻西尋，雖說我們實在沒有理由相信，會有一夥年輕人遊手好閒……」

「您不必責備自己，牧師。」布萊小姐忽然從他身邊冒了出來。「我相信，貝里福夫人能理解，這與您毫不相干。她的確十分好心，主動要幫助您，不過一切都已經過去了，而且她現在恢復正常了不是嗎，貝里福夫人？」

「當然。」

陶品絲說道，她微微有些不悅。布萊小姐怎麼能如此自信地替她說明她的健康狀況？

「來，坐在這兒，在背後靠一個軟墊。」布萊小姐招呼道。

「我不需要軟墊。」

陶品絲拒絕坐在布萊小姐過分殷勤拉過來的椅子上。相反地，她選了位於壁爐另一邊一張椅背直立、十分不舒服的椅子坐了下去。

這時門上傳來一聲脆響，屋子裡的人都嚇了一跳。布萊小姐急忙奔了出去。

「別動，牧師，」她說道，「我去。」

「謝謝，你真是太好了。」

門廳裡一陣低聲絮語之後，布萊小姐領著一位高大的婦女走了進來，她身穿棉織襯衫。在她身後跟著一位高高瘦瘦的男人，他面色死灰，像具死屍。陶品絲一直盯著他看。他的雙肩上環著一襲披風，瘦削的臉孔活似來自另一個世紀。陶品絲想道，他可能是剛從奧・格雷科[18]的畫布上走下來的人。

「真高興見到你。」牧師對他說道，然後轉身又說：「請允許我為你們介紹菲利普・斯塔克爵士。這是貝里福先生、夫人，艾弗・史密斯先生。啊！博科恩夫人，我很多、很多年沒見過你了……這是貝里福先生及夫人。」

「我見過貝里福先生。」博科恩夫人說道。她看著陶品絲說道：「你好。很高興見到你，聽說你出了車禍。」

「是的，我現在已經好了。」

介紹之後，陶品絲重新靠回她的椅子上。她比從前更容易感到疲累。她自我安慰說，可能是腦震盪的緣故。她靜靜坐在那裡，雙目微闔；不過，她一刻不停地仔細觀察著屋裡的每個人。她並不在意他們談些什麼，只是認真觀察著。她有一種感覺，彷彿他們是一場戲裡的幾個人物——一場她不知不覺中捲了進去的戲——他們聚在這裡，正如在舞台上演出一樣。各種紛雜的事務聚攏在一起，形成了一個密固結實的硬核。菲利普・斯塔克爵士和博科恩夫人的到來，就像兩個迄今尚未露面的人物突然在舞台上亮相。其實他們一直在圈外存在著，

18 奧・格雷科（El Greco, 1541-1614），西班牙畫家。

只是如今他們走進了圈子。他們多多少少與這場戲相關、相糾纏。他們今晚來到這裡……是為什麼？她感到惘然。是有人召集他們來嗎？艾弗．史密斯？是他要求他們出席，或者只是禮貌地邀請他們來？或許他們與她一樣，從未與他謀面？她暗想，一切都是從煦陽嶺開始的，但煦陽嶺並不是事情的中心點。中心點在這裡，一直在這裡，在蘇登千士勒，事情都發生在這裡。不是最近，可以確定不是最近發生的。是很久以前。它與蘭開斯特夫人沒有任何關係，可是蘭開斯特夫人在不知情的情況下被捲入其中。那蘭開斯特夫人現在人在何處？

「我想，」陶品絲想道，「也許她死了……」

如果真是這樣，陶品絲感覺她算是失敗了。她之所以出發追尋這一切，是因為她替蘭開斯特夫人感到擔心，覺得蘭開斯特夫人正受到某種危險的威脅，才會下定決心要找到她、保護她。

「如果她還沒死，」陶品絲想道，「我會堅持到底！」

蘇登千士勒……最初那些暗示具有危險的事情就是在此發生的。運河邊的房子是其中一部分。也許它是各種事件的中心。還是蘇登千士勒本身？在這個地方，人們生活過，來了又去，逃離過，消失過，去了又來。就像菲利普．斯塔克爵士。

陶品絲沒有轉頭，只是用眼角餘光瞥著菲利普．斯塔克爵士。除了在科普利太太對村中人進行滔滔不絕的評論時順帶提及之外，她對他一無所知。沉默寡言，學識淵博，熱愛植物，還是個企業家，至少擁有眾多企業股份。因此是個有錢人……喜歡孩子。她又回到了這一點，又回到孩子身上。運河的房子，煙囪裡的小鳥，從煙囪裡掉下來的布娃娃，被人砌在煙囪裡的布娃娃。孩子的玩具裡藏著滿捧鑽石……一連串犯罪的過程。這是大型犯罪集團的總部。可是還有比搶劫更形邪惡的罪行。科普利太太說過：「我一直認為他可能是凶手。」

菲利普．斯塔克爵士。謀殺犯？在半闔的雙目遮掩下，陶品絲十分清楚，她之所以研究他，是在思考他是否與她腦中謀殺犯的形象有些吻合……而且是兒童謀殺犯。

他多大年紀啦？她不知道。至少七十歲，也許更老。一張經過風雨歷練的禁欲者臉孔。是的，絕對禁欲。一個痛苦不堪的臉孔。那兩隻大而黑的眼睛……奧．格雷科筆下的眼睛。瘦削的軀體。

他今晚來到這裡是為什麼，她不知道。她把目光移到布萊小姐身上。她焦慮不安地坐在椅子上，不時把桌子稍稍推近某人，遞過一個軟墊，或是挪動擺在桌上的香菸盒、火柴盒。焦慮，不自在。她看著菲利普．斯塔克爵士。每次她放鬆下來，眼睛就向他瞟去。

小狗一樣的忠誠，陶品絲心想，我想她一定愛過他。也許從某種程度來講，她依舊愛著他。你不會因為年紀變大而不再愛一個人。德瑞克和黛博拉那代人的觀點恰好相反。他們難以想像不再年輕的人會陷入情網。但我認為她……她還愛著他，無望地、忠誠地愛著他。不是有人說過——是科普利太太還是牧師說的——她年輕時是他的祕書，而且仍在替他打理這裡的事務？

「嗯，」陶品絲想道，「這十分自然。祕書往往會愛上她們的雇主。假設奈莉．布萊愛上了菲利普．斯塔克……這個事實會有所幫助嗎？布萊小姐知道，我正在懷疑菲利普．斯塔克平靜而絕盡俗欲的背後，有一絲可怕的瘋魔嗎？他一直十分喜歡孩子……」

「他未免太喜歡孩子了。」科普利太太曾說道。

的確如此。也許這正是他看起來如此飽受折磨的原因。

除了病理學家或精神科醫生，恐怕誰都不了解心理變態的殺人犯，陶品絲想道，為什麼他們要殺害兒童？是什麼促使他們那樣做？他們事後懊悔嗎？他們對自己感到厭惡嗎？他們極度痛苦嗎？他們害怕嗎？

這時她發現他的目光恰好也落到她的身上。他們的目光相遇了。他彷彿在她眼中留下了些許資訊。

「你在琢磨我。」他的雙眼說著，「是的，你的猜想是對的，我被一些奇怪的念頭糾纏至今。」

是的，這就是他的真實寫照……他被一些怪念頭糾纏至今。

她斷然地把視線從他身上挪開，將目光射到牧師身上。她喜歡牧師，他是位可愛的老人。他對這一切有所知曉嗎？陶品絲想道，也許知道。可能他一直生活在邪惡的氛圍之中，卻從未對之產生懷疑。也許在他身邊發生了很多事，可是他並不知情，因為他具有一種令人略感不自然且與他年紀不相稱的天真氣質。

博科恩夫人？想要了解博科恩夫人著實困難。中年婦女，很有個性，湯米這樣形容她。

不過他的形容還不充分。恍如受到陶品絲的指示一樣，博科恩夫人猛地站了起來。
「我上樓洗洗手，各位不會介意吧？」她問道。
「噢！當然可以。」布萊小姐也刷地站了起來。「我帶您去，好嗎？可以嗎，牧師？」
「我自己知道怎麼走。」博科恩夫人說道，「請別費心。貝里福夫人……」
陶品絲微微感到愕然。
「我指給你看看這裡的布局。」博科恩夫人說道，「跟我來。」
陶品絲像個小孩子，乖乖地站起身。她不願意承認自己對她言聽計從，可是她明擺著受到了指示，而且博科恩夫人的指示是不容反抗的。
陶品絲想著這些的時候，博科恩夫人已經走出客廳，進了門廳，陶品絲跟在她身後。博科恩夫人向樓梯走去，陶品絲也跟著她一步步走了上去。
「客房在樓上。」博科恩夫人說，「那裡總是收拾得很乾淨。裡邊還有洗手間。」
她打開樓梯盡頭的房門，直接走進去打開燈。陶品絲跟了進去。
「很高興在這裡見到你。」博科恩夫人說道，「我想應該能在這裡見到你。我很替你擔心。你丈夫對你說過嗎？」
「我記得您確實說過。」陶品絲說。
「真的，我那時很擔心。」她闔上身後的門，像是兩人關在一間密室進行機密的磋商。
「你有沒有覺得，」愛瑪．博科恩問道，「蘇登千士勒是個危險的地方？」

「它的確危機四伏。」陶品絲回答。

「是的，我知道。好在沒有性命危險，不過……是啊，我想我知道是為什麼。」

「您知道嗎？」陶品絲問道，「您對這裡的一切都很清楚，是嗎？」

「可以這麼說，」愛瑪．博科恩說道，「可以這麼說，也可以說不是。人有直覺，那種感覺如果被證實無誤就令人擔心。犯罪集團什麼的似乎太聳人聽聞，應該也沒什麼關聯……」她突然不說了。「我的意思是，這只是某件一直在發生的事……已經發生的事。不過，如今的犯罪活動組織得很嚴密，就像是在正規地辦公一樣。其實這倒不危險，刑事犯罪對我們沒什麼威脅。是別的事。必須知道危險何在，而且要知道如何避開危險。你必須小心為上，貝里福夫人，你一定要小心。你是那種喜歡貿然行事的人，這很危險。在這裡很危險。」

陶品絲慢慢說道：「我的老姨媽……或者說湯米的老姨媽，她的腦子有些糊塗。有人告訴她，在她死前居住的那家養老院裡，有個殺人犯。」

愛瑪緩緩點了點頭。

「在那家養老院裡，有兩位老人的死因在醫生看來值得懷疑。」陶品絲又說。

「你是為此到這裡來的嗎？」

「不，」陶品絲說，「是因為在這之前的另一件事。」

「你若是來得及，」愛瑪．博科恩說道，「能否簡短地和我說說——盡量簡短，因為有人可能會打斷我們的談話——在養老院發生的事，是什麼讓你開始行動？」

「好，我簡單說一下。」陶品絲說道。

她言出即行。

「我明白了，」愛瑪・博科恩說，「你不知道那位老婦人——蘭開斯特夫人——去哪兒了，是嗎？」

「對，不知道。」

「你覺得她死了嗎？」

「我想她……也許死了。」

「因為她有所知情嗎？」

「是的，她知道一些東西，關於謀殺的事，也許是被殺害的孩子。」

「我想你在這點上想錯了。」博科恩夫人說，「我看孩子是偶然被攪進去的，也許是她糊塗吧，我是說你的老婦人。她糊塗到把小孩和別的事攪在一起，別的謀殺事件。」

「我覺得這不可能。老人的確腦筋退化。可是這裡的確有個殺害兒童的凶手尚未伏法，不是嗎？這是我在這個村子裡的房東太太告訴我的。」

「在這一帶的確有過幾起兒童謀殺案，但那是很久以前的事了。我不清楚，牧師也不會知道，他那時還未到此任職。不過，布萊小姐當時在這裡。是的，是的，她一定在這裡。那時，她一定還是個很年輕的女孩。」

「是的。」陶品絲又問：「她一直愛著菲利普・斯塔克爵士嗎？」

「你看出來了，是嗎？是的，我想是的。絕對忠誠，比偶像崇拜更甚。我們剛來這裡時就發現了，威廉和我。」

「你們為什麼來這兒？你們是住在運河之屋嗎？」

「不，我們從未在那裡住過。他喜歡畫那棟房子，畫了好幾幅。你丈夫給我看過的那幅畫後來怎麼處理了？」

「他又把它帶回家了。」陶品絲說，「他對我說了那艘船的事……您說您的丈夫沒畫過那艘船，那艘叫作睡蓮的船……」

「對，那不是我丈夫畫的。我最後一次見到那幅畫的時候還沒有那艘船。是別人後來加了上去。」

「還起名『睡蓮』。而且還有一個根本不存在的人——沃特斯少校，寫信詢問一個小孩的墓地，一個叫莉莉的女孩子。然而葬在那裡的根本不是小孩子，只是一口石棺，裡面裝滿了大宗搶劫案的贓物。那條後來畫上去的船一定是條信息……一條表明贓物何在的信息。這一切似乎都與犯罪密不可分……」

「看起來是的，不過誰都無法確定是否……」

愛瑪．博科恩夫人匆匆止住話頭，急急地說道：「她上來找我們了。到洗手間去……」

「誰？」

「奈莉．布萊。快進去，把門鎖上。」

「她真是閒不住。」

陶品絲說完便鑽進了洗手間。

「不只如此。」博科恩夫人說。

布萊小姐打開房門，走了進來。她輕鬆地招呼著。

「噢，我想該有的東西都有吧？」她說，「應該有新毛巾、新香皂，有嗎？科普利太太替牧師整理家務，不過我還是想看看她是否把一切都安排好了。」

博科恩夫人和布萊小姐一道先行下樓。陶品絲待她們走至客廳門口時，也追上了她們。菲利普．斯塔克爵士見到她走進客廳，便起身為她重新整理椅子，待她落坐後，便在她身旁的一張椅子上坐了下來。

「這樣是不是舒服一些，貝里福夫人？」

「是的，謝謝您。」陶品絲說，「十分舒服。」

「聽說你出事了，我很同情你……」他的嗓音有些迷人之處，雖說那聲音似是幽靈口中冒出的聲響，遙遠而單薄，但奇怪的是十分深沉。「真是讓人束手無策……到處都是車禍。」

他的眼睛一直盯著她的臉，她心想：「他在研究我，就像我剛才研究他一樣。」她目光敏銳地看了看湯米，但他正在和愛瑪．博科恩談話。

「你最初來蘇登千士勒是為了什麼，貝里福夫人？」

「噢，我們只是想隨意在鄉間找一棟房子。」陶品絲說道，「我的丈夫正好離家去開會，我想我可以找一個可行的地區四處看看。只是想看看環境如何、大概要付的價錢等等。」

「我聽說你去看過運河邊的房子？」

「是的。我記得有一次乘火車時見過那棟房子。那棟房子很漂亮……從外面看的話。」

「對。不過我想，那棟房子的外部也需要好好整修一下，比如屋頂之類的。可是從另一面看就大為遜色，對吧？」

「是的。我覺得那樣把房子一分為二實在不常見。」

「嗯，」菲利普．斯塔克說，「各人的觀點不盡相同，你說呢？」

「您在那裡住過嗎？」陶品絲問道。

「不，沒住過。我家很多年前被一場大火燒毀了，現在還可以見到一些當年的影子。我想你一定已經見到了，或者別人已經指給你看過。它比牧師公館的地勢高，在山上偏高的位置……這裡的人都把那裡叫作山。其實它根本沒有什麼值得吹噓的。我父親大約在一八九〇年修建了那棟房子。那是一棟氣宇軒昂的大宅子，外牆設計是哥德式的，有點像粗紡條紋。現在的建築師對那種樣式又開始推崇了，可是四十年前人們一看到那種建築就不寒而慄。所有所謂的紳士應該擁有的東西裡面一應俱全。」他的聲音柔和中透出些許譏諷。「一間彈子房、一間晨室、婦女的專用客廳，極其寬敞的飯廳、舞廳，大約有十四間臥室，還一度擁有——我想是這個數字——十四個僕人負責不同的事務。」

「聽起來您本人並不很喜歡。」

「我從未喜歡過它。我一直令我父親十分失望。他是個成功的企業家，希望我可以繼承家業，但我沒有。他對我很好，給了我很多錢，或者說零用錢——以前都這麼叫——而且任我自行其是。」

「聽說您喜歡研究植物。」

「嗯，擺弄花草讓我感到精神非常放鬆。我以前常去摘野花，尤其是在巴爾幹山脈。你去過巴爾幹山脈採集野花嗎？那裡的野花滿山遍野。」

「真讓人動心。您也常回來住嗎？」

「我已經很久不在這兒住了。事實上，自從我的妻子死後，我就沒回來住過。」

「噢，」陶品絲有些不安。「真是……真是對不起。」

「那是很久以前的事了。她在戰前就去世了，一九三八年。她的相貌十分出眾。」

「您家裡現在保存著她的畫像嗎？」

「哦，不，那棟房子已經淨空了。所有的家具、畫像等都被運到別的地方。現在這裡只有一間臥室、一間辦公室和一間客廳，以便我的代理人來的時候使用，有時我也到這裡處理一些房屋事務。」

「它一直沒有出售？」

「沒有。有人說這裡將要開發，我不知道。並不是我對它懷有特殊感情。我的父親期望建立起一個新的統治系統。我要繼承他的家業，我的子女再繼承我的一切，一代一代又一代地傳承下去。」他停了片刻，繼續說道：「可是朱莉亞和我一直沒有孩子。」
「哦，」陶品絲柔聲說，「我明白了。」
「所以，到這裡來沒什麼意義。其實我很少來。這裡的事務都由奈莉．布萊為我處理。」他對她遠遠地微微一笑。「她一直是我最得力的祕書，現在仍為我處理各種生意事宜。」
「您從不住在這裡，卻不想把它賣掉？」陶品絲問道。
「我這樣做自有道理。」菲利普．斯塔克答道。
他嚴肅的臉上浮起一層淡淡的笑意。
「也許我還是從我父親那裡繼承了一點商業頭腦。這塊地的價碼正在逐日上升，如果把它賣掉，會比花錢投資別的事業賺得多。每天都有人詢問。也許有一天，誰知道呢，我們會在那塊土地上建立一個全新的近郊社區。」
「到時候您就發財了？」
「到時候我會比現在還富有。」菲利普爵士說道，「但我已經夠富有了。」
「您平時做些什麼？」
「旅遊。倫敦也有吸引我的地方。我在倫敦市區有一家畫廊。我也算是個畫商。這些事情很有意思。它們可以占去你所有的時間……直到一隻手搭在你的肩上，告訴你『該走了』。」
「別這樣說。」陶品絲忙說，「聽起來……讓我毛骨悚然。」

「不該讓你毛骨悚然。我想你會很長壽，貝里福夫人，而且會安享晚年。」

「嗯，目前我還很滿足。」陶品絲說道，「我想我也會和所有老人一樣這裡疼、那裡疼，會有各種毛病。耳聾、眼花、關節炎，這些都會有。」

「你可能不會如你現在想像的那般介意這些不便。我想可以說——請別怪我太直率——你和你丈夫似乎生活得十分快樂。」

「哦，是的。」陶品絲說道，「的確如此。」她說：「人的一生中，什麼都比不上婚姻美滿，您說呢？」

說過之後，她真希望能收回這句話。當她看著坐在對面那位多年來一直為失去愛妻而哀傷不已的老人時，對自己更是感到惱火。

16 翌日上午

現在是聚會後的第二天上午。

艾弗·史密斯和湯米原本在說話。他們停下來對望一眼，又雙雙把目光投向陶品絲。她凝視著壁爐，心思顯然飄到了遠方。

「我們走到哪一步了？」湯米說。

陶品絲長嘆一聲，把不知在何處徜徉的想像收了回來，看著面前的兩個人。

「在我看來，還是一團迷霧。」她說，「昨晚的聚會，它的目的是什麼？表明了什麼？」

她望著艾弗·史密斯。「我想它對你們兩人有所暗示。你很清楚我們走到哪一步了。」

「我可不敢這麼說。」艾弗說道，「我們追查的不是同一件事。您說呢？」

「不完全是。」

聽完所言，他們兩人都疑惑地看著她。

「這樣說吧，」陶品絲說道，「我一心只想做一件事：我想找到蘭開斯特夫人，我想確信她平安無事。」

「你首先得找到詹森夫人。」湯米說，「如果找不到詹森夫人，你就永遠找不到蘭開斯特夫人。」

「詹森夫人。」陶品絲說，「是的，我不知道……但我想這些事引不起你的興趣。」她對艾弗・史密斯說。

「您錯了，湯米夫人，我很感興趣。」

「艾克爾先生怎麼樣了？」

艾弗笑了。

「我想，」他說，「不久他就會得到應有的報應，但我還不能太自信。他這個人掩蓋罪證的手段巧妙得令人不敢置信，高明得讓人覺得它毫無罪證可言。」他邊想邊沉聲說，「一個傑出的管理者，一個偉大的策畫者。」

「昨晚……」陶品絲剛說了兩個字，又猶豫了起來。「我可以問你幾個問題嗎？」

「你問吧。」湯米對她說，「不過，可別指望從老艾弗口中得到任何令你滿意的答案。」

「菲利普・斯塔克爵士，」陶品絲問道，「他和這件事有什麼關係？他看起來不像罪犯。除非他是那種……」

她停下不說了，硬生生地把科普利太太猜測的兒童謀殺犯吞進肚子裡。

「菲利普．斯塔克爵士的介入是因為他提供我們許多有價值的資訊。」艾弗．史密斯說道，「他是這裡以及附近地區最大的土地擁有者。他在英國其他地方也有土地。」

「在坎伯蘭有嗎？」

艾弗．史密斯直直地盯著她。

「坎伯蘭？為什麼會想到坎伯蘭？您知道什麼關於坎伯蘭的事情嗎，湯米夫人？」

「不知道。」陶品絲說，「不知道為什麼，這個地名突然在我腦中冒了出來。」她皺著眉頭，看起來十分迷惑。「還有一株紅白相間的玫瑰花在一棟房子旁邊，那種老品種的玫瑰花。」她搖了搖頭。「菲利普．斯塔克爵士是運河之屋的主人嗎？」

「他是那塊地的主人。這附近的地皮大都屬於他。」

「對，他昨晚說過。」

「透過他，我們了解了許多借用複雜卻合法的手段所遂行的房屋租賃情況……」

「我在貝辛市場鎮去過幾家房屋仲介……它們也有作假的嗎？或者只是我的想像？」

「您想得沒錯。我們準備上午去他們的公司看看，我要問他們幾個夠勁爆的問題。」

「太好了。」陶品絲說道。

「我們幹得相當漂亮。我們已經查清楚了一九六五年那樁郵局大劫案、奧伯里克羅斯劫案，以及愛爾蘭郵政列車的案子。我們找到了部分贓物。他們在那些房子裡造了一些巧妙的結構。有一處房子新加了一個浴缸，另一處房子新添了一套供傭人使用的房間。其中有的房間面積明顯太小，因為在兩堵牆之間夾著一個不同尋常的密室。是啊，我們已經發現了不少東西。」

「那麼幕後的人呢？」陶品絲問，「我是指出點子的人，或是做指導的人……除了艾克爾先生之外的那些人。一定有其他人也知情。」

「是的。有幾個人，其中一個是一家夜總會的老闆，就在M1區的拐角，很方便。快樂的哈米什，他們這麼稱呼他，滑頭得像條鰻魚。還有一個女人，他們叫她殺手凱特，不過那是很早的事情，她是讓我們很感興趣的罪犯。一個漂亮小姐，但她的精神狀況令人擔心，他們就把她剔除出去了。她可能對他們構成危險。他們關心的純粹是錢的問題，為的是越貨，而非殺人。」

「運河之屋也是他們藏匿贓物的地點嗎？」

「一度是，『夫人貴居』，他們這麼稱呼它。它在不同時期的稱呼都不盡相同。」

「我想，僅僅是為了使一切更混雜。」陶品絲說道，「夫人貴居。不知道這個名字是否和什麼有關。」

「它會和什麼有關？」

「嗯，其實沒什麼關係。」陶品絲說道，「它在我腦中又形成一個小問題，不知道你是否明白我的意思。問題在於，」她又說：「我也不清楚自己是什麼意思。還有那幅畫，博科恩畫了那幅畫，後來又有一個人在上面加了一艘船，還標著船名……」

「卷丹。」

「不，是睡蓮。他的妻子說畫船的人不是他。」

「她怎麼知道？」

「我想她應該知道。如果你嫁給一位畫家，又是做藝術的人，我想你會察覺不同的繪畫風格。我想，她有些令人望而生畏。」陶品絲說。

「誰？博科恩夫人？」

「是的。你知道我的意思……強而有力，令人幾乎無法抗拒。」

「可能是，是的。」

「她知曉內情。」陶品絲說，「但我覺得她不是因為他才知情，你明白我的意思嗎？」

「我不明白。」湯米說得斬釘截鐵。

「嗯，我是說，你可以經由一種方式知道某些事；此外，你也可以透過某種感覺了解一些事。」

「你追求的就是這種感覺，陶品絲。」

「隨你怎麼說。」陶品絲說道，顯然她還陷在自己的思緒之中。「一切都圍繞著蘇登千士勒。圍繞著『夫人貴居』……或叫『運河之屋』，或隨你怎麼叫。在那裡住過的人，現在的，以前的……有些事情我想可以追溯到很早的年代。」

「你在想科普利太太。」

「大致而言，」陶品絲說道，「我想科普利太太的話裡有許多東西讓人愈聽愈糊塗。我看她說的時間、地點全都混成一團。」

「鄉下人的確如此。」湯米說道。

「我明白，」陶品絲說，「畢竟我也是從小生長在鄉下的教區。他們用各種事件來記憶時間，而不是用年份來記。他們不會說『那是發生在一九三〇年的事』或『那件事發生在一九二五年』。他們會說『那件事發生在老水磨被燒毀的第二年』，或是『那是閃電劈倒大橡樹，砸死詹姆斯之後發生的事情』。所以自然他們所記得的事情都無法排成有序的順序。太難了。」她又說：「就那樣東邊冒出一點、西邊又冒出一點，你明白我的意思嗎？當然也可能因為，」陶品絲突然間有了一個大發現。「是我自己老了。」

「您會青春永駐的。」艾弗滿臉豪氣。

「別傻了。」陶品絲說得很尖刻。「我老了，因為我自己也這樣記憶東西。我記東西的方式愈來愈原始了。」

她站起來，在房間裡四處踱著步子。

「這種旅館真不體貼。」她說。

她又走進自己的臥室，然後又回到客廳，一邊搖著頭。

「沒有《聖經》。」她說。

「《聖經》？」

「是的。你們也知道，以前的旅館裡，每個人的床頭都擺著一本《聖經》。我想這樣你就可以不論白天還是黑夜隨時得到拯救。可是這裡沒有《聖經》。」

「你想要嗎？」

「是，我很想要。我從小就受到良好的教育，對《聖經》耳熟能詳，就像那些神職人員的女兒一樣。可是現在我已經記不清了，特別是他們在教堂的布道也不如從前了。他們嘴裡說的是新版本的《聖經》，我想裡面所有的措辭全都準確無誤，無可挑剔，但聽起來和以前的全然不同。你們去房屋仲介公司的時候，我得去一趟蘇登千士勒。」她說。

「去幹什麼？我不准你去。」湯米說。

「胡說什麼！我不是去查探。我只想去教堂看一眼《聖經》。如果那裡用的也是摩登的版本，我就去問問牧師。他應該有《聖經》，你說是嗎？我是指從前的版本，欽定英譯本。」

「你為什麼要看欽定本的《聖經》[19]？」

「我只是想重新讀一讀那些刻在童棺墓碑上的文字而已……它們讓我很感興趣。」

「聽起來很好，可是我不相信你，陶品絲，我不相信你一旦走出我的視線會不做出危險的事情來。」

「我向你發誓，我不會再去墓地裡東找西尋了。在陽光明媚的早晨去教堂走走，去牧師的書房坐一坐，僅此而已……還有什麼比這更百利而無一害呢？」

湯米半信半疑地看了看自己的妻子，讓步了。

§

把車停在蘇登千士勒教堂的停柩門旁之後，陶品絲仔仔細細地向四下望了望才走了進去。她的這種懷疑行為是某個在特定地點受過重創的人的自然反應。這次，似乎在那些墓碑之後沒有潛藏的伏擊者。

她進了教堂，裡面有一位年紀很大的老婦人正跪在地上擦拭銅器。陶品絲躡手躡腳地走上讀經台，大概翻了翻擺在那裡的《聖經》。擦銅器的老婦不滿地抬頭看著她。

「我不會把它偷走的。」

陶品絲為了讓她安心，就這樣說了一句。她小心翼翼地把書闔上，然後又輕手輕腳地走出了教堂。

她原想再去不久前挖出贓物的地方仔細看看，可是她已經保證過，無論如何都不去。

「任何侵犯這些孩子的人……」她對自己低聲嘟囔著。「可能是這個意思，不過倘若如此，應該是某個人……」

19　十七世紀初英王詹姆士一世下令匯集學者翻譯的譯本，於一六一一年完成，是一九七〇年《新英語聖經》問世前最通行的譯本。後者行文全部用現代英語，通俗易懂。

她開著車，沒多久就到了牧師住所。她下了車，順著門前的便道走到前門近處。她搖了搖鈴，可是裡面沒有傳出「叮叮噹噹」的鈴聲。「我想，繩子斷了。」陶品絲自語道。她明白，在牧師公館都是這樣。她推了推門，它自己開了。

她站在門廳裡。門廳的桌子上放著一枚碩大的信封，上面的一張外國郵票占去了很大的面積。信封上印刷的地址是一個非洲的布道團。

陶品絲想，還好我不是傳教士。

然而，在她這種不著邊際的想法後面還有別的東西。在某個地方、某個門廳、某個桌上的什麼東西，她應該記得的……花、樹葉、信，還是包裹？

她正想著，牧師從她左面的房門裡走了出來。

「哦，」他說，「找我有事嗎？我……噢，是貝里福夫人呀。」

「是的。」陶品絲說道，「我其實是想來問您是不是有一本《聖經》。」

「《聖經》，」牧師的臉上露出因出乎意料而疑惑不解的神態。「一本《聖經》？」

「我想您可能有吧。」陶品絲又說。

「當然，當然，」牧師說，「事實上，我想我有好幾本《聖經》。是的，好幾本希臘文的《聖約書》。」他滿懷希望地問：「你要的不會就是這本吧？」

「不是。」陶品絲說，「我要的是欽定本。」她清晰地說。

「哦，」牧師說，「當然有。我這裡有好幾本。是的，好幾本。很遺憾要告訴你，如今在教堂布道用的已經不是這本了。我們得遵從主教的意志，而主教本人十分推崇變革，目的是吸引年輕人。我看這真是件憾事。我書房裡的書太多了，有的書被別的書擠到後面了。不過我想，我會找到你想要的書。我想能找到。如果找不到，我們就去問布萊小姐。她正在帶領孩子們把花插到花瓶裡，準備用來布置教堂裡的『兒童角落』。」

他撇下陶品絲一人站在門廳裡，自己又走進剛才從裡面出來的房間了。陶品絲沒有跟他去。她一直站在門廳裡，眉頭緊鎖地思考著。門廳盡頭的房門開了，她猛地抬頭望去，原來出來的是布萊小姐。她手托一只十分沉重的金屬花瓶。

在陶品絲的腦中，幾件事情電光石火般地撞擊著。

「是了，」陶品絲說，「是了。」

「哦，您有何貴……我，噢，是貝里福夫人。」

「是的，」陶品絲說，緊接著又說：「您就是詹森夫人，對吧？」

沉重的花瓶砸落在地板上。陶品絲彎腰把它拎了起來。她用手掂量了一下。

「相當方便的凶器，」她說。她把花瓶放在地上。「正好用於背後襲擊。」她又說：「你就是這樣對付我的，對吧，詹森夫人？」

「我……我……你說什麼？我……我……從來沒有……」

但陶品絲沒必要再留在那裡了，她已經見到她的話語所產生的效果。她第二次說出「詹森夫人」時，布萊小姐已經毫無疑問地洩漏了她心中的祕密。她渾身戰慄，驚惶失措。

「那天在你家門廳的桌上有一封信，」陶品絲說，「是寫給坎伯蘭某個地址的約克夫人。那地址就是你把她帶去的地方，對吧，詹森夫人，在你把她從煦陽嶺帶走之後？她現在就住在那裡。約克夫人，或者說蘭開斯特夫人，這兩個名字你都用過。約克和蘭開斯特，就像佩利夫婦在花園裡種植的那種紅、白相間的玫瑰花……」

她說完便猛地一轉身，走出牧師的房子。在她身後，門廳裡的布萊小姐依舊伏在樓梯扶手上支撐著自己，她張著嘴，呆呆地看著陶品絲走出去。陶品絲回頭望了望前門，沒人從裡面走出來。陶品絲駕車駛過教堂，向貝辛市場鎮駛去，可是她又突然改變主意，倒了車，循原路開回去，再左拐，駛上通往運河之屋旁邊那座小橋的那條公路。她把汽車停在道路邊，從院牆大門上張望著，想看看佩利夫婦中的任何一個是否正在花園裡，但他們兩人都不在。她走進大門，順著院中的小路走到後門。門鎖著，窗戶也緊閉著。

陶品絲覺得有些不快。也許艾麗斯．佩利去貝辛市場鎮買東西了，她此刻十分希望見到艾麗斯．佩利。陶品絲敲了敲門。一開始她只是輕輕叩門，後來她開始重重地捶擊門板。沒人應門。她轉了轉門把，門還是緊閉不動。門被鎖住了。她站在那裡，不知道該做什麼。有些問題是她極想問艾麗斯．佩利的。或許佩利夫人去了蘇登千士勒。她可能回村子去了。運河之屋不好的地方就是附近從來見不到一個人影，也幾乎沒有車子會駛過那座小橋，想找人問問佩利夫婦今天上午可能去了什麼地方根本不可能。

17 蘭開斯特夫人

陶品絲皺著眉頭站在原地。這時，門十分突然地打開了。陶品絲倒退了一步，一時呼吸不得。站在她面前的人是她無論如何也沒有想到會見到的人。門口站著的那個人，裝扮與她在煦陽嶺時一模一樣，笑容也同樣帶著淡淡的和藹。她正是蘭開斯特夫人。

「噢。」陶品絲開口了。

「早安。您找佩利夫婦嗎？」蘭開斯特夫人說，「今天是市集日。能讓你進來屋裡還真巧。剛才我找了好一會兒鑰匙，我看這鑰匙一定是後來配的，你說呢？快請進。也許你想喝杯茶什麼的。」

恍如身在夢境之中的陶品絲邁進了門檻。蘭開斯特夫人依然保持著女主人的優雅風度，把陶品絲領到客廳。

「請坐，」她說，「恐怕我找不到那些茶杯放在什麼地方。我在這裡剛剛待了一兩天。

讓我想想……一定是這樣……我以前見過你，對吧？」

「是的，」陶品絲答道，「那時您住在煦陽嶺。」

「煦陽嶺，煦陽嶺。這個名字好像讓我想起了一點東西。哦，對了，是帕卡德小姐。是啊，好地方。」

「您倉卒離開了，不是嗎？」陶品絲問道。

「人就是那麼不通情理，」蘭開斯特夫人說，「她們把你催來催去的，不給你時間安排事情，或是仔細收拾行李什麼的。不過我看也是出於好意。當然我很喜歡親愛的奈莉·布萊，她是個很武斷的人。我有時候覺得，」蘭開斯特夫人上身向陶品絲前傾著，繼續說道：「我有時候覺得，覺得她不大……」她富含深意地拍了拍自己的前額。「當然那是有可能的，尤其對一個老處女而言，那些一直單身的婦女，不管是工作還是做別的都十分投入，但她們有時也會胡思亂想。副牧師被弄得焦頭爛額。她們——就是那些老處女——以為副牧師向自己求過婚，但實際上人家從來沒有這種念頭。哦，是的，可憐的奈莉。在某些方面十分練達，她在這個教區做得好極了。我也相信她是一位一流的祕書。話雖如此，她的想法很難捉摸。例如她不容我考慮就把我從煦陽嶺帶走了，然後又北上，把我送到坎伯蘭……那家養老院陰森森的；現在，又突如其來地把我帶到這裡……」

「您現在住在這裡？」陶品絲問。

「嗯，可以這麼說吧。這種安排實在是很怪。我在這裡才待了兩天。」

「在此之前，您住在坎伯蘭的羅塞特利養老院嗎？」

「是，就是那個地方。它的名字遠遠不及煦陽嶺好聽，你說呢？其實我在那裡一直沒有安定感，你明白我的意思嗎？這家養老院的管理遠遠比不上煦陽嶺。服務差，咖啡的品牌也很次等。不過我還是慢慢適應了，還在那兒找到一兩位有趣的夥伴。她們一個去過印度，和我一位很多年前生活在那兒的姑媽十分熟悉。要知道，能找到和你有關的人真令人開心。」

「那是一定的。」陶品絲說道。

蘭開斯特夫人滿臉欣悅地繼續說下去。

「現在讓我回憶一下。我想你去過煦陽嶺，不過不是去那裡居住。我想你是去探望住在那裡的某位老人。」

「我丈夫的姨媽，」陶品絲說道，「范蕭小姐。」

「噢，對，對，沒錯，我現在想起來了。壁爐後面不是有你的一個孩子嗎？」

「不，」陶品絲否認道，「不，那不是我的孩子。」

「不過你到這裡來就是為了這個，不是嗎？這裡的一個煙囪有問題。有一隻鳥掉進去了，我看是這樣。這地方急需修葺，我根本不想住在這裡。不，一點兒也不想，見到布萊小姐我就要馬上告訴她。」

「您和佩利夫婦住在一起嗎？」

「嗯，從某種角度來講是的，從某種角度講則不是。我想我可以告訴你一個祕密，可以嗎？」

「當然，」陶品絲說，「您可以相信我。」

「哦，其實我不住在這兒。我是說，不住在房子的這一面。這一邊是佩利夫婦住的。」她向前傾了傾上身。「還有一邊，知道嗎，在樓上。你隨我來。我領你去看看。」

陶品絲站了起來，她覺得如同身處迷幻的夢境。

「我先把門鎖上，這樣更安全。」蘭開斯特夫人說道。

她帶著陶品絲登上一段狹窄的樓梯，上了二樓。然後又領著她走過一間有人居住的雙人臥室……大概是佩利夫婦的臥室，穿過一道門，進了那間臥室隔壁的房間。房間裡有個洗手盆，還有一個高高的楓木衣櫥，此外別無他物。蘭開斯特夫人走到衣櫥近前，用一隻手在它背面摸索了一會兒，便輕而易舉地把它推到一旁。衣櫥底部似乎裝著小腳輪，可以相當容易地把它推離牆壁。出乎陶品絲的意料，衣櫥後面居然是壁爐。壁爐上方掛著一面鏡子，鏡子下端是小巧的壁爐台，上面有幾隻瓷鳥。

蘭開斯特夫人接下來的動作讓陶品絲吃驚不已。她一把抓住架子中間位置的瓷鳥，猛地向懷內一拉，顯然那只瓷鳥是固定在壁爐架上的。其實陶品絲已經敏銳地感知到，所有瓷鳥都被牢牢固定住。可是經蘭開斯特夫人這麼一拉，「匡噹」一聲，整個壁爐從牆面上脫開了，再一拉便露出後面的牆面。

「很巧妙，不是嗎？」蘭開斯特夫人說道，「要知道，這是很久以前設置的機關，他們修理這棟房子時弄的。『教士的洞穴』，他們這麼稱呼這個房間，但我看它不是教士的洞穴。不是的，它和教士一點關係也沒有。我一直不這樣認為。進來吧。我現在就住在這裡。」

她又推了一把，她們面前的牆向後移開了。頃刻間，她們已置身於一間布置得十分雅緻的大房間中，透過窗戶可以俯瞰運河上的小橋，對面的小山也遙遙可見。

「這個房間很漂亮，不是嗎？」蘭開斯特夫人說道，「如此美麗的景致，我一直很喜歡。我還是個小女孩的時候在這裡住過一段時間。」

「噢，我明白了。」

「不是吉屋，」蘭開斯特夫人又說道，「是的，他們一直說這不是棟吉祥的屋子。我看，」她又說道：「我還是把這個關上吧，一切小心為妙，對嗎？」

她伸出一隻手，把她們剛才進來的門關攏。機關回復原位時發出一聲「噹」的脆響。

「我想，」陶品絲說道，「這是他們試圖把這棟房子改成藏匿贓物的地點時，對它所進行的改動。」

「他們做了不少改動。」蘭開斯特夫人說，「坐下，坐下。你喜歡高一點的椅子，還是矮一點的？我自己喜歡高椅子，因為我的風溼相當嚴重。我想你覺得這裡也許有一具孩子的屍體。」她又加了一句：「真是種怪念頭，你不這樣認為嗎？」

「是很怪。也許是。」

「警察與劫匪。」蘭開斯特夫人說道，她的語氣很寬厚。「人年輕的時候真是愚蠢透了。看看自己做過的那些事情，搞幫派、大宗劫案……年輕時對這些事情愛極了。年輕人認為當槍手的情婦是世界上最風光的事情，我也一度這樣想過。相信我，」她俯身拍了拍陶品絲的膝蓋。「相信我，不是這樣，真的不是這樣。我一度那樣認為，可是你要明白，人不只需要風光。其實單就偷東西之後逃離現場而言，根本沒什麼刺激的。還需要良好的組織，這是自然的。」

「您是說詹森夫人還是布萊小姐……您怎麼稱呼她？」

「哦，當然，我一直稱她布萊小姐。然而出於某些原因……據她說是為了方便，她偶爾也自稱詹森夫人。其實她一直未嫁。沒有，她一直獨自生活。」

樓下傳來一聲敲門聲。

「天哪，」蘭開斯特夫人說道，「一定是佩利夫婦回來了。真沒想到他們這麼快就回來了。」

又是一陣敲門聲。

「或許我們應該讓他們進來。」陶品絲試探著。

「不，親愛的，不能這麼做，」蘭開斯特夫人說道，「我受不了人們來打攪我。我們在這樓上聊天多好，不是嗎？我想我們就一直待在這兒吧……噢，天哪，他們跑到窗戶下面叫喊了。你去看看是什麼人。」

陶品絲走到窗前。

「是佩利先生。」她說。

樓下，佩利先生大聲喊著。

「朱莉亞！朱莉亞！」

「沒規矩。」蘭開斯特夫人說道，「我不允許像阿莫斯‧佩利這樣的人叫我的教名，絕不允許。別擔心，親愛的，」她又說道：「我們在這裡很安全。我們可以好好聊聊天。我要把我的一切統統告訴你。我的一生的確很有意思，經歷豐富。有時我覺得應該把它寫下來。我以前交往的人很複雜。我還是女孩的時候性子很野，和一個……嗯，其實不過是一個普通的犯罪集團混在一起。不提它了。他們有的人十分令人討厭。不過說真的，裡面的確有些好人或地位相當高的人。」

「布萊小姐？」

「不，不，布萊小姐和犯罪沾不上邊。不關奈莉‧布萊的事。哦，不，她很虔誠，宗教信仰堅定，規矩得很。可是人們信仰的方法不盡相同，你知道的。」

「我想各種教派為數不少。」陶品絲回答。

「是的，總有一些，便於普通人信仰。但除了普通人之外，還有其他人。有一些人是特殊的，有特別的使命。有一些特殊的使者。你明白我的意思吧，親愛的？」

「我想我不明白。」陶品絲答道，「您難道不認為我們應該讓佩利夫婦進來嗎？他們愈來愈心急了……」

「不，我不會把佩利夫婦放進來。等我……嗯，等我把一切都告訴你之後再說。你千萬別害怕，親愛的。一切都十分……十分自然，沒有壞處。一點都不痛苦。就像是要睡覺一樣，沒有任何壞處。」

陶品絲盯著她看了一會兒，隨即跳了起來，朝牆上門的方向走去。

「你不可能從那兒出去的，」蘭開斯特夫人說道，「你不知道機關在什麼地方。你根本想都想不到。只有我知道，我知道這裡所有的祕密機關。我還是個女孩的時候，和一幫劫匪住在這裡，後來我和他們斷絕了來往，得到了拯救。特殊的拯救。我被賜與一件東西，以用來贖罪……一個孩子，明白嗎？我把他弄死了。我以前是舞蹈演員，我不想要孩子……你看那邊，在牆上，畫的是我……跳舞時的樣子。」

陶品絲的目光順著她伸出的手望去。牆上掛著一幅油畫，畫中的少女全身舒展，身著一片片白緞葉片所連綴而成的服裝。畫的標題是「睡蓮」。

「睡蓮是我最成功的角色，所有人都這麼說。」

陶品絲慢慢回到原來坐著的地方，重新坐了下去。她呆呆地望著蘭開斯特夫人。與此同時，她的腦中不斷盤旋著一句話，她在煦陽嶺聽到的一句話：「是你那可憐的孩子嗎？」當時她很害怕、很害怕，現在也很害怕。她仍舊不清楚自己為什麼感到害怕，可是現在，她和當時一樣害怕。她看著那張慈祥的臉龐及和善的笑容。

「我不得不遵循上天賦予我的使命……總得有毀滅的使者。我被選中了，我接受了任命。要明白，他們不會再有罪孽了。我的意思是，那些孩子不會再有罪孽了。他們的年紀還小，不會造孽，所以我就執行我的任務，把他們送到天國了。他們還純真無邪，不知道什麼是罪惡。你知道成為被特別選中的使者是多大的榮譽啊！我一直很喜歡孩子。我自己沒有孩子。那樣做很殘忍，不是嗎？或者說看起來很殘忍。不過那的確是我的報應。你也許知道我做過什麼。」

「不知道。」陶品絲說。

「噢，你好像知道很多嘛。我還以為那些事情你也知道。有個醫生，我去找他。我那時才十七歲，很害怕。他說沒事，可以把孩子拿掉，那樣就誰都不會知道了。不過還是有問題，明白嗎？我開始作噩夢，我夢見我的孩子陰魂不散，追問我為什麼她沒有出世。我的孩子告訴我，她想要有人陪伴她。她是個女兒。是的，我確信她是個女兒。她來找我，說她希望有別的孩子和她作伴。在那之後，我就有了特殊的使命。我無法生孩子了。我嫁了人，以為自己會有孩子。我的丈夫熱切地盼望著能有幾個孩子，可是沒辦法，因為我是個受到詛咒的人。你可以明白這些，對吧？不過還有個辦法，還有個辦法贖罪，可以洗刷我的罪孽。我所做的就是殺人。而想要贖洗殺人罪，你只能繼續殺人，因為那之後，殺人不再是罪行，他們應該被稱為獻祭。他們應該被獻奉上去。你能看出這兩者的區別，不是嗎？那些孩子去和我的孩子作伴了。年紀不等，但全是小孩。命令來了之後，我就……」她上身前傾，用手碰了碰陶品絲。「做那種事真讓人高興。你明白的，不是嗎？真讓人高興，把她們豁免於罪孽之外，不再像我當年那樣苦嘗罪孽的滋味。當然，我誰都不能說，誰都不該知道。我必須確保這一點。但有時還是有人知道，或是懷疑。於是……嗯，我的意思是，這些人也必須死，這樣我才會安全。所以我一直很安全。你明白我的意思，不是嗎？」

「不……不是很明白。」

「可是其實你明白，所以你才來到這裡，不是嗎？你明白。我在煦陽嶺問你的當時，你就明白了。我看你的表情就知道。我說：『是你那可憐的孩子嗎？』我想你會來的，因為你是個母親，被我殺害的孩子的母親。我希望你什麼時候再來一次，那麼我們就可以一起喝杯牛奶，一般都是牛奶，有時是可可。所有認出我的人都一樣。」

她慢慢挪到房間另一頭，打開房角的食櫥。

「穆迪夫人……」陶品絲問道，「是其中之一嗎？」

「哦，你知道她？她不是孩子的母親，她是劇場的服裝員。她認出我了，所以她不得不走。」

她猛地轉過身朝陶品絲走來，手握一杯牛奶，勸誘地衝著她微笑。

「把它一飲而盡，」她說，「一飲而盡吧。」

陶品絲先是默默坐了片刻，隨後一躍而起，衝到窗前。她抓起一把椅子，砸碎了玻璃，然後把頭探出窗外狂呼道：「救命！救命！」

蘭開斯特夫人哈哈大笑。她把手中的牛奶放在一張桌子上，向後倚靠在椅背上，哈哈大笑。

「你太愚蠢啦！你認為有誰會來？你認為有誰能進來？他們得先把門砸開，他們得把牆鑿穿，到那時……還有別的，知道嗎？不見得非是牛奶不可。牛奶是最輕鬆的方式。牛奶、可可，甚至茶水。對付小穆迪夫人，我把它放在可可裡。她喜歡可可。」

「嗎啡？你怎麼弄到手的？」

「噢，這還不容易嘛。很多年前我和一個男人一起生活過，他得了癌症，醫生把藥交給了我，由我負責給他注射，還有別的麻醉劑。我說以後會把它們全部扔掉……可是我把它們留下了，包括麻醉劑和鎮痛劑。我想也許有一天會派上用場。果然不出我所料，我還有不少呢！我自己從來不服用那種東西，我不相信那種東西能治病。」她把牛奶推向陶品絲。「把它喝光，這是最簡單的方法。另外的那種方法……問題是，我就是記不清楚把它放在什麼地方了。」

她從椅子中站起身來，開始繞著屋子一圈圈打轉。

「我把它放到哪兒了？放在哪裡？我現在什麼都記不住了，我開始老了。」

陶品絲又喊了一聲「救命」，可是運河邊依舊空無一人。蘭開斯特夫人還在房間裡來回逡巡。

「我想……我想當然是……噢，當然是在我的編織袋裡。」

陶品絲在窗前轉回身來。蘭開斯特夫人向她一步一步走了過去。

「你真是個愚蠢的女人，」蘭開斯特夫人說道，「想這樣死法。」

她陡地伸出左臂，一把抓住陶品絲的肩膀。她的右手從身後舉到面前，手裡握著一把刀身長且薄的匕首。陶品絲奮力掙扎。她想：「我可以輕而易舉地制服她，輕而易舉，她老了，沒有幾分力氣。她不可能……」突然，一陣寒意襲來，她在驚恐中想道：「可是我也老了，我不像自己以為的那樣強壯。我不及她強壯。她的雙手，她的握力，她的一根根手指。我想她瘋了，我聽說，瘋了的人通常十分有力。」

泛著寒光的匕首一點一點地向她逼近。陶品絲尖叫著。她聽到樓下有人在喊叫、在砸門。從樓下的聲音可以分辨出，他們正試圖把門或窗戶砸開。「但他們永遠到不了這裡，」陶品絲心想，「他們如何也穿不過磚牆，除非他們知道機關。」

她竭盡全力掙扎，想把蘭開斯特夫人推開。可是蘭開斯特夫人個頭比她高，是個高大而強壯的老婦人。她的臉上依然泛著笑容，卻不再和藹。現在，她臉上漾開的是滿足而快樂的表情。

「殺手凱特。」陶品絲說道。

「你知道我的綽號？是的，不過我已經昇華了，我現在是上帝的殺手。殺死你是遵從上帝的旨意，這就無可非議了。你能明白，不是嗎？你明白嗎，這是無可反抗的。」

陶品絲被緊緊壓在一張大椅子的側面。蘭開斯特夫人的一隻手臂把她抵住，她的力量愈來愈大，陶品絲不可能再向後退。蘭開斯特夫人右手的匕首一步步逼近著。

陶品絲想：「我不能驚惶失措，不能驚惶失措……」可是她腦中的另一種想法卻揮之不去。「但我又能怎麼辦？掙扎根本無濟於事。」

她感到恐慌，就像她在煦陽嶺第一次受到暗示時的感覺。

「是你那可憐的孩子嗎？」

這其實是第一次警告。不過可是她會錯意了，她沒有意識到這是警告。

她的眼睛盯著逼近的鋼刃，奇怪的是，使她感到恐怖而全身癱軟的，並不是閃閃發光的匕首和它帶來的威脅，而是匕首上方的那張臉——蘭開斯特夫人那副慈祥的面孔，愉快、滿足的微笑——那只是一位執行使命的老婦人，內心一片心安理得。

「她看起來根本沒瘋，」陶品絲想道，「這才是真正可怕的地方，她之所以表面正常，是因為她自認為正常。她是個完全正常、無異於他人的人……她自己是這樣認為的……噢，湯米，湯米，我這次的麻煩大了。」

她被一陣眩暈和疲軟淹沒了，她的肌肉鬆軟了下來……她聽到什麼地方傳來「嘩啦」一聲巨響，玻璃碎了。這巨響震得她發暈，眼前驀地一片漆黑，失去了知覺。

§

「太好了，你終於醒了……喝點這個，貝里福夫人。」

一個冰涼的玻璃杯壓在她的嘴唇上。她奮力拒絕。有毒的牛奶……是誰對她說過「有毒的牛奶」？她不要喝有毒的牛奶……不，不是牛奶，聞起來是另一種味道……

她放鬆下來，張開嘴，吞了一口。

白蘭地。陶品絲辨別了出來。

「沒錯！再喝一些，再喝幾口。」

陶品絲又喝了幾口。她仰靠在軟墊上，看了看四周。窗口露著一架長梯的上半截。窗前的地板上是一堆玻璃碎屑。

「我聽到玻璃碎了。」

她推開眼前的白蘭地酒杯，目光從拿著杯子的手和臂膀上，一直移到一張男人的臉龐，是他一直拿著杯子。

「奧・格雷科。」陶品絲低語。

「你說什麼？」

「沒什麼。」

她看了看屋子。

「她到哪兒去了……我是說蘭開斯特夫人？」

「她在……休息。在隔壁房間。」

「我明白了。」

其實她並不能確信自己真的明白了。她必須過一會兒才能明白。此刻她腦中只能想起一件事……

「菲利普．斯塔克爵士，」她緩慢而猶疑地試探道，「我說得對嗎？」

「對。你剛才為什麼說奧．格雷科？」

「受苦受難的象徵。」

「你說什麼？」

「那幅畫，在西班牙的托萊多……還是在法國的普拉多呢？我早就這樣想……不對，不是早就這樣想。」她絞盡腦汁，終於想了起來。「昨晚，晚上的聚會，在牧師公館……」

「完全正確。」他鼓勵道。

在這裡，在這間地板上濺滿玻璃碎屑的房間裡和這個人談話——這個臉色沉鬱、飽受折磨的人——彷彿是再自然不過的事情。

「在煦陽嶺，我犯了一個錯誤。我把她想錯了。當時我很害怕，猶如一陣潮水般的驚恐……可是我錯了，我不是怕她，我是替她擔心，我以為她要出事，我想保護她，救她一命。我……」她疑惑地看著他。「您明白我的意思嗎？還是聽起來很莫名其妙？」

「沒有人比我更明白……世界上任何人都沒我明白。」

陶品絲凝視著他，皺起眉頭。

「她……她是誰？我是說蘭開斯特夫人——約克夫人，這都是假的，那些以玫瑰而取的名字……真實的她是誰？」

菲利普．斯塔克的聲音變得有些粗啞。

「你讀過皮爾．金特的詩嗎，貝里福夫人？」

「她是誰？真實的她？真的她，實在的她，她是誰……為何她眉頭鎖著上帝的烙印？」

他踱到窗邊，在那裡站了許久，向遠處望著。突然，他轉回身來。

「她是我的妻子。願上帝幫助我。」

「您的妻子……她不是死了嗎？教堂裡的追思牌……」

「她死於海外……那是我四處散播的說法。而且我在教堂為她設了一個追思牌。人們不會對被奪走愛妻的鰥夫追問不休。從那時起，我就不在這裡住了。」

「有人說是她離開了您。」

「這種說法也可以。」

「您把她帶走，是因為您發現孩子的事……」

「看來你知道這些事？」

「是她告訴我的。這似乎……難以置信。」

「大部分時間她相當正常，誰都猜不到。不過警方開始懷疑了，我必須有所行動，我得救她、保護她……你理解……你能理解嗎，一點點理解？」

「是的，」陶品絲回答，「我十分理解。」

「她……曾經那麼的可愛，」他的聲音有些顫抖。「你看她，那邊，」他指著牆上的油畫。「睡蓮……她是個瘋狂的丫頭，一向都是。她的母親是沃倫德家族的最後一代。一個古老的家族，實行近親通婚。海倫．沃倫德，她偷偷離開了家，和不三不四的人混在一起，和一個罪犯共同生活。她的女兒當了演員，從小接受舞蹈訓練，睡蓮是她最受歡迎的角色。後來她也和一群匪徒混在一起，想追求刺激……純粹為了追求刺激……可是她也總是覺得生活絕望。

「她嫁給我的時候，已經告別了過往的一切，她想從此安定下來，安靜地生活，過著家居生活，養幾個孩子。我有錢，可以給她她所想要的東西。但我們沒有孩子。這讓我們兩人都很傷心。於是她開始有了罪惡感，一直念念不忘……或許她的精神一向微微的不平衡，我不知道。原因並不重要，她……」

他絕望地擺了擺手。

「我愛她，我一直深愛她，不管她……她做了什麼。我希望她平安無事，我想保護她的安全，而不是讓別人把她關起來，終身囚禁，憂傷終老。我們確實做到了……很多年。」

「我們？」

「奈莉……我可愛、忠誠的奈莉．布萊。親愛的奈莉．布萊。她表現絕佳，計畫並安排了一切。挑選養老院，使她享受到所有可能的舒適與奢華。而且沒有誘惑……沒有孩子，使她見不到孩子。這十分奏效。她所選的養老院都離這兒很遠，坎伯蘭，威爾斯的北部，不可能有人認出她……至少我們這麼認為。這是艾克爾先生的建議。他是一位精明的律師，他的律師費用數目龐大，可是我信任他。」

「等同勒索嗎？」陶品絲說。

「我從來沒這麼想過。他是我的一位朋友，常給我提出建議。」

「是誰在那幅畫上加了那條船……那條叫作『睡蓮』的船？」

「是我。她很高興，那使她想起了在舞台上的輝煌時光。那幅畫是博科恩的作品。她喜歡他的畫。有一天，她在那座橋的黑油彩上寫了一個名字，一個死去孩子的名字……所以我畫了一艘船，把它蓋住了，還給船起名為『睡蓮』……」

牆上的暗門「呼」地被推開了，友善的女巫走了進來。

她看了看陶品絲，又把目光從陶品絲身上轉到菲利普．斯塔克身上。

「恢復正常啦？」她乾巴巴地問道。

「是的。」陶品絲回答。她發現這位友善女巫的優點就是，她對任何事都不會大驚小怪。

「你的丈夫現在在樓下，在汽車裡等你。我對他說，我會把你送到樓下……你認為這樣可以嗎？」

「可以。」陶品絲說。

「我猜也是。」她朝臥室門口望了一眼。「她……在裡面？」

「是的。」菲利普．斯塔克答道。

佩利夫人走進臥室，又走了出來。

「我看到……」她質疑地望著他。

「她讓貝里福夫人喝牛奶，貝里福夫人不喝。」

「於是我想，她自己喝了？」

他猶豫了片刻。

「是的。」

「莫蒂默醫生等一下會來。」佩利夫人說道。

她想扶陶品絲站起來，可是陶品絲自己站了起來。

「我沒受傷，」她說，「我只是受了驚嚇……現在沒事了。」

她站在菲利普．斯塔克面前。兩人都無言以對。佩利夫人站在牆裡的門邊。

終於，陶品絲開口了。

「我幫不了什麼忙，對吧？」她問。

這不算是個問題。

「只有一件事……那天在教堂把你砸倒的人，是奈莉．布萊。」

陶品絲點了點頭。

「我已經猜到是她。」

「她慌了手腳。她認為你是在追蹤她……我們的祕密。她……我為自己長年以來讓她承受常人無法忍受的精神壓力而感到痛苦悲傷。任何人都不該要求一個弱女子承受如此巨大的壓力……」

「我想，她深愛著你。」陶品絲說道，「我們不會再尋找什麼詹森夫人了，如果你不希望我們尋找的話。」

「謝謝……我深表感激。」

又是一陣沉默。佩利夫人耐心等待著。陶品絲環顧著四周。她走到窗前，看著不遠處水波平靜的運河。

「我想我再也不會見到這棟房子了。我要好好再看它一眼，這樣就可以把它記住。」

「你想把它記住？」

「是的，我想。有人對我說過，這棟房子被人錯誤地派上了用場。現在我明白這句話的意思了。」

他不解地看著她，卻沒說話。

「誰讓你到這裡來找我的？」陶品絲問道。

「愛瑪·博科恩。」

「我就料到是她。」

她走向友善的女巫。她們穿過祕門，下樓去了。

一棟有情人建造的房子，愛瑪·博科恩曾經這樣對陶品絲說過。是啊，她就要這樣離它而去。它屬於一對有情人……一個已經死去，一個飽受折磨，依舊活著……

她走出大門，向坐在汽車中等待的湯米走去。

她向友善的女巫道別。

她鑽進汽車。

「陶品絲……」湯米說。

「我知道。」陶品絲說。

「別再這樣了，」湯米說，「永遠別再這樣了。」

「我以後不會了。」

「你現在這樣說，但以後你還是會這樣做。」

「不，我不會的。我太老了。」

湯米踩下離合器。他們絕塵而去。

「可憐的奈莉・布萊。」陶品絲說道。

「為什麼這麼說？」

「她那樣深愛著菲利普・斯塔克。這麼多年以來一直替他分憂解愁……白白浪費掉那麼多小狗般忠誠的深情。」

「這是什麼話！」湯米說，「我想她對每一分鐘都感到其樂無窮。有些女人就是這樣。」

「你真是殘忍。」陶品絲說。

「你想去哪兒？貝辛市場鎮的朗佛拉格旅館嗎？」

「不，」陶品絲說道，「我想回家。回家，湯瑪士。永不離開。」

「阿們！」湯米說道，「如果艾柏再捧一隻燒焦的雞歡迎我們回家，我就宰了他！」

專文推薦

藏在日常細節中的冒險

楊照（作家）

一開始，就都在那裡了。

一九二〇年，阿嘉莎．克莉絲蒂出版了《史岱爾莊謀殺案》，神探白羅就已經退休了。而且在這個案子裡，藉由敘述者海斯汀的轉述，就鋪陳出克莉絲蒂小說最基本的偵探原則：

「那些看來或許無關緊要的小細節……它們才是重要的關鍵，它們才是偉大的線索！」

「豐富的想像力就像洪水一樣，既能載舟亦能覆舟，而且，最簡單直接的解釋，往往就是最可能的答案。」

「沒有任何謀殺行為是沒有動機的。」

還有，一個不討人喜歡的死者，一群各有理由不喜歡死者、因而也就都有殺人動機的人，這些人彼此之間構成複雜的關係，有的互相仇視，有的互相愛戀，麻煩的是，有些愛人其實貌合神離，有些仇人其實私下愛慕；更麻煩的是，不論是愛或是仇，都有可能是扮演出來的。

一個外來的偵探必須周旋在這些嫌疑者之間，從他們口中獲取對於案情的了解，換句話說，他必須在很短的時間內，搞清楚誰是誰、誰跟誰吵架、誰跟誰偷情，然後判斷誰說的哪一句是實話、哪一句是謊言。常常謊言比實話對於破案更有幫助。

再偷偷透露一下，如果要和小說裡的凶手及小說背後的作者鬥智，就像克莉絲蒂對英國社會的了解，祕訣就在於要去追究小說裡的人物背景，尤其是他們的階級地位。基本上，階級地位愈高、權力愈大、愈有錢者，說的話就愈不要相信。例如在《史岱爾莊謀殺案》中，僕人、園丁說的話遠比有頭有臉的人說的要可信多了。就算要說謊，他們的謊言也比較天真，而且往往出於善良動機。當你歸納線索時，就會知道他們並非故意說謊，那是因為他們的認知受到蒙蔽或誤導，而你慢慢就從這蒙蔽或誤導中被引導到真相。

《史岱爾莊謀殺案》出版那年，克莉絲蒂三十歲，但書稿其實早在五年前就寫好了，畢竟要找到有人願意出版一個看來再平凡不過的家庭主婦寫的小說，並不是那麼容易。

所有和克莉絲蒂接觸過的人，都對於她的「正常」留下深刻印象。她看起來就和她那個年紀的典型英國家庭主婦一樣，害羞、靦腆，只能在社交場合勉強跟人聊些瑣事話題，完全無法演講，甚至連只是站起來對眾賓客說幾句客套話，請大家一起舉杯，她都做不到。她不演講，也很少答應接受採訪，就算採訪到她也很難從她口中得到有趣的內容。她會講的，幾乎都是記者本來就知道、或者自己就可以想得出來的。

例如說白羅這個神探的來歷。克莉絲蒂回答：他應該是個外國人，這樣就能在英國日常生活中看出英國人自己看不出的線索。她自己碰過的外國人，只有第一次大戰剛爆發時到英國避難的比利時人。比利時警察怎麼能跑到英國來？那一定是因為他已經退休了。他有潔癖，所以對於現場會有特殊的直覺，馬上感受到不對勁的地方。一個有潔癖的人，好像應該長得矮小些才相稱，一個矮小有潔癖的人最適當的名字，就是希臘神話裡的大力士「赫丘勒斯（Hercules）」，製造出荒唐的對比趣味。那白羅這個姓是怎麼來的呢？克莉絲蒂很誠實地說：「我不記得了。」

一切都如此順理成章，一切都如此合邏輯，不是嗎？有記者問她怎麼看自己的舞台劇〈捕鼠器〉，創下了英國劇場、甚至全世界劇場連演最多場紀錄的名劇？克莉絲蒂的回答也還是中規中矩，合理合節：那是一齣小戲，在一個小劇院演出，成本很低，任何人想到了都可以帶家人或朋友去看，老少咸宜，並不恐怖，也不特別荒謬打鬧，可是又什麼都有一點，包括恐怖和荒謬打鬧的成分。

她的身上找不出一點傳奇、怪誕色彩，那她為什麼能在五十年間持續寫偵探小說，創造了那麼多謀殺，還創造了那麼多詭計？

首先因為她是女性，以及她的身世，包括她的階級身分，使得她在描寫故事場景時比一般男性作者來得敏感。因為在她之前的偵探推理小說男性作家的階級身分都是高高在上，基本上他們會從較高的角度看社會，比較看不到底層的感受。

而她的婚變以及婚變中遭逢的痛苦，都使她更能體會與觀察，將英國社會的複雜細節融入小說的核心情節，讓探案與線索分析結合在一起。

克莉絲蒂一生結過兩次婚，第一次在一九一四年，婚後不久，丈夫就參加了歐戰，是英國皇家空軍最早一批飛行員。一九二六年，這個丈夫有了外遇，直率地向克莉絲蒂要求離婚，在那之前，克莉絲蒂的媽媽才剛過世，雙重打擊之下，又遇到車子無法發動，克莉絲蒂崩潰了，她棄車而走，忘記了自己究竟是誰，躲進一家鄉間旅館，登記時寫了她心裡唯一有印象的名字——她丈夫情婦的名字。

離婚後，一次在晚宴中，有人提起近東烏爾考古的最新收穫，克莉絲蒂就取消了原定要去西印度群島的計畫，改訂了跨越歐洲到君士坦丁堡的「東方快車」，是的，就是這趟旅程給了她寫《東方快車謀殺案》的靈感。不過更重要的是，在烏爾，她認識了一位年輕的考古學家，比她小十四歲，這個人後來成了她的第二任丈夫。

這位考古學家陪她去參觀在沙漠中的烏克海迪爾城，卻在沙漠中迷路困陷了。幾小時中克莉絲蒂卻沒有一點驚慌不安，當下考古學家就決定要向她求婚。

原來，克莉絲蒂的內心是有這種冒險成分的。要不然她不會兩次選到的，都是喜愛冒險的丈夫，而她本身大概也不會吸引一個在各種危險情境下挖掘古代寶藏的人，讓他願意向一個大他十四歲的女人求婚。

這樣說吧，維多利亞時代後期的英國環境，壓抑限制了克莉絲蒂冒險、追求傳奇的內在衝動，她只好將這樣的衝動寄託在丈夫和寫作上。她一邊陪著第二任丈夫在近東漫走，一邊在小說中寫各式各樣的謀殺與探案。謀殺和探案都是冒險，還有，偵探偵查中做的事——蒐集線索，還原命案過程——其實和考古學家的考掘，如此相似！

克莉絲蒂寫得最好的，正是「藏在日常中的冒險」。她個性中的雙面成分，造就了特殊的偵探魅力。既嚮往非常傳奇，卻又有根深柢固的日常邏輯信念，兩者都在克莉絲蒂的小說中扮演了重要角色。她的謀殺案幾乎都和日常習慣緊密編織在一起，日常環境成了凶手最重要的掩護。有些日常規律明顯地被破壞了，讓我們很自然以為那會是謀殺的線索，沿著這些線索形成了閱讀中的推理猜測，然而白羅早就提醒了，真正重要的反而是那些「細節」，也就是看來像是依隨日常邏輯進行的事，或說藏在日常邏輯中因而不被看重的事，那裡要嘛藏著凶手的核心詭計、煙幕，要嘛藏著凶手致命的破綻。

凶案的構想，就是如何讓異常蓋上日常、正常的面貌，又如何故意將日常、正常予以扭曲，製造假象；那麼偵探要做的，就是如何準確地在日常中分辨出真正的異常，將假的、明顯的異常撥開來，找出細節堆疊起來的異常真相。

此外，克莉絲蒂的小說裡隱藏著極其曖昧的情感價值觀，最典型、最有名的就是《東方快車謀殺案》。透過追查過程，讓讀者知道為什麼凶手要訴諸於這種手段，其動機具有可同情之處，再加上克莉絲蒂對身分階級的觀察，她比較相信或讓讀者相信那些沒有權力、地位的人，隨著偵查節奏去認識可能或必須懷疑的人。克莉絲蒂最擅長營造「多重嫌疑犯」的小說特質，因為讀者在閱讀時必須被迫去認識很多不一樣的人。在她最受歡迎的作品，大概都具備這樣的特質。

當然，她的作品中還有兩個最突出的神探，即白羅和瑪波。白羅是比利時人，但為什麼必須是外國人？這是因為英國人具有高度階級意識，這種觀念一路滲透到所有互動細節，包括人與人之間如何說話。而白羅因為不是英國人，他會發現一般英國人不太看得出來的東西，以及兩個人互動的方法哪裡不正常。至於瑪波為什麼得是老太太？她一如那個年代的老人家，總是靜靜坐著打毛線，因為不起眼，自然讓人放鬆防備，所以瑪波探案的線索都是來自於這樣的互動模式。

然而，白羅有很明顯的優勢，瑪波的身分使她基本上只能進行「靜態」的辦案，案子的空間受到侷限，白羅卻可以跨越各種空間，恣意揮灑。而且白羅擁有警官身分，可以合理出現在各種犯罪現場，瑪波能出現的地方，相形之下就勉強、不自然多了。白羅是明白的outsider，在英國，只要他出現，就會覺得有外人在而感到緊張，於是很容易露出平常不會表現的行為；瑪波則看起來是 insider，但實質上是 outsider，因為總是沒人發現她、當她空氣人。這兩人的探案，是兩個極端。雖然讀者最愛白羅，但克莉絲蒂自己偏愛瑪波勝於白羅。

不管後來的偵探、推理小說發展了多少巧妙詭計，克莉絲蒂卻不會過時，因為她的推理如此密切地和日常纏繞在一起；活在日常中，我們就無可避免被克莉絲蒂的「日常細節推理」吸引，隨時讀來都充滿驚奇趣味。

名家盛讚克莉絲蒂（依推薦時間排序）

金庸（作家）

克莉絲蒂的寫作功力一流，內容寫實，邏輯性順暢，也很會運用語言的趣味。閱讀她的小說，在謎底沒有揭露之前，我會與作者鬥智，這種過程非常令人享受。其作品的高明之處在於：布局的巧妙完全意想不到，而謎底揭穿時又十分合理，讓人不得不信服。

詹宏志（作家、PChome 網路家庭董事長）

推理小說在從先輩柯南．道爾等人的發明中出現力量時，誕生了一位《天方夜譚》故事中每天說故事說個不停的王妃薛斐拉．柴德，也就是「謀殺天后」克莉絲蒂，整個世界對聽這些故事才有如此的熱情。他們捨不得睡覺，每天問後來還有嗎、還有嗎，永遠不肯離去，這就是克莉絲蒂對推理小說的最大貢獻。

可樂王（藝術家）

所謂「克莉絲蒂式」的推理小說，就是一場和一個天才的寫作者或高明的恐怖份子在紙上捕掠捉殺的戰事。即便是一列火車、一處飯店或一間酒吧，在克莉絲蒂寫來皆充滿神祕和猜謎。在人生適合的下午裡，我總是一面嚼著口香糖，一面跟著矮子偵探白羅穿梭謀殺現場，克莉絲蒂的推理作品無疑是推理世界中最充滿「魔術性」的小說。

吳若權（作家、節目主持人）

我從小就對推理小說情有獨鍾，克莉絲蒂一系列的作品尤其令我愛不釋手。多年來，閱讀推理小說的經驗讓我覺悟：讀者在文字情節中推展開來的驚嘆，不只是因緣於故事的本身，而是自我性格的投射。從這個觀點來看克莉絲蒂一系列的作品，她簡直就是洞徹人性的算命師。而讀者，在她的文字中，發現了自己無可奉告的命運。

藍祖蔚（國家電影及視聽文化中心董事長）

做過藥劑師，難免懂得毒藥；嫁給考古學家，難免也就嫻熟文明的神祕；再加上曾經失蹤九天，一切不復記憶的離奇經驗，的確提供了寫作靈感，但若少了想像力，那些片羽靈光縱使辛辣如辣椒，卻不足以成菜。

推理小說重布局、重人物描寫，克莉絲蒂最厲害的卻是犀利的人性觀察，她一手創造的白羅探長，潔癖個性完全和她相反，更將她所憎厭的人格特質集於一身，殊不知，唯有不對著鏡子寫作，才能夠跳出框架與制式反應，開闢無限寬廣的新世界，建構多面向的詭異迷宮。

看完她的小說，你只會更加訝異，到底是什麼樣的心靈才能成就這般視野？

李家同（作家、前暨南大學校長）

克莉絲蒂的整體布局十分細膩，最後案情也都講解得非常詳細，回頭去看，在書中都找得到線索。故事的情節與內容也很好看，不是像一個流氓在街上被殺掉那麼單調。……看小說應該要花腦筋、要思考，從小就要養成思辨的能力，看她的小說，就是對邏輯思考能力極佳的訓練。

袁瓊瓊（作家）

雖然被公認是冷靜理性的謀殺天后，但是在理性之下，克莉絲蒂的底色依舊是感情。克莉絲蒂很明白，所有的慾望之後，都無非是某種愛情。在以性命相搏的犯罪世界裡，凶手以終結他人的性命來遂私欲，不過是為了成全自己的愛，或者是成全自己的恨。

鄧惠文（精神科醫師）

以推理小說作家而言，克莉絲蒂的風格相當獨樹一格。她的偵探在辦案時，靠的不光是科學證據的搜集，而是大量運用犯罪心理學，及對人性的深刻了解。例如在《五隻小豬之歌》中，白羅便是藉由聽取嫌疑犯訴說案情時所不自覺顯露的主觀意識及中心思想，而看出其中破綻，找出真兇。白羅是靠腦袋辦案，以心理層面去剖析案情，即使人們敘述的是同一件事，他可以聽出不同角色因出發點及看待角度不同所透露的情緒觀感，從而抽絲剝繭，還原事實真相。

克莉絲蒂所塑造的人物也生動且各具特色，不同個性所出現的情緒反應描寫，皆細膩而準確，讓讀者產生豐富的想像空間，一展卷便欲罷而不能。

吳曉樂（作家）

克莉絲蒂使用的語言平易近人，主要是以角色與情節的對應來斧鑿出故事的深度，堆疊出讓讀者回味的迂迴空間。而她筆下的角色往往性別、階級、性格、族群各異，塑造出多元又豐富的人物群像。

文學作品不問類型，若要流傳於世，最終仍得上溯至「人性」的理解與反思。而阿嘉莎．克莉絲蒂的作品中，我們可以看到人類屢屢得和自己的人生討價還價，或千方百計讓主觀意識與客觀條件達成某種程度的整合，讀者在重建人物的心理軌跡時，也見識到自身的是非成敗，我認為，這也是克莉絲蒂的作品能夠璀璨經年、暢銷不衰的主因。

許皓宜（心理學作家）

克莉絲蒂筆下的故事看似在談人性的醜惡，實則像一位披著小說家靈魂的心靈引導者，用她的文字訴說著人們得不到「愛」時的痛苦。於是在故事終了的剎那，你不得不對人生多了幾分「看透感」：原來，我們心裡的那些痛苦、報復與自我折磨的慾望，不是因為「憤恨」，而是起於對「愛的失落」。這或許是我們在情感世界中最珍貴且深刻的一種覺察了。

推理小說荒謬驚悚嗎？不，它其實很寫實。它幫我們說出心裡的苦、怨、醜陋的慾望，於是，我們可以重新學習愛了。

一頁華爾滋 Kristin（影評人）

從有記憶以來，閱讀克莉絲蒂最迷人之處往往不在真正的凶手是誰，而是在於「Why」（為什麼）與「How」（如何進行），在於人性與心理描摹的故事肌理。依循其書寫脈絡，會發覺不只是邏輯清晰、布局縝密、著重細節，她總能完美掌握敘事節奏，書中人物彷彿真實存在般鮮明躍然紙上，讀者情緒會隨精準文字保持流轉、跳動、收放，掩卷時並無太多真相水落石出的暢快，反倒淡淡的惆悵化為餘韻襲上心頭，原來還是種種意料之外，卻屬情理之中的人性盲目使然。私以為，那成就了克莉絲蒂的推理故事之所以無比迷人的主因之一。

冬陽（推理評論人）

雖然阿嘉莎．克莉絲蒂的作品並非我的推理閱讀啟蒙，卻是養成閱讀不輟的重要推手。首先，她無庸置疑是個說故事能手，打開我名為好奇的開關；其次是設計犯罪事件的巧妙多元，既日常又異常，凶手更是叫人意想不到。沒錯，我相信每個當讀者的都忍不住想破案，想早偵探一步識破詭計，或者像考試結束鈴響前一秒，瞎猜都要指著某個角色大喊「你就是犯人」！然後會忍不住作弊——不是翻到最後幾頁窺探真凶身分，而是往前翻查讓人起疑的段落、偵探顯然掌握重要線索的時刻，直到忍不住豎白旗投降，看神探（我知道啦，真正把我要得團團轉的聰明人是作者）頭頭是道地分析我遺漏錯置的片片拼圖，終於看清真相全貌。這，就是偵探推理，我因此熟悉遊戲規則、沉醉在每一場迷人故事裡，成為這個類型書寫的俘虜，享受至今不疲的美好滋味。

石芳瑜（作家、永樂座書店店主）

布局細膩、處處留下線索，破案解說詳細，說明了這位安靜、害羞的推理小說女王心思縝密，且充滿想像力。密室殺人，完美犯罪，《東方快車謀殺案》不愧為古典推理小說的經典。再加上神祕的東方色彩，隨著火車抵達的迫切時間感，連非推理小說迷都會神經拉緊，讀完大呼過癮。

家庭主婦缺少人生經驗？處女座的阿嘉莎．克莉絲蒂充分展現她過人的寫作天分，靠得是從小開始的閱讀，以及對偵探小說的著迷。三十歲寫下第一本偵探小說《史岱爾莊謀殺案》的克莉絲蒂，在那個時代並不能說是「早慧」，但寫作生涯五十五年中，共創作了八十部偵探小說，卻令人難以企及。這位害羞靦腆的小說女神，大概是相信只要有足夠的理由，每個人都有殺人的可能！

余小芳（暨南大學推理研究社指導老師、台灣推理作家協會常務理事）

學生時代加入推理社團，社課指定讀物便是經典作品《一個都不留》，成為我對克莉絲蒂的初步印象，自此沉浸於推理小說的世界。隔年寒假陪同學參與轉學考，在斜風細雨的走廊中，滿足讀完《東方快車謀殺案》。隨著歲月遠走，已昇華成趣味回憶。

踏入推理文學領域需要認識的作家，阿嘉莎．克莉絲蒂絕對名列其中，她的作品常有英國小鎮風光、莊園式的謀殺、設備豪華的交通工具等，還有特色鮮明的偵探活躍其中。書中少有血腥、暴力的橋段，布局巧妙且結構嚴密，手法純粹、知性，故事內容與人物性格融為一體，以高超的想像力結合說好故事的能耐，為推理小說開創新局面。克莉絲蒂推理全集重編改版，值得新舊讀者一起探索。

林怡辰（國小教師、教育部閱讀推手）

多年後，還是難忘第一次閱讀阿嘉莎．克莉絲蒂作品的感動和激動。這套將近一世紀的作品，文筆流暢，邏輯縝密，過程中不斷與作者較量、猜出凶手，直到最後解答不禁佩服，蛛絲馬跡處處展現作者的精妙手法，於是又拿起另一部作品，再次沉溺在謀殺天后所編織的日常世界中的奇幻，無可自拔。犯罪動機和手法穿越時空限制，如今讀來合理且依舊令人感動，閱讀中趣味橫生，難怪成為後來諸多偵探小說的原型。

克莉絲蒂創作生涯中產出的八十部推理作品，至今多部躍上大銀幕，無怪乎被稱之為「經典」，喜愛推理偵探作品的人不可不讀，你會驚異於她在文字中施展的魔法！

張東君（推理評論家、科普作家）

我愛克莉絲蒂！這位在台灣有時會被稱為克奶奶的超級暢銷推理小說家，即使是自認沒讀過她的書的人，也都會在各種書籍或影視作品中看到對她致敬的片段。由於她喜歡旅行和冒險，那些經驗與體驗都成為書中的場景，因此閱讀她的作品時，不只是雀躍地跟著偵探推理，也有了虛擬的旅行體驗。或者當成旅遊導覽書，在出發去尼羅河、去英國鄉間、去搭船搭火車時，就塞一本克奶奶的作品到隨身背包中。

我還是大學新生時，就聽學姐說她哥哥經常看克奶奶的小說，而且邊看邊狂笑。於是我跟著效仿，在某次搭飛機之前買了第一本小說當旅伴，不只看得超開心，看完後還到處找尋書中出現的那種有兜帽的斗篷，當成出門時的必備用品。克奶奶的作品是跨越文字、國界的。只要看過一本，就會不停地追下去。還好，真的是還好只有八十本。何況這次是全新校訂的紀念珍藏版，當然不能錯過！

發光小魚（呂湘瑜）（文史作家、助理教授）

一部好的偵探小說，除了情節設計巧妙之外，還需要洞悉人性，如此方能合理地交代人物的言行舉止與動機。阿嘉莎．克莉絲蒂便是其中翹楚，她的作品不管是偵探、愛情小說或戲劇，必要元素都是謎題與人性。在寧靜無波的場景下暗潮洶湧，永遠都有意料之外，讀者的情緒也會隨著劇情的進行起伏糾結。克莉絲蒂觀察到時代的變化，將犯罪心理融入作品中，於是，看她的小說不只能得到解謎的快樂，同時對人性也能夠有所省思。

此外，克莉絲蒂豐富的人生歷練及旅行經歷，例如一九二二年的環球之旅、居住過也旅行過的巴黎和埃及，甚至是追隨考古學家丈夫前往的中東，都讓她的小說讀來更加充滿異國情調。如果你也愛旅行，不如就讓我們一同搭上那一班南法的藍色列車，或由伊斯坦堡出發的東方快車，跟著白羅鑽進一樁奇案，一嘗旅程中破解謎題的快感吧。

盧郁佳（作家）

國小時，家裡買了一套阿嘉莎．克莉絲蒂全集，從此成了我的毒品，在白癡課本將我的腦袋啃噬成海綿般空洞時，撫慰受創的心靈，那時我仍對人心險惡一無所知。

數學課教你列算式，樂趣遠不如克莉絲蒂教你住宅平面圖、偷換時序的密室魔術，你從庭園長窗進房間，我從房門直通鄰房，他從走廊進房……從而學會故事是建構邏輯。她文風多變，時而《四大天王》中讓神探白羅向助手海斯汀大賣關子，眉頭緊皺，山雨欲來，預示天翻地覆，只能靠他拯救世界；時而用維吉尼亞．吳爾芙《自己的房間》中俏皮的語言，讓貧苦村姑安妮在《褐衣男子》中回憶南非出生入死的冒險，竟源於她耽讀村裡圖書館爛舊的冒險愛情小說，還有戲院每週末放映〈帕米拉歷險記〉，帕米拉每集從飛機跳落高空、搭潛艇、爬上摩天大樓，每次被黑幫老大抓到總不一刀斃命，卻老要用瓦斯毒死她，暗示續集又會逃出生天。

長大才發現，克莉絲蒂小說就是我的〈帕米拉歷險記〉：它以歌劇般輝煌龐大的天真陰謀、精細的人際觀察（一句話重音放在哪個字、從膝蓋鑑定女人的年齡等），召喚年輕讀者抱持浪漫精神投入未知的壯遊，瘋魔、衝撞、冒犯，傷痕累累毫無懼色。正如瓦斯在冒險片中太多、現實中卻太少；陰謀在現實中沒有克莉絲蒂寫得那麼複雜，但她刻畫的心理卻是現實中解謎的試金石。

賴以威（臺灣師範大學電機系副教授）

或許可以為經典下幾個定義：該領域的愛好者更都讀過；不是這個領域的愛好者，許多人也都聽過；影響後續的作品，在很多著作中都可以看到它的影子；值得反覆再三閱讀，每隔一陣子再讀都可以獲得閱讀的樂趣，有更多的體悟。我永遠記得第一次讀《東方快車謀殺案》時，被那宛如嚴謹設計數學謎題的鋪陳、推進給深深吸引、震撼。從這幾個角度來說，克莉絲蒂的推理小說被稱之為「經典」，可說是當之無愧。

謝哲青（作家、旅行家、知名節目主持人）

克莉絲蒂小說的魅力在於透過每個角色的對白，藉由不斷的說話來表現人物的個性，以彰顯其人格特質中一些無法被忽略的事實。我們從他們的言語、講話的過程和字裡行間，竟然就能知道誰是凶手。

我從克莉絲蒂的小說學到很多，除了推理小說有趣的事實之外，最重要的是，我在工作的職場跟人應對的時候，如何從語言和對話裡去捕捉某些隱而不顯的事實。許多人們欲蓋彌彰的東西，無論心事也好、祕密也好，克莉絲蒂都會用文學的手法，讓你理解語言的奧妙和魅力。

克莉絲蒂的書寫會讓你覺得彷彿自己也在現場，你可以從聽到的對話當中，學會如何理解人心的一些小技巧，這是小說家最出色、最偉大的地方。我們必須學習傾聽別人說話——這些人講話是真誠的嗎？他想要跟你分享什麼資訊？這些資訊可靠嗎？——這是我在閱讀推理小說時，最大的收穫和理解。

阿嘉莎・克莉絲蒂大事記

1890		• 九月十五日出生於英格蘭德文郡托基鎮。
1894	4 歲	• 開始在家自學，父母親、姐姐教導閱讀、寫作、算術和彈鋼琴。
1895	5 歲	• 家中經濟走下坡，舉家搬至法國，學會流利的法語。
1905	15 歲	• 在巴黎寄宿學校學鋼琴和聲樂，但生性極度害羞，未成為職業鋼琴家，最終回到英國。
1907	17 歲	• 陪同母親前往埃及調養身體，對社交活動充滿興趣，但尚未對日後感興趣的埃及古物點燃熱情。 • 回英國後繼續寫作、參與業餘戲劇表演。
1908	18 歲	• 寫出第一篇短篇小說〈麗人之屋〉，同時也寫出第一部愛情小說《白雪黃漠》，以筆名向出版社投稿，但屢遭退稿。
1912	22 歲	• 與英國皇家軍官亞契・克莉絲蒂（Archibald Christie）熱戀。 • 八月爆發第一次世界大戰，亞契奉派到法國作戰。
1914	24 歲	• 耶誕夜結婚，亞契隨即返回戰場。克莉絲蒂參與紅十字會工作，在醫院擔任護士和藥劑師，因此對藥理和毒物非常熟悉，造就後來多部推理小說情節都以毒藥殺人。
1916	26 歲	• 開始嘗試寫推理小說，寫出第一部小說《史岱爾莊謀殺案》，主角偵探赫丘勒・白羅的靈感，來自於大戰期間英國鄉間的比利時難民營。本書歷經數家出版社退稿後，終獲柏德雷・海德（The Bodley Head）圖書公司的出版機會，之後並簽下另五本小說的合約。
1919	29 歲	• 前一年亞契返回英國，八月生下女兒露莎琳。

1920　30歲　• 出版《史岱爾莊謀殺案》。

1922　32歲　• 出版第二部小說《隱身魔鬼》，主角是夫妻檔偵探湯米和陶品絲。
• 與亞契至南非、澳洲、紐西蘭、夏威夷和加拿大等國旅行十個月，在南非得到《褐衣男子》的靈感。

1923　33歲　• 三月出版第三部小說《高爾夫球場命案》，白羅再度登場。

1926　36歲　• 四月母親過世，克莉絲蒂陷入憂鬱。
• 六月在「威廉・柯林斯父子出版社」出版《羅傑艾克洛命案》。
• 八月亞契因外遇提出離婚，十二月初一次爭吵後，克莉絲蒂離家棄車失蹤，消息登上全國新聞。

1927　37歲　• 一月在悲痛心情中寫出《藍色列車之謎》，第一次創造出聖瑪莉米德村，即後來瑪波小姐居住的村子。
• 分居期間在雜誌刊登以白羅為主角的短篇小說，後來集結出版《四大天王》。
• 十二月在雜誌刊登短篇小說〈週二夜間俱樂部〉，瑪波小姐初登場，後來收錄在一九三二年出版的短篇小說集《十三個難題》。

1928　38歲　• 十月正式離婚，仍保留「克莉絲蒂」姓氏。
• 秋天搭乘「東方快車」前往土耳其的伊斯坦堡，再轉往伊拉克首都巴格達，參觀考古現場烏爾，認識考古學家伍利夫婦（Leonard and Katharine Woolley）。

1930　40歲　• 二月應伍利夫婦之邀再訪烏爾，認識考古學家麥克斯・馬龍（Max Mallowan），九月於英國愛丁堡結婚。這段婚姻開啟克莉絲蒂旺盛的創作生涯，兩人到中東考古現場的旅行為許多作品帶來靈感。

		• 婚後克莉絲蒂開始維持固定的寫作行程。十月出版《牧師公館謀殺案》，是第一部以瑪波小姐為主角的小說。 • 出版第一部以「瑪麗·魏斯麥珂特」（Mary Westmacott）為筆名的《撒旦的情歌》，並陸續發表了五部非犯罪小說。
1932	**42 歲**	• 出版《危機四伏》。
1934	**44 歲**	• 出版《東方快車謀殺案》，是白羅海外辦案三部曲之一，故事靈感來自中東的旅行經歷。一九七四年第一次改編成電影大獲好評。
1936	**46 歲**	• 出版《美索不達米亞驚魂》，白羅海外辦案三部曲之二。
1937	**47 歲**	• 出版《尼羅河謀殺案》，白羅海外辦案三部曲之三，故事背景是年輕時與母親同遊的埃及。一九七八年第一次改編成電影大受歡迎。
1939	**49 歲**	• 二次大戰期間，克莉絲蒂在大學學院醫院擔任義務藥師，學習到最新的毒藥知識，對於推理小說寫作大有助益。 • 出版《一個都不留》，是克莉絲蒂最著名作品之一。
1941	**51 歲**	• 出版《密碼》，呈現出克莉絲蒂對戰爭的看法。 • 出版《豔陽下的謀殺案》。
1942	**52 歲**	• 出版《藏書室的陌生人》、《五隻小豬之歌》等名作。
1944	**54 歲**	• 以「瑪麗·魏斯麥珂特」為筆名出版第三部作品《幸福假面》，被美國書評人發現是克莉絲蒂的作品，讓她從此失去匿名創作的自在樂趣。

1950	60 歲	• 獲選為皇家文學學會的會員。
1953	63 歲	• 出版《葬禮變奏曲》。
1956	66 歲	• 一月獲頒大英帝國爵級大十字勳章（GBE）。 • 十一月以「瑪麗．魏斯麥珂特」為筆名出版《愛的重量》，是這個筆名的最後一部作品。
1958	68 歲	• 成為「偵探作家俱樂部」主席。
1960	70 歲	• 馬龍獲頒大英帝國爵級大十字勳章。
1961	71 歲	• 獲得艾克塞特大學頒發榮譽文學博士學位。
1968	78 歲	• 馬龍獲封為爵士，克莉絲蒂亦被稱為馬龍爵士夫人。
1971	81 歲	• 獲頒大英帝國爵級司令勳章（DBE），獲封為女爵士。
1973	83 歲	• 出版最後一部創作《死亡暗道》，亦為湯米和陶品絲最後一次辦案。
1974	84 歲	• 最後一次公開露面，出席電影《東方快車謀殺案》首映會。
1975	85 歲	• 八月六日，白羅成為有史以來第一次在《紐約時報》頭版刊出訃聞的小說主角，宣傳九月即將出版的《謝幕》，這也是白羅最後一次辦案。
1976	86 歲	• 一月十二日去世。 • 十月出版《死亡不長眠》，瑪波小姐的最後一次辦案。

克莉絲蒂推理原著出版年表

1920 史岱爾莊謀殺案 The Mysterious Affair at Styles（神探白羅系列）
1922 隱身魔鬼 The Secret Adversary（神探湯米＆陶品絲系列）
1923 高爾夫球場命案 The Murder on the Links（神探白羅系列）
1924 白羅出擊 Poirot Investigates（神探白羅系列）
1924 褐衣男子 The Man in the Brown Suit（神探雷斯上校系列）
1925 煙囪的祕密 The Secret of Chimneys（神探巴鬥主任系列）
1926 羅傑艾克洛命案 The Murder of Roger Ackroyd（神探白羅系列）
1927 四大天王 The Big Four（神探白羅系列）
1928 藍色列車之謎 The Mystery of the Blue Train（神探白羅系列）
1929 七鐘面 The Seven Dials Mystery（神探巴鬥主任系列）
1929 鴛鴦神探 Partners in Crime（神探湯米＆陶品絲系列）
1930 牧師公館謀殺案 The Murder at the Vicarage（神探瑪波系列）
1930 謎樣的鬼豔先生 The Mysterious Mr. Quin（神探鬼豔先生系列）
1931 西塔佛祕案 The Sittaford Mystery
1932 十三個難題 The Thirteen Problems（神探瑪波系列）
1932 危機四伏 Peril at End House（神探白羅系列）
1933 十三人的晚宴 Lord Edgware Dies（神探白羅系列）
1933 死亡之犬 The Hound of Death
1934 三幕悲劇 Three Act Tragedy（神探白羅系列）
1934 李斯特岱奇案 The Listerdale Mystery
1934 帕克潘調查簿 Parker Pyne Investigates（神探帕克潘系列）
1934 東方快車謀殺案 Murder on the Orient Express（神探白羅系列）
1934 為什麼不找伊文斯？ Why Didn't They Ask Evans?
1935 謀殺在雲端 Death in the Clouds（神探白羅系列）
1936 ABC 謀殺案 The A.B.C. Murders（神探白羅系列）
1936 底牌 Cards on the Table（神探白羅系列）
1936 美索不達米亞驚魂 Murder in Mesopotamia（神探白羅系列）

1937　巴石立花園街謀殺案 Murder in the Mews（神探白羅系列）
1937　尼羅河謀殺案 Death on the Nile（神探白羅系列）
1937　死無對證 Dumb Witness（神探白羅系列）
1938　白羅的聖誕假期 Hercule Poirot's Christmas（神探白羅系列）
1938　死亡約會 Appointment with Death（神探白羅系列）
1939　一個都不留 And Then There Were None
1939　殺人不難 Murder Is Easy/Easy to Kill（神探巴鬥主任系列）
1940　一，二，縫好鞋釦 One, Two, Buckle My Shoe（神探白羅系列）
1940　絲柏的哀歌 Sad Cypress（神探白羅系列）
1941　密碼 N Or M?（神探湯米＆陶品絲系列）
1941　豔陽下的謀殺案 Evil Under the Sun（神探白羅系列）
1942　五隻小豬之歌 Five Little Pigs（神探白羅系列）
1942　藏書室的陌生人 The Body in the Library（神探瑪波系列）
1942　幕後黑手 The Moving Finger（神探瑪波系列）
1944　本末倒置 Towards Zero（神探巴鬥主任系列）
1945　死亡終有時 Death Comes as the End
1945　魂縈舊恨 Sparkling Cyanide（神探雷斯上校系列）
1946　池邊的幻影 The Hollow（神探白羅系列）
1947　赫丘勒的十二道任務 The Labours of Hercules（神探白羅系列）
1948　順水推舟 Taken at the Flood（神探白羅系列）
1949　畸屋 Crooked House
1950　謀殺啟事 A Murder Is Announced（神探瑪波系列）
1951　巴格達風雲 They Came to Baghdad
1952　殺手魔術 They Do It with Mirrors（神探瑪波系列）
1952　麥金堤太太之死 Mrs. McGinty's Dead（神探白羅系列）
1953　黑麥滿口袋 A Pocket Full of Rye（神探瑪波系列）
1953　葬禮變奏曲 After the Funeral（神探白羅系列）

1954　未知的旅途 Destination Unknown
1955　國際學舍謀殺案 Hickory, Dickory, Dock（神探白羅系列）
1956　弄假成真 Dead Man's Folly（神探白羅系列）
1957　殺人一瞬間 4:50 from Paddington（神探瑪波系列）
1958　無辜者的試煉 Ordeal by Innocence
1959　鴿群裡的貓 Cat Among the Pigeons（神探白羅系列）
1960　哪個聖誕布丁？ The Adventure of the Christmas Pudding（神探白羅系列）
1961　白馬酒館 The Pale Horse
1962　破鏡謀殺案 The Mirror Crack'd from Side to Side（神探瑪波系列）
1963　怪鐘 The Clocks（神探白羅系列）
1964　加勒比海疑雲 A Caribbean Mystery（神探瑪波系列）
1965　柏翠門旅館 At Bertram's Hotel（神探瑪波系列）
1966　第三個單身女郎 Third Girl（神探白羅系列）
1967　無盡的夜 Endless Night
1968　顫刺的預兆 By the Pricking of My Thumbs（神探湯米＆陶品絲系列）
1969　萬聖節派對 Hallowe'en Party（神探白羅系列）
1970　法蘭克福機場怪客 Passengers to Frankfurt
1971　復仇女神 Nemesis（神探瑪波系列）
1972　問大象去吧 Elephants Can Remember（神探白羅系列）
1973　死亡暗道 Postern of Fate（神探湯米＆陶品絲系列）
1974　白羅的初期探案 Poirot's Early Cases（神探白羅系列）
1975　謝幕 Curtain: Hercule Poirot's Last Case（神探白羅系列）
1976　死亡不長眠 Sleeping Murder（神探瑪波系列）
1979　瑪波小姐的完結篇 Miss Marple's Final Cases（神探瑪波系列）
1991　情牽波倫沙 Problem at Pollensa Bay
1997　殘光夜影 While the Light Lasts

國家圖書館出版品預行編目（CIP）資料

顫刺的預兆 / 阿嘉莎・克莉絲蒂（Agatha Christie）著；張錦譯. -- 二版.-- 臺北市：遠流出版事業股份有限公司, 2024.04
面；　公分. -- (克莉絲蒂繁體中文版20週年紀念珍藏 ; 59)
譯自 : By the Pricking of My Thumbs
ISBN 978-626-361-530-4(平裝)

873.57　　113001925

克莉絲蒂繁體中文版 20 週年紀念珍藏 59

顫刺的預兆

作者 / 阿嘉莎・克莉絲蒂
譯者 / 張錦

主編 / 陳懿文、余式恕　校對 / 呂佳真
封面、內頁設計 / 謝佳穎　排版 / 連紫吟、曹任華
行銷企劃 / 舒意雯　出版一部總編輯暨總監 / 王明雪

發行人 / 王榮文
出版發行 / 遠流出版事業股份有限公司
地址 / 104005臺北市中山北路一段11號13樓
電話 / (02)2571-0297　傳真 / (02)2571-0197　郵撥 / 0189456-1
著作權顧問 / 蕭雄淋律師

2003年9月1日 初版一刷
2024年4月1日 二版一刷
定價 / 新臺幣380元 (缺頁或破損的書，請寄回更換)

ISBN 978-626-361-530-4

遠流博識網 http://www.ylib.com E-mail: ylib@ylib.com
遠流粉絲團 https://www.facebook.com/ylibfans

www.agathachristie.com